经·典·新·读

专家音频解读

他被誉为"美国小说之父",他用幽默风趣的故事描述镀金时代的美国

——解读者 刘云

A Collection of Mark Twain's Short Stories

《百万英镑》
马克·吐温中短篇小说选

[美] 马克·吐温／著　　张友松等／译

名家全译本
国际大师插图

中央编译出版社
Central Compilation & Translation Press

图书在版编目(CIP)数据

百万英镑:马克·吐温中短篇小说选/(美)马克·吐温著;张友松等译.—北京:中央编译出版社,2015.6(2024.4重印)

ISBN 978-7-5117-2712-1

Ⅰ.①百… Ⅱ.①马…②张… Ⅲ.①中篇小说-小说集-美国-近代②短篇小说-小说集-美国-近代 Ⅳ.①I712.44

中国版本图书馆 CIP 数据核字(2015)第 138341 号

百万英镑:马克·吐温中短篇小说选

策划编辑	苗永姝
责任编辑	薛迎春
特约编辑	陈万亭　刘晟男　孙敬艳
责任印制	李　颖
出版发行	中央编译出版社
地　　址	北京市海淀区北四环西路 69 号(100080)
电　　话	(010)55627391(总编室)　(010)55625179(编辑室) (010)55627320(发行部)　(010)55627377(新技术部)
经　　销	全国新华书店
印　　刷	北京盛通印刷股份有限公司
开　　本	880 毫米 ×1230 毫米　1/32
字　　数	234 千字
印　　张	9
版　　次	2015 年 6 月第 1 版
印　　次	2024 年 4 月第 4 次印刷
定　　价	26.80 元

新浪微博:@中央编译出版社　　微　信:中央编译出版社(ID:cctphome)
淘宝店铺:中央编译出版社直销店(http://shop108367160.taobao.com)(010)55627331

本社常年法律顾问:北京市吴栾赵阎律师事务所律师　闫军　梁勤
凡有印装质量问题,本社负责调换,电话:(010)55627320

马克·吐温

译 序

马克·吐温（Mark Twain，1835—1910），原名塞缪尔·朗赫恩·克莱门斯（Samuel Langhorne Clemens），1835年11月30日出生于美国密苏里州门罗县的佛罗里达村。四岁时，全家迁居至密西西比河畔的小镇汉尼拔。父亲约翰·克莱门斯，二十岁刚过即获得律师证书，当过村里的治安法官，还开过杂货店，但命运不济，一生穷困潦倒。马克·吐温是他的第五个孩子。

十二岁时，父亲去世，马克·吐温便开始独立谋生，先在印刷所当学徒，后来当了排字工人。1857年，他来到航行于密西西比河的"保罗·琼斯"号汽轮上学习领港技术。1859年，正式成为"宾夕法尼亚"号快艇上的领航员。但好景不长，1861年，南北战争爆发，密西西比河上的航运业务停止，马克·吐温改去西部淘金，与人合伙开采银矿。失败后，他只得在一家石英厂当筛砂工，因体力不支，又被解雇。1862年底，他应聘成为弗吉尼亚市《企业报》唯一的一名记者，并以"马克·吐温"为笔名，开始撰写通讯报道和幽默小品，从此走上文学创作之路。1865年，他根据民间传说写成的短篇小说《卡拉维拉斯县驰名的跳蛙》，在纽约的《星期六邮报》上发表，使他一夜之间在美国声名鹊起。1866—1868年，马克·吐温作为特约通讯员去欧洲、中东采访。1869年，他将所写通讯选编成集，题名《傻子国外旅行记》，出版后很受欢迎。1872年后，他主要从事文学创作。他创作的长篇小说除代表作《哈克贝利·费恩历险记》（1885）、《汤姆·索亚历险记》（1876）、《王子与贫儿》（1881）外，还有《镀金时代》（1873，和查·沃纳合写）、《亚瑟王朝廷上的康涅狄格美国佬》（1889）、《傻瓜威尔逊》（1894）、《贞德传》（1895）；此外，还有随笔《在密西西比河上》（1883）、《赤道旅行记》（1897），以及近两百篇中、短篇小说和大量的文论、演讲等。除了从事文学创作外，马克·吐温有时也举行公开演讲，其间还曾经营过出版公司并投资排字机公司。后因公司破产，他曾赴欧洲居住过五年，1900年返回美国。1910年4月21日，马克·吐温因心脏病逝世于康涅狄格州的雷定。

马克·吐温是一位富有同情心和正义感的作家，擅长幽默和讽刺。他虽以写轻松、夸张的趣闻逸事走上文坛，但进入创作的中后期，作品加强了讽刺和批判，主题也趋向严肃，对社会上的种种黑幕和不公进行了无情的揭露和鞭挞。他的思想和创作经历了从轻松调笑到辛辣讽刺，直到最后走向悲观厌世的历程。正如鲁迅在为他的小说《夏娃日记》中译本所作序中指出的，他"在幽默中又含着哀怨，含着讽刺，则是不甘于这样的生活的缘故"。值得指出的是，他曾积极支持中国人民的反帝斗争。1900年11月，在入侵的八国联军逼近北京前夕，他曾公开发表演说，说"我的同情在中国人民一边"，主张把侵略者"赶出中国"，并祝愿"中国人民取得成功"。

马克·吐温的作品富有鲜明的美国特色，内容生动，引人入胜。他不仅继承了美国幽默文学的传统，用错位的手法来揭示世事的荒唐，而且还把现实主义的精心刻画和浪漫主义的抒情描写交织在一起，形成了一种主题严肃、笔法幽默的独特艺术风格，开辟了口语体的新境界。他的这种口语化的叙述语言使文字清新生动，也使故事富有浓郁的生活气息，读来仿佛置身其中，如闻其声，如见其人，增强了故事的感染力。他的这种创作风格，使美国文学彻底摆脱了英国文学的"斯文传统"，真正走向独立和成熟，因而他在美国文学史上占有举足轻重的地位。

马克·吐温之所以成为美国和世界文坛上的一位著名作家,当然离不开他的长篇小说《汤姆·索亚历险记》和《哈克贝利·费恩历险记》,但更能代表他的独特风格、体现他对世态人情的把握的是他的中短篇小说。在这些小说中,作者发挥了极度夸张的艺术想象,采用幽默、戏谑乃至离奇的手法,塑造了众多老实、天真的小人物,对社会生活中的种种弊端和恶行作了辛酸的嘲讽和抨击。马克·吐温堪称"黑色幽默"的先驱。

收入本书的作品,如《卡拉维拉斯县驰名的跳蛙》《竞选州长》《百万英镑》《我最近辞职的事实经过》《三万元的遗产》《败坏了赫德莱堡的人》等,都是马克·吐温中、短篇小说中的代表作。值得一提的是《加利福尼亚人》一文,它是最早被介绍到我国的马克·吐温小说,1906年发表在《绣像小说》第七十期上,题为《山家奇遇》,系从日文转译。当时马克·吐温还在世。译者吴梼选译这篇小说,若非偶然,定是慧眼独具。

宋兆霖

目 录

卡拉维拉斯县驰名的跳蛙	1
田纳西的新闻界	9
我最近辞职的事实经过	16
我怎样编辑农业报	23
竞选州长	31
我给参议员当秘书的经历	37
神秘的访问	43
一个真实的故事	49
麦克威廉士夫妇对膜性喉炎的经验	55
爱德华·密尔士和乔治·本顿的故事	64
麦克威廉士太太和闪电	70
稀奇的经验	78
被偷的白象	108
加利福尼亚人的故事	131
他是否还在人间	139
百万英镑	150
狗的自述	177
三万元的遗产	188
败坏了赫德莱堡的人	221

卡拉维拉斯县驰名的跳蛙

我的一个朋友从东部写信给我，我按照他的嘱咐访问了性情随和、唠唠叨叨的老西蒙·惠勒，去打听我那位朋友的朋友——利奥尼达斯·斯迈利的下落。我在此说说结果吧。我暗地里有点疑心这个利奥尼达斯·斯迈利是编出来的，也许我的朋友从来不认得这么一个人，他不过揣摩着如果我向老惠勒去打听，那大概会使他回想到他那个丢脸的吉姆·斯迈利，他会鼓劲儿唠叨着什么关于吉姆的该死的往事，又长又乏味，对我又毫无用处，倒把我腻烦得要死。如果他安的这种心，那可真是成功了。

在古老的矿区安吉尔小镇上那家又破又旧的小客栈里，我发现西蒙·惠勒正在酒吧间的火炉旁边舒舒服服地打盹，我注意到他是个胖子，秃了顶，安详的面容上带着讨人欢喜的温和质朴的表情。他惊醒过来，向我问好。我告诉他我的一个朋友委托我打听一位童年的挚友，名叫利奥尼达斯·斯迈利，也就是利奥尼达斯·斯迈利牧师，听说这位年轻的福音传教士一度是安吉尔镇上的居民，我又说，如果惠勒先生能够告诉我任何关于这位利奥尼达斯·斯迈利牧师的情况，我会十分感激他的。

西蒙·惠勒让我退到一个角落里，用他的椅子把我封锁在那儿，这才让我坐下，滔滔不绝地絮叨着从下一段开始的单调的情节。他从来不笑，从来不皱眉，从来不改变声调，他的第一句话就用的是细水长流的腔调，他从来不露丝毫痕迹让人以为他热衷此道；可是在没完没了的絮叨之中却始终流露着一种诚挚感人的语气，直率地向我表明，他想也没有想过他的故事有哪一点显得荒唐或者离奇；在他看来，这个故事倒真是事关重大，其中的两位主角也都是在钩心斗角上出类拔萃的天才人物。对我来说，看到一个人安闲自得地信口编出这样古怪的奇谈，从不露笑，这种景象也是荒谬绝伦的了。我先前说过，我要他告诉我他所了解的利奥尼达斯·斯迈利牧师的情况，他回答如下。我随他按他自己的方式讲下去，一次也没有打断他的话。

"从前，这儿有一个人，名叫吉姆·斯迈利，那时候是1849年冬天，也许是1850年春天，我记不准了。不知怎么的，我怎么会想到冬又想到春呢，因为我记得他初来矿区的时候，大渠还没有完工，反正，不管怎么样吧，他是你从来没见过的最古怪的人，总是找到一点什么事就来打赌，如果他能找到什么人跟他对赌的话；要是他办不到，他情愿换个个儿。只要对方称意，哪一头都合适，只要他赌上了一头，他就称心了。可是他很走运，出奇得走运，多少次总是他赢的。他总是准备好了，单等机会；随便提起哪个碴，他都没有不能打赌的，正像我刚才跟你说的，你可以随便挑哪一头。如果遇到赛马，赛完时你会发现他发了财，或者输得精光；遇到狗打架，他要打赌；遇到猫打架，他要打赌；遇到小鸡打架，他要打赌；哎，即使遇到两只小鸟停在篱笆上，他也要跟你赌哪一只先飞走；要是遇上野营布道会，那他是经常要到的，他会在沃克尔牧师身上打赌，他认为沃克尔牧师是这一带最擅长劝善布道的，可也真是的，牧师真是位善心的人。甚至如果他看见一个金龟子在走，也会跟你打赌要多久它才会走到它要去的地方。如果你答应他了，他会跟着那个金龟子走到墨西哥，不过他不会去弄清楚它要到哪儿去或者在路上走多久。这儿的许多小伙子都见过这个斯迈利，都能跟你谈起他的事情。哎，他这个人，什么都要赌，这个倒霉透了的家伙。有一回，沃克尔牧师的老婆得重病，躺了好久，仿佛他们都救不了她了；可是有一天早晨，牧师来了,斯迈利问起她身体怎样,牧师说好多了,感谢上帝无限慈悲,她身子轻松多了,靠老天保佑,她还会好的。斯迈利想也没想先说:'嗯,我愿意赌上两块半,她不会好,怎么也不会好的。'

"这个斯迈利有一匹牝马,小伙子们管它叫'十五分钟驽马',不过这是闹着玩的,你知道。尽管它走得这么慢,又总是得气喘啦,马腺疫啦,要不就是肺病啦,还有这个那个毛病的,斯迈利倒常在它身上赢钱。他们常常开头先让它二三百码,然后算它在比赛。可是到了比赛临了那一截,它总是会激动起来,不要命似的,欢腾着迈步过来啦。它会柔软灵活地撒开四蹄,一会儿腾空,一会儿跑到栅栏那边,踹起好多灰尘,而且要闹腾一大阵,又咳嗽,又打喷嚏,又淌鼻涕,可它总是正好先出一头颈到达看台,跟你计算下来的差不离儿。

"他还有一只小不点儿的小巴儿狗,瞧那样子,你会认为一钱不值,只好随它去摆出要打架的神气,冷不防偷点什么东西。可是只要在它身上押下赌注,它就是另外一种狗了。它的下巴会伸出来,像轮船的前甲板似的,牙齿也龇出来,像火炉似的闪着凶光。别的狗也许要来对付它,吓唬它,咬它,让它摔两三跤,可是安德鲁·杰克逊①,这是那条狗的名字,安德鲁·杰克逊从来不露声色,像是心安理得,也不指望有什么别的,另一面的赌注于是一个劲地加倍呀加倍,直到钱全拿出来了,这时候,猛然间,它会正好咬住另外那条狗的后腿弯,咬紧了不放,不只是咬上,你明白,而是咬紧了不放,直到它们认输,哪怕要等上一年。斯迈利拿这条狗打赌,最后总是赢家。直到有一回他套上了一条狗,这条狗压根没有后腿,因为都给圆锯锯掉了,等到事情闹得够瞧的了,钱都拿出来了,它要施展最得意的招数了,它这才一下子看出它怎么上了当。这条狗怎么,打个比方说,被诓进门了,于是露出诧异的样子,后来就有点像泄气了,它再也不想打赢了,终于给弄得凄惨地脱了一层皮。它朝斯迈利望一眼,仿佛

---

① 本是美国第七任总统(1829—1837年在任)的名字。

3

说它的心都碎了。这完全是斯迈利的错,不该弄出这么一条没后腿的狗来施展招数,它打架主要依靠这一招,于是它一瘸一拐地走了一会儿,躺下死了。它是条好狗,这个安德鲁·杰克逊,它要是活下去,它会给自己扬名的,因为它有本事,它有才气——我知道它有才,因为它从来没有得到过好机会,可是像它这样在那种条件下能用这种办法打架的狗,如果说它没有才气,那也说不过去。我一想到它最后的一仗,想到打成了那个样子,总是觉得难过。

"嗯,这个斯迈利还养了些逮耗子的小猎狗、小公鸡、雄猫,还有形形色色的东西,闹得你不安。你无论拿出什么东西,他都会有跟你那个凑成一对的东西来跟你打赌。有一天,他捉住了一只青蛙,把它带回家了,他说他打算教育它。于是一连三个月他什么事也不干,只管待在他的后院里,教那只青蛙学会蹦蹦跳跳。你可以拿得稳,他也真让它学会了。他只要在那只青蛙背后轻轻戳一下,接下去你就会看见它在半空里打转,像个油炸面饼圈,你会瞧见它翻一个筋斗,也许翻两个,如果它起跳得顺当的话,跳下来时四爪落地,稳稳当当,跟猫一样。他让它跳起来去捉苍蝇,并让它经常练习,所以,凡是它看得见的苍蝇,每一次都能捉住。斯迈利说,青蛙所需要的全靠教育,它差不多什么都办得到,我倒也相信他。嗨,我瞧见过他把丹尼尔·韦伯斯特[①]放在这块地板上,丹尼尔·韦伯斯特是这只青蛙的名字,他大喊一声:'苍蝇,丹尼尔,苍蝇!'你连眨眼也来不及,它就一下子跳起来,捉住柜台那儿的一只苍蝇,又噗的一声重新落在地板上,扎扎实实,像一团泥巴。它落下来以后还用后脚搔脑袋旁边,若无其事,仿佛它做的就是随便哪只青蛙也会做的,没有一点儿稀奇。你从来没见过像它这样又谦虚又耿直的青蛙,尽管它有那么高的天赋。等到要公公正正肩并肩比跳的时候,它能一蹦老远,让你见过的它的任何同类都比不上。肩并肩比跳是它的拿手好戏,你明白吧;

---

① 本是美国政治家(1782—1852年)的名字。

遇到这种情形，斯迈利只要还有一分钱，也会在它身上押个赌注。斯迈利觉得他的青蛙神气得不得了，他也应当觉得自豪，那些走南闯北的人都说它压倒了他们所见过的任何青蛙。

"啊，斯迈利把这个畜生放在一个有洞的小方匣子里，有时还常把它带到镇上打个赌。有一天，有一个家伙，在矿区上人地生疏的一个家伙，偶然碰见斯迈利和他那只匣子，说：

"'你那个匣子里装的什么东西？'

"于是斯迈利带着点漫不经心的口气说：'也许是只鹦鹉，也许是只金丝雀，也许吧，不过它都不是，它不过是一只青蛙。'

"那个家伙拿过匣子，仔细地瞧了瞧，把它转来转过去，然后说，'嗯，倒也是的。啊，它有什么用处？'

"'啊，'斯迈利随口不当回事地说，'它只有一个用处，我认为，在卡拉维拉斯县它能比随便哪只青蛙都跳得远。'

"那个家伙又拿起匣子，又仔仔细细瞧了很久，于是把它还给斯迈利，不慌不忙地故意说，'哦，我看不出这只青蛙有哪一点比别的青蛙好。'

"'也许你看不出，'斯迈利说，'也许你了解青蛙，也许你不了解青蛙，也许你有经验，也许你不过是业余玩玩的，可以这么说吧。总之，我有我的看法，我愿意赌四十元，它能比卡拉维拉斯县随便哪只青蛙都跳得远。'

"那个家伙琢磨了一会，像有点为难似的，然后说，'啊，我是个外乡人，我没有青蛙，要是我有一只青蛙，我愿意跟你打赌。'

"于是斯迈利说，'那没有关系，那没有关系，要是你愿意拿着我的匣子待一会儿，我就去给你找一只青蛙来。'于是那个家伙拿起匣子，把他的四十元和斯迈利的放在一起，坐下来等着。

"他坐在那儿等了好一阵，想了又想，于是把青蛙取出来，撬开它的嘴，用一只小茶匙往它嘴里灌打鹌鹑的铁砂，喂得几乎满到了它的下巴颏，再把它放到地板上。斯迈利走到泥塘，在淤泥里溅来溅去

好久,最后才捉到了一只青蛙,把它带回去交给了那个家伙,他说:

"'现在,要是你准备好了,把它放在丹尼尔旁边,让它的前爪跟丹尼尔的并齐了,我来发命令。'于是他说:'一——二——三——跳!'他和那个家伙都从后面碰了青蛙一下。新捉来的青蛙跳出去了,可是丹尼尔吸了口气,竖起它的肩膀——这样——像个法国人,不过这也没有用——它挪不动,它像铁砧子一样牢牢地定在那儿,动也不能动,跟抛锚在那儿不差一点儿。斯迈利大吃一惊,他觉得可恶,可是他一点也不知道是怎么回事,这是当然啦。

"那个家伙拿起钱,转身就走,在他正要走出门的时候,他用拇指在肩上猛然一甩——像这样——朝着丹尼尔,还不慌不忙故意说:'哦,我看不出这只青蛙有哪一点比别的青蛙好一点。'

"斯迈利站着搔他的脑袋,向下对丹尼尔瞧了很久,最后,他说,'我真是纳闷,究竟为什么这只青蛙会出岔子——我倒想知道它是不是出了什么事;它好像鼓胀得很厉害,不知怎么的。'他抓住丹

尼尔的颈背，一边把它拎起来，一边说，'哎哟，我敢打赌，它少不了有五磅重咧！'他把它倒翻了个儿，于是它喷出了两捧铁砂。这时候，他知道是怎么回事了，他气极了，把青蛙放下立刻去追那个家伙，可是他没有捉住那个家伙。于是……"

（说到这里，西蒙·惠勒听见前院里有人叫他的名字，站起来去瞧要他干什么。）他在走出去之前转过身来对我说："你就坐在那儿，外乡人，放心待着吧——我去不了多一会儿。"

不过，请你原谅，我看把这个有事业心的流浪汉吉姆·斯迈利的经历继续说下去未必能使我得到许多关于利奥尼达斯·斯迈利牧师的消息，我就起身走了。

我在门口遇到爱交际的惠勒刚刚回来，他硬要留着我长谈，并且向我介绍：

"哦，这个斯迈利还有一头独眼的黄母牛，它没有尾巴，只不过留下那么一小截，像根香蕉似的，还有……"

"哦，让斯迈利和他那倒霉的母牛见鬼去吧！"我和颜悦色地轻轻说，跟这位老先生告别之后我就走了。

雨宁　译

田纳西的新闻界

孟菲斯《雪崩报》的总编辑对一位把他称为过激派的记者给予这样温和的抨击:"当他还在写头一句话的时候,或写到中间,加着标点符号时,他就知道他是在捏造一个充满着无耻作风、冒出造谣的臭气的句子。"——《交易报》

医生告诉我说,南方的气候可以增进我的健康,因此我就到田纳西去,担任了《朝华与约翰生县呼声报》的编辑职务。我去上班的时候,发现主笔先生斜靠着椅背坐在一把三条腿的椅子上,一双脚放在一张松木桌上。房间里另外还有一张松木桌子和一把残破的椅子,上面几乎铺满了报纸和剪报,还有一份一份的原稿。有一只盛着沙子的木箱,里面丢了许多雪茄烟头和香烟屁股。还有一只火炉,火炉上有一扇上下开关的搭下来的门。主笔先生穿着一件后面很长的黑布上装和白麻布裤子。他的靴子很小,用黑靴油擦得雪亮。他穿着一件有皱褶的衬衫,戴着一只很大的图章戒指,一条旧式的硬领,一条两端下垂的方格子围巾。服装年代久远,大约是1848年的。他正在抽雪茄烟,并用心推敲着一个字,他的头发已经被他抓得乱蓬蓬的了。他直眉瞪眼,样子很可怕,我估计他是在拼凑一篇特别伤脑筋的社论。他叫我把那些交换的报纸大致看一下,写一篇《田纳西各报要闻摘录》,把那些报纸里面所有的有趣的材料通通浓缩在这篇文章里。

于是我写了下面这么一篇：

田纳西各报要闻摘录

《地震》半周刊的编者们关于巴里哈克铁道的报道显然是弄错了。公司的方针并不是要把巴扎维尔丢在一边。不但如此，他们还认为这个地方是沿线最重要的地点之一，因此决不会有轻视它的意思。《地震》的编辑先生们当然是会乐于更正的。

希金斯维尔《响雷与自由呼声》的高明主笔约翰·布洛松先生昨天光临本城，住在范·布伦旅舍。

我们发现泥泉《晨声报》的同业认为范·维特的当选还不是确定的事实。这是一种错误的看法，但在他没有看到我们的纠正之前，一定会发现自己的错误。他当然是受了不完全的选票揭晓数字的影响而作了这个不正确的推断。

有一个可喜的消息：布雷特维尔城正在设法与纽约的几位工程师订约，用尼古尔逊铺道材料翻修那些几乎无法通行的街道。《每日呼声》极力鼓吹此事，并对最后成功似有把握。

我把我的稿子交给主笔先生，随他采用、修改或是撕毁。他看了一眼，脸上就显出不高兴的神气。他再往下一页一页地看，脸色简直变得可怕。显而易见，一定是出了毛病。他随即就一下子跳起来，说道：

"哎呀哈！你以为我提起那些畜生，会用这种口气吗？你以为订户们会看得下去这种糟糕的文章吗？把笔给我吧！"

我从来没有见过一支笔这样恶毒地连画带勾一直往下乱涂，这样无情地把别人的动词和形容词乱画乱改。他正在进行这项工作的时候，有人从敞开的窗户外面向他放了一枪，把我的一只耳朵打得和另一只不对称了。

"啊，"他说，"那就是史密斯那个浑蛋，他是《精神火山报》

的——昨天就该来哩。"于是他从腰带里抽出左轮手枪来放了一枪。史密斯被打中了大腿,倒在地下。史密斯正要放第二枪,可是因为他被主笔先生打中了,自己那一枪就落了空,只打中一个局外人,那就是我。还好,只打掉我一根手指。

于是主笔先生又继续进行他的涂改和增删。当他刚刚改完的时候,有人从火炉的烟筒里丢了一个手榴弹进来,一阵爆炸声,火炉被炸得粉碎。幸好只有一块乱飞的碎片敲掉我一对牙齿,此外并无其他损害。

"那个火炉完全毁了。"主笔说。

我说我也相信是这样。

"唉,没关系——这种天气用不着它了。我知道这是谁干的。我会找到他的。你看,这篇东西应该是这么写才对。"

我把稿子接过来。这篇文章已经删改得体无完肤,假如它有个母亲的话,她也会不认识它了。现在它已经成了下面这段文字:

田纳西各报要闻摘录

《地震》半周刊那些撒谎专家显然又在打算对巴里哈克铁道的消息造一次谣,这条铁道是19世纪最辉煌的计划,而他们却要散布卑鄙无聊的谎言来欺骗高尚和宽大的读者们。巴扎维尔将被丢在一边的说法,根本就是他们自己那些可恶的脑子里产生出来的——或者还不如说是他们认为是脑子的那种肮脏地方产生出来的。他们实在应该挨一顿皮鞭子才行,如果他们要避免人家打痛他们的贱皮贱肉的话,最好是把这个谎言收回。

希金斯维尔《响雷与自由呼声》的布洛松那个笨蛋又到这里来了,他厚着脸皮赖在范·布伦旅舍。

我们发现泥泉《晨声报》那个昏头昏脑的恶棍又照他的撒谎的惯癖放出了谣言,说范·维特没有当选。新闻事业天赋的使命是传播真实消息,铲除错误,教育、改进和提高公众道德和风俗习惯的趋向,并使所有的人更文雅、更高尚、更慈善,在各方面都更好、更纯洁、更快乐;而这个黑心肠的流氓却一味降低他的伟大任务的身价,专门散布欺诈、毁谤、谩骂和下流的话。

布雷特维尔城要用尼古尔逊铺道材料修马路——它更需要一所监狱和一所贫民救济院。一个鸡毛蒜皮的市镇,只有两个小酒店、一个铁匠铺和那狗皮膏药式的报纸《每日呼声》,居然想修起马路来,岂非异想天开!《呼声》的编者卜克纳这下贱的小人正在乱吼一阵,以他那惯用的低能的话极力鼓吹这桩事情,还自以为他是说得很有道理的。"

"你看,要这样写才行——既富于刺激性,又中肯。软弱无力的文章叫我看了心里怪不舒服。"

大约在这个时候,有人从窗户外面抛了一块砖头进来,噼里啪啦打得很响,使我背上震动得不轻。于是我移到火线以外——我开始感觉到自己对人家有了妨碍。

主笔说:"那大概是上校吧。我等了他两天了。他马上就会上来的。"

他猜得不错。上校一会儿就到了门口,手里拿着一把左轮手枪。

他说:"老兄,您可以让我和编这份肮脏报纸的胆小鬼打个交道吗?"

"可以。请坐吧,老兄。当心那把椅子,它缺了一条腿。我想您可以让我和无赖的撒谎专家布雷特斯开特·德康赛打个交道吧?"

"可以,老兄。我有一笔小小的账要和您算一算。您要是有空的话,我们就开始吧。"

"我在写一篇文章,谈'美国道德和智慧发展中令人鼓舞的进步',正想赶完,可是这倒不要紧。开始吧。"

两把手枪同时砰砰地打响了。主笔被打掉了一撮头发,上校的子弹在我的大腿上多肉的部分终结了它的旅程。上校的左肩被稍微削掉了一点。他们又开枪了。这次他们两人都没有射中目标,可是我却遭了殃,胳臂上中了一枪。放第三枪的时候,两位先生都受了一点轻伤,我被削掉一块颧骨。于是我说,我认为我还是出去散散步为好,因为这是他们私人的事情,我再掺和在里面不免有点伤脑筋。但是那两位先生都请求我继续坐在那里,并且极力说我对他们并无妨碍。

然后他们一面再装上子弹,一面谈选举和收成的问题,同时我就着手包扎伤口。可是他们马上又开枪了,打得很起劲,每一枪都没有落空——不过我应该说明的是,六枪之中有五枪都光顾了我。另外那一枪打中了上校的要害,他很幽默地说,现在他应该告辞了,因为他还要进城办事情去。然后他打听了殡仪馆的所在,随即就走了。

主笔转过身来向我说:"我约了人来吃饭,得准备一下。请你帮帮忙,给我看看校样,招待招待客人吧。"

我一听说叫我招待客人,不免稍觉畏怯,可是刚才那一阵枪声还在我耳朵里响,简直吓得我魂不附体,因此也就想不出什么话来回答。

他继续说:"琼斯三点钟会到这儿来——赏他一顿鞭子吧。吉尔斯佩也许还要来得早一点——把他从窗户里摔出去。福格森大约四点钟会来——打死他吧。我想今天就只有这些事了。要是你还有多余的时间,你可以写一篇挖苦警察的文章——把那个督察长臭骂一顿。牛皮鞭子在桌子底下;武器在抽屉里——子弹在那个犄角里——棉花和绷带在那上面的文件架里。要是出了事,你就到楼下去找外科医生蓝赛吧。他在我们报上登广告——我们给他抵账就是了。"

他走了。我浑身发抖。后来那三个钟头完了的时候,我已经经历了几场惊心动魄的危险,以致安宁的心境和愉快的情绪通通无影无踪了。吉尔斯佩是光顾过的,他反而把我摔到窗户外面了。琼斯又即时来到,我正预备赏他一顿皮鞭子的时候,他倒给我代劳了。还有一位不在清单之列的陌生人和我干了一场,结果我被他剥掉了头皮。另外还有一位名叫汤普生的客人把我一身的衣服撕得一塌糊涂,全成了碎布片儿。后来我被逼到一个角落里，被一大群暴怒的编辑、赌鬼、政客和横行无忌的恶棍们围困着，他们都大声叫嚣和谩骂，在我头上挥舞着武器，弄得空中晃着钢铁的闪光，我就在这种情况中写着辞去报馆职务的信。正在这时候，主笔回来了，和他同来的还有乱七八糟的一群兴高采烈、热心助人的朋友。于是又发生了一场斗殴和残杀，那种骚乱的情况，简直非笔墨所能形容。人们被枪击、刀刺、砍断肢体、炸得血肉横飞、摔到窗户外面去。一阵短促的风暴般的阴沉的咒骂，夹杂着混乱和狂热的临阵舞蹈，朦胧地发出闪光，随后就鸦雀无声了。五分钟之内周围就平静了下来，只剩下血淋淋的主笔和我坐在那里，察看着由于这场厮杀四周地板上留下的一塌糊涂的战绩。

他说："你慢慢习惯了，就会喜欢这个地方。"

我说："我可不得不请您原谅；我想我也许再过些时候，写出来的稿子就能合您的意；我只要经过一番练习，学会了这儿的笔调，我相信我是能胜任的。可是说老实话，那种措辞的劲头实在有些欠妥，写起文章来难免引起风波，被人打搅。这您自己也明白。文章写得有力量，当然是能够鼓舞大家的精神，这是不成问题的，可是我究竟不愿意像您这份报纸那样，引起人家如此关注。像今天这样，老是有人打搅，我就不能安心写文章。这个职位我是十分喜欢的，可是我不愿意留在这儿招待您那些客人。我所得的经验是新奇的，确实不错，而且还可以算是别有一番风味，可是今天的事情还是有点不大公道。有一位先生从窗户外面向您开枪，结果倒把我打伤了；一颗炸弹从火炉烟筒里丢进来，本来是给您送礼的，结果可叫炉子的门顺着我的喉咙管溜下去了；一个朋友进来和您彼此问候，结果把我打了个满身枪眼，弄得我的皮包不住身子；您出去吃饭，琼斯就来拿皮鞭子揍了我一顿，吉尔斯佩把我摔到窗户外面去，汤普生把我的衣服全都撕碎了，还有一个完全陌生的人把我的头皮剥掉了，他简直干得自由自在，就像个老朋友似的；还不到五分钟的工夫，这一带所有的坏蛋都涂着鬼脸来了，他们都要拿战斧把我吓得五魂出窍。整个儿说，像今天所经历过的这么一场热闹，我可是一辈子没遇到过。不行，我喜欢您，我也喜欢您对客人解释问题那种不动声色的作风，可是您要知道，我简直不习惯这些。南方人太容易感情冲动，南方人款待客人也太豪爽了。今天我写的那几段话，写得毫无生气，经您大笔一挥，把田纳西新闻笔调的强烈劲势灌注到里面，又不免惹出一窝马蜂来。那一群乱七八糟的编辑们又要到这儿来——他们还会饿着肚子来，要杀一个人当早餐吃哩。我不得不向您告辞了。叫我来参加这场热闹，我只好敬谢不敏。我到南方来，为的是休养身体，现在我要回去，还是为了同一目的，而且是说走就走。田纳西新闻界的作风太使我兴奋了。"

说完这些话之后，我们彼此便欷然地分手了。我就搬到医院去，在病房里住了下来。

张友松 译

我最近辞职的事实经过

我辞职不干了。政府的工作好像照常运行,可是不管怎么说,它车轮上少了我这根辐条。我原来是参议院贝娄委员会的文书,现在已经放弃了这个差使。我看得出来,政府其他人员的表情也很清楚:他们就是不让我参与商议国家大事,所以,我没法子只当官差而不丢面子。我在政府任职六天,如果我把这六天当中遇到的所有气人的事一件件、一桩桩,详详细细地摆出来,我可以写上一本书。他们指定我当贝娄委员会的文书,却不准我同抄写员打台球。不打球虽说冷清一些,倒还可以忍一忍,只要内阁其他成员给我合乎我身份的待遇。可是,他们没有一个待我客气过。我一发现某个部门的头头推行一条错误路线,就放下一切工作跑去纠正他,我把这种事看成我的职责。可他们没有一回谢过我。我怀着世界上最良好的愿望去见海军部部长,对他说:

"先生,我看法拉库特海军上将在欧洲啥都不干,消消停停,像是在郊游野餐。这个嘛,也许蛮不错,不过我不是这么看。他要是没有仗可打,还是让他回国吧。一个人带领整支舰队旅游,没有什么好处,太浪费了。你注意,我不反对海军军官旅游——合情合理的旅游——厉行节约的旅游。现在,他们还不如沿密西西比河乘木排——"

你该听听他当时发多大的脾气!你还以为我犯了什么罪似的。可是我不在乎。我说我这个办法不花钱,既富于共和国的简朴精神,又万无一失。我说,你想安安静静地旅游,乘木排比乘什么都强。

这时候,海军部部长问我是什么人,我说我在政府供职。他又问我是管什么的。我心想同一个政府里工作的人居然提出这样的问题,真叫人莫名其妙,但我没有说出口来,只告诉他,我是参议院贝娄委员会文书。好一顿脾气!他命令我滚出他这个地方,以后只许管我分内的事情。我头一个冲动是想撤他的职。不过,这不光是他一个人的问题,还涉及其他的人,而我又捞不到什么好处,所以没有撤他的职。

接着我去找作战部部长。他压根儿不想见我,后来他得知我也是政府里的人。我呢,如果没有什么要紧的事儿,我想我才不会去找他。我先向他借个火(他当时正抽着烟)。接着我对他说,他维护假释李将军[①]及其战友们的条款,我没有什么意见,但是我不赞成他对付平原上印第安人的作战方式。我说他兵力过于分散。他应该吸引更多的印第安人——选一个有利的地形把他们集中在一起,双方都有足够的供应,然后来它个大屠杀。我说,对于印第安人来说,大屠杀最使他们心服。如果他不赞成大屠杀,我说第二个绝招是使用肥皂[②]和教育。肥皂和教育的效果不如大屠杀来得快,但是从长远考虑,更能致他们于死命。因为杀了一半,还剩一半,印第安人还能复原,可是如果你给他们上学,叫他们洗澡,他们迟早要完蛋。这个办法能慢慢毁损他们的机体,击中他们生命基础的要害。我说:"先生,是时候了,一定要残酷镇压。对破坏平原的印第安人,用肥皂和拼音本加以严惩,让他们去死吧!"

作战部部长问我是不是内阁成员,我说我是。他又问我担任什么职务,我说我是参议院贝娄委员会的文书。于是他下令以藐视法庭罪将我逮捕,剥夺了我一天的大好时光。

---

① 李将军(1807—1870),南北战争时期南方军队的统帅。

② Soap,双关语,另有"收买"的意思。

打那以后，我真想不再吭声，随政府去，它爱怎么着就怎么着。可是使命在身，我不得不听从它的召唤。我访问了财政部部长。他问我：

"你要点儿什么？"

这个问题我倒是没有防备。我说："来点甜酒吧。"

他说："你有什么事到这里来，先生，你说吧，越简短越好。"

我说，他话题转得这么突然，我感到遗憾，这种做法令我反感。不过，在目前情况下，我不去计较，谈正经事要紧。我接着恳切地告诫他，他作的报告长得出奇。我说作这么长的报告是浪费时间，没有必要。而且报告的结构别扭。其中没有描写，没有诗，没有感情——没有主人公，没有情节，没有插图——连一张木版画都没有。没有人会读这种报告，这是明摆着的事。我奉劝他不要因为写这样的报告而坏了自己的名声。如果他想在文学方面搞出点名堂来，他写的时候一定得多搞点花样。枯燥的细节绝对不能往上写。我说日历片之所以受大众欢迎，就是因为它上面有诗句、有谜语，他的财政报告要是处处插进一点谜语，销路一定更好，比他写进报告里去的国内税收项目来劲得多。我谈这些问题的时候态度十分诚恳，可是财政部部长大发雷霆。他居然说我是一头蠢驴。他存心报复，咒骂了我一通，还说如果我再敢来干涉他的工作，他就把我从窗户扔出去。我说，既然我得不到与我官差身份相称的待遇，我就取帽告辞。我这就去了。这号人好比新冒出来的作家，他们的处女作快发表了，就不知天高地厚，你甭想对他们提什么意见。

我在政府任职期间，好像凡是我履行职责的时候总是碰一鼻子灰。然而我做的事、打算做的事，用意都为我的国家好。我受了冤屈，痛苦万分，没准会逼得我得出不公正的、有害的结论，但是在我看来，国务卿、作战部部长、财政部部长和我其他的同僚准是一开始就想把我撵出政府。我在政府供职那阵子只参加过一次内阁会议。那一次就够我受的了。白宫看门的那位公仆好像不情愿给我放行，后来我问他内阁其他成员都到了没有。他说都到了，我这才走了进去。他们都在场，但是没有一个人请我坐下。他们两眼瞪着我，好像我是外人似的。总统说：

"先生，您是什么人？"

我把名片递给他，他念道："参议院贝娄委员会文书马克·吐温。"接着他把我从头看到脚，好像从来没有听说过我这个人。

财政部部长说："就是这头捣乱的蠢驴跑来对我说，要我在报告里写诗出谜语，把财政报告当作日历片。"

作战部部长说："就是这个人做白日梦，他昨天跑来给我出主意，叫我用教育的法子把一部分印第安人教死，其余的通通杀死。"

海军部部长说："我认识这个年轻人，就是他这个星期再三干扰我的工作。他担心法拉库特上将领着整支舰队旅游，用他的话说是'旅游'。他发神经，建议海军乘木排旅游。荒唐透顶，我没法重复他说过的话。"

我说："先生们，我看你们都想对我做的每一件事情抹黑，而且我看得出你们都不想让我参与商议国家大事。今天这个会，我什么通知都没有收到。我靠一个偶然的机会才知道要开内阁会议。可这些事我就不说了。我想知道的是这一点：这是不是开内阁会议？"

总统说是内阁会议。

"那好，"我说，"咱们马上讨论正事，时间宝贵，不能浪费，不要互相揭工作里的老底，这不像样子。"

这时候，国务卿开腔了，他用最亲切的口吻对我说："年轻人，你想错了。国会各个委员会的文书不算内阁成员。就好比给国会议会厅看门的不是内阁成员一样，你听来好像觉得奇怪。因此，我们虽然在审议国事中很希望能听到你超群的见解，但是根据法律规定，我们不能这样做。审议国家大事，你不能参与；万一有所不测，这是常有的事，你会感到难受，但你用自己的言行竭力制止过，这对你来说也是一个安慰。我祝福你。再会了。"

他这些话说得温和体贴，我不安的内心得到了安慰，我这就离开了会场。但是，国家的公仆不知安宁为何物。我刚回到国会大厦我那间小办公室，刚拿出议员的派头把两只脚跷到桌子上，贝娄委员会一位议员就气冲冲地闯了进来，对我说：

"你这一整天到哪里去了？"

我说，如果此事与他有关，那么我是去参加内阁会议了。

"内阁会议？我倒要问问，你去参加内阁会议干什么？"

我说我是去出主意的——为论证的需要，我还说此事从各方面讲都同他有关。他当时极为无礼，最后说什么他找了我三天，要我抄写一份有关炸弹壳、鸡蛋壳、蚌壳还有什么乱七八糟贝壳的文件，可谁也找不到我。

这太过分了。他这根羽毛一加上去，我这个抄写员的骆驼背就给压折了。我说："先生，你以为我是为六元钱一天在干活吗？要真是这么想，那么我建议参议院贝娄委员会另请高明。我不是什么党派组织的奴隶！你那些降低我身份的差使，给我收回去吧。不自由，毋宁死！①"

从那一刻起，我就不再担任政府工作了。我在那个部门坐冷板凳、受内阁的奚落，最后我想讨好的那个委员会主席训了我一顿。我蒙受迫害，被迫远离我那既冒风险又吸引人的伟大的工作，在危急的时刻抛弃我那正在流血的祖国。

但是我为国家尽过力，我呈上报销清单：

参议员贝娄委员会文书博士向美利坚合众国报销：
作战部咨询　　　　　五十美元
海军部咨询　　　　　五十美元
财政部咨询　　　　　五十美元

---

① 这是美国独立战争时期的政治家、演说家帕特里克·亨利的名言。

内阁咨询　　　　　　免费

往返耶路撒冷旅费①，途经埃及、阿尔及尔、直布罗陀与卡迪斯②，行程一万四千英里，每英里按二十美分计

共二千八百美元

参议院贝娄委员会文书薪金，每天六美元，共六天

三十六美元

总计　　　　　　　　　　　二千九百八十六美元

除了文书薪金三十六元这个小数目之外，报销单上各项竟没有一项照付，财政部部长逼得我山穷水尽，提起笔来把我其他各项通通画掉，只在旁边批了"不准"两字。居然赖账！这国家完蛋了。

我的官场生涯眼前是完了。让那些愿意上钩的文书留下去干吧。据我了解，各部门许多文书根本不知道什么时候开内阁会议；他们对于战争、财政、商业有什么高见，国家领袖从未去询问，好像他们不是政府里的人，而实际上他们天天在办公室干活！他们知道自己的工作对国家来说多么重要，他们的一举一动不免流露出来，你瞧他们在饭店里点菜时候的那副神气——但他们是在工作呀。我认识一位文书，他得把从报纸上剪下来的各色各样小纸片贴到剪贴簿上去——有时候一天要贴八张、十张之多。他贴得不怎样，可是他拿出了最大的本事去贴。这活儿是最累人的。它掏空你的才智。可是他一年只挣一千八百美元。那位年轻人有这么好的头脑，要是愿意干别的行当，他可以攒起好几千元钱来。可是，他不——他的心向着祖国，只要祖国还剩下一本剪贴簿，他就甘心为祖国去贴。我认识几位文书，他们不知道怎么写，可是他们有多少知识就把多少知识尊敬地奉献在祖国的脚下，累死累活，受苦受难，就为这两千五百美元的年薪。他们写

---

① 准州（指待成立、尚未正式批准的州）代表的旅费都按往返旅程报销，尽管他们一去个复返。我为什么不能这么报，百思不得其解。

② 西班牙西南部一海港。

的东西，有时候别的文书不得不重起炉灶，可是你已经为国家尽了力，国家还能埋怨你吗？有些文书，找不到文书的活儿，就等啊，等啊，等什么时候有个空缺——耐心地等一个为祖国效劳的机会——而在等的时候，他们一年只有两千美元。这可真惨——太惨了，太惨了。如果国会议员的一位朋友很有才能又没有工作，无法施展他伟大的抱负，那位议员就把他交给祖国，安插他在某部当文书。那个人就得当一辈子奴隶，为了从不替他考虑、从不同情他的国家的利益而同文件去开仗——就不过为了一年两三千美元的薪俸。我要是把几个部门所有文书的情况通通列举出来，说明他们干的是什么活儿，拿的又是多少钱，那么你会发现文书还差一半，就他们干的活来说，工资也还差一半呢。

董衡巽　译

我怎样编辑农业报

我把一个农业报的临时编辑工作接了下来，正如一个惯居陆地的人驾驶一只船那样，并不是毫无顾虑的。但是我当时处境很窘，薪金成了我追求的目标。这个报纸的常任编辑要出外休假，我就接受了他所提出的条件，代理了他的职务。

又有工作了，心里觉得非常舒服，我以毫不衰退的兴致，整整干了一个星期。后来稿件付印，我怀着迫切的心情等待了一天，急于想看看我写的文章是否能引起什么注意。将近傍晚，我离开编辑室的时候，楼梯底下有一群大人和孩子一致向旁边闪避，给我让出路来，我听见他们之中有一两个人说："就是他！"这桩事情自然使我很高兴。第二天早上，我又发现类似的一群人在楼梯底下，另外还有些人，东一对西一个，在街上站着，在街道对面站着，很感兴趣地注视着我。我走近的时候，那一群人就分开向后退，我还听见一个人说，"你瞧他那双眼睛！"我假装没有看出我所引起的注意，可是内心却很得意，还准备写信给我的姑母叙述这种情况。我爬上那一道短短的楼梯，在走近门口时，听见一阵兴高采烈的喧哗和响亮的哈哈大笑。我把门打开，一眼瞟见两个乡下模样的青年人；他们看见我的时候，脸色发白，显出害怕的样子，接着他们两人砰地一下子由窗户里冲了出去，我觉得有些诧异。

大约过了半个钟头，有一位飘着长胡子的老先生走进来，他的面容很文雅,可是颇为严肃。我请他坐,他就坐下了。他似乎是心中有点什么事情。他把帽子取下来,放在地板上,然后从帽子里面取出一条红绸子手巾和一份我们的报纸。

他把报纸放在膝头上,一面用手巾擦着眼镜,一面说道:"你就是新来的编辑吗?"

我说是的。

"你从前编过农业报吗?"

"没有,"我说,"这是我初次的尝试。"

"大概是这么回事。你对农业有过什么实际经验吗?"

"没有,可以说是没有。"

"一种直觉使我看出了这一点,"这位老先生把他的眼镜戴上,以严峻的神情从眼镜上面望着我说,同时他把那份报纸折成一个便于拿的样子。"我想把使我发生那种直觉的一段念给你听听。就是这篇社论。你听着,看这是不是你写的——

　　萝卜不要用手摘,以免损害。最好是叫一个小孩子爬上去,把树摇一摇。

"喏,你觉得怎么样?——我看这当真是你写的吧?"

"觉得怎么样?啊,我觉得这很好呀。我觉得这很有道理。我相信单只在这个城市附近,每年就因为在萝卜半熟的时候去摘而糟蹋了无数万担萝卜;假如大家叫小孩子爬上去摇萝卜树的话——"

"摇你的祖奶奶!萝卜不是长在树上的呀!"

"啊,不是那么长的,对不对?哎,谁说萝卜长在树上呢?我那句话是个比喻的说法,完全是比喻的说法。稍有常识的人都会明白我的意思是叫小孩子上去摇萝卜的藤呀。"

于是这位老人站起来,把他那份报纸撕得粉碎,还拿脚踩了一阵;他用手杖打破了几件东西,说我还不如一头牛知道得多,然后就

走出去，砰的一声把门带上了。总而言之，他的举动使我觉得他大概有所不满。可是我不知道究竟出了什么岔子，所以我对他也就无能为力了。

随后不久，又来了一个个子很高的死尸似的家伙，头上有几绺细长的头发垂到肩膀上，那满是坑坑洼洼的脸上长着密密麻麻的短胡子，大概有一个星期没有刮过。他一下子冲进门里，站着不动，手指按在嘴唇上，头和身子都弯下去，作出静听的姿势。他并没有听见什么声音，可仍在听。仍旧没有声音。然后他就把门锁上，小心翼翼地踮着脚尖向我走过来，走到他勉强可以和我交谈的地方就站住，以浓厚的兴趣把我的面孔仔细察看了一会儿之后，从怀中掏出一份折起来的我们的报纸，说道——

"啊，是你写的吧。请你念给我听——快点！帮我解脱痛苦吧。我难受得很。"

我念出了下面的文章，当那些词句从我嘴里吐出来的时候，我看得出果然产生了解救的作用，看得出他那紧张的肌肉松弛下来，脸上的焦躁神情也消失了，安静和舒适的表情悄悄地掠过他的眉宇，就像慈祥的月光照在凄凉的景物上面一般：

瓜努①是一种很好的鸟，可是饲养必须多加小心。由产地输入的时期不宜在六月以前或九月以后。冬天应该把它养在温暖的地方，好让它把小鸟孵出来。

我们今年谷物的收成显然会是很晚的。所以农人最好是在七月里开始把麦秸插上，同时将荞麦饼种下，而不宜迟到八月间才种。

再谈谈南瓜吧。这种浆果是新英格兰内地人最喜欢吃的，他们觉得拿它制果子饼比醋栗子强，同时也认为拿它喂牛比覆盆子好，因为它比较容易饱肚子，而且牛也爱吃。除了葫芦和

---

① 原文为guano，意思是"海鸟粪"，根本不是鸟名，所以这里是译音。

一两种瓠瓜的变种而外,南瓜是柑橘科中唯一能在北方繁殖的蔬菜。但是把它和灌木一同种在前院里的那种老办法现在越来越不时兴了,因为一般人都认为靠南瓜树遮阳是一桩未见成效的事情。

现在暖和的天气快到了,公鹅已开始产卵——

这位兴奋的倾听者连忙向我跑过来,和我握手,他说——

"好了,好了——这就够了。现在我知道我并没有毛病,因为你念的正和我念的一样,一字一句都相符。可是,先生,今天早上我第一次读这篇文章的时候,我自己心里就想:虽然我那些朋友把我监视得很严,我可从来不相信自己疯了,可是这下子我相信我确实是疯了;于是我大吼一声,那声音几英里以外都可以听得见,随即我就动手杀人——因为,你明白吧,我知道迟早会到这个地步,还不如趁早开始。我把你那篇文章当中的一段又念了一遍,为的是证明自己确实是疯了,然后我放火把自己的房子烧了。我动手干起来,已经把几个人打成了残废,另外还把一个家伙弄到树上,这样等我要干他的时候,还可以把他弄下来。可是我走过这儿的时候,觉得还是到里面来请教一下,把事情彻底弄清楚为好。现在确实是弄清楚了,我说刚才被我弄上树的那个小伙子真是运气好哩,要不然我回去的时候准会把他打死。再见吧,先生,再见;你给我心里卸去了一副重担。我的理智居然抵住了你的一篇农业文章对我的影响,现在我知道无论什么事情都不能再使我的心理反常了。再见,先生。"

这个人为了给他自己开心而把人家打成了残废,还放火烧了房子,颇使我有点于心不安,因为我不免感到自己间接地与这些举动有些关系。可是这种念头很快就被撵走,因为正式的编辑进来了!(我心里想,你假如听从我的意见,到埃及去了的话,那我还可以有机会大干一番;可是你偏不到那儿去,现在就回来了。我本来就担心着你会这样哩。)

编辑先生显得很懊恼、惶惑和沮丧。

他巡视了一番那个老暴徒和那两个年轻的农民所捣毁的东西,然后说道:"这真是一桩很倒霉的事情——非常倒霉的事情。胶水瓶子打破了,还有六块玻璃、一只痰盂和两只蜡烛台。可是最糟糕的还不是这个。报纸的名誉受到了损失——恐怕是永久的损失哩。当然,这份报纸从来没有像现在这样受过欢迎,也从来没有卖过这么多份数,从来没有出过这么大的风头;可是我们难道希望靠疯狂行为出名,希望靠神经病发展业务吗?朋友,我跟你说老实话,外面街上站满了人,还有许多人骑在栅栏上,大家都在等着要瞧你一眼,因为他们都认为你是个疯子。他们看了你写的那些文章之后,当然也就不免有那种想法。你那些大作真是新闻界的耻辱。哎,你怎么居然会异想天开,认为自己可以编这种报纸呢?你似乎连农业上的一点最起码的常识都没有嘛。你说到犁沟和犁耙,就把它们当成同一种东西,你还提到什么牛换羽毛的季节,还主张饲养臭鼬①,因为它好玩,又最善于捉耗子!你说什么给蛤蜊奏乐就可以使它规规矩矩待着不动,真是废话——地道的废话。什么也不会惊动蛤蜊呀,蛤蜊通常都是规规矩矩待着不动的。蛤蜊对音乐根本就丝毫不感兴趣。啊,天哪,朋友!即令你把专门学糊涂当作一生的学业,那你毕业的时候也不可能比现在得到更高的荣誉。我从来没见过这样的事情。你说什么七叶果作为商品越来越受欢迎,这简直是有意要毁掉这份报纸。我叫你放弃这个职务,赶快滚蛋。我也不再要休假了——休了假也不痛快。叫你在这儿代替我的职务,当然我就无法安心休假了。我会时时刻刻提心吊胆,不知你还要提出一些什么别的主张。我一想到你在'园艺'这一栏里讨论养蚝场的问题,就禁不住冒火。现在我叫你滚。天大的事情也不能让我再去休一天假了。啊!你为什么不早点告诉我,你对农业一窍

---

① 臭鼬是一种会放出强烈臭气的野兽,根本不能饲养。

不通呢？"

"告诉你吧，你这玉米秆，你这白菜帮子，你这卷心菜崽子①？我这辈子还是第一次听到你这种无情无义的话哩。我告诉你吧，我干编辑这一行已经十四个年头了，这还是头一次听说当个编辑需要什么知识才行。你这萝卜头！请问你，是谁给那些第二流的报纸写剧评的？哈，还不是一些出了师的鞋匠和药剂师的学徒吗？他们对于演戏的知识并不见得比我的农业知识强呀。是谁在写书评呢？都是些从来没有著过书的人。是谁写那些关于财政的长篇大论？就是那些对财政恰好一无所知的诸公。是谁在评论对印第安人的战争呢？就是那些连临阵的吼叫和林中的狗叫都辨别不清楚、从来没拿着印第安人的战斧飞奔猛冲的人，也就是没有从家里人的身上拔下箭来烧过营火的大官老爷们。是谁写文章呼吁戒酒、大声疾呼地警告纵酒之害呢？就是那些直到进了坟墓的时候嘴里才会不带酒气的人们。谁编农业刊物呢？就是你吗——你这山药蛋？一般而论，都是些写诗碰了壁、写黄色小说又不成功、写街头剧本也不行、编本地新闻也失败了的人，他们最后才退守农业这一行，借此暂时免于进游民收容所。你居然来教训我，大言不惭地谈起办报的问题来了！先生，这一行我是从头到尾都精通了的，老实告诉你，一个人越是一无所知，他就越是有名气，薪金也拿得越多。天知道，我如果不是受过教育，而是愚昧无知，不是这样小心翼翼，而是轻举妄动，那我很可以在这个冷酷自私的世界上成了名哩。我告辞了，先生。你既然这样对待我，我是十分情愿走的。可是我已经完成我的任务了，在你所容许的范围之内，我已经履行了合同。我说过我能够使你的报纸投合各阶层的脾胃——这一点我做到了。我说过我能够使你的报纸销数增加到两万份；如果我能再编两个星期，那原是不成问题的。我本可以

---

① 这里是这位代理编辑故意乱用了一些植物名称来骂人，好像是要表示他对农业并非一无所知。以下还有三处也是这样。

给你找到一个农业报纸所能得到的一批最好的读者——其中一个农民也没有,无论哪一个,要了他的命也弄不清楚西瓜树和桃子藤的区别。我们这次的决裂,吃亏的是你,而不是我,你这大黄梗!再见吧。"

于是我就离开了。

张友松　译

竞选州长

几个月以前，我被提名为纽约州州长候选人，代表独立党参加竞选，对方是斯坦华特·L. 伍福特先生和约翰·T. 霍夫曼先生。我总觉得自己名声不错，同这两位先生相比，我有显著的优势。从报上很容易看出：如果说这两位先生也曾知道爱护名声的好处，那是过去的事情了，近年来他们显然已经把各种各样的无耻勾当看作家常便饭。当时，我虽然醉心于自己的长处，暗自得意，但是一想到我得让自己和这些人的名字混在一起到处传播，总有一股不安的混浊暗流在我愉快心情的深处"翻腾"。我心里越想越乱。后来我给我奶奶写了一封信，把这件事告诉她。她回信又快又干脆，她说：

你生平没有做过一桩亏心事——一桩也没有做过。你看看报纸——看一看就会明白，伍福特和霍夫曼等先生是何等样人，看你愿不愿意把自己降低到他们的层次，跟他们一道竞选。

我正是这个想法！那天晚上我一夜没合眼。但是我毕竟不能打退堂鼓。我既然已经卷了进去，只好干下去。

我一边吃早饭，一边无精打采地翻阅报纸。我看到有这么一段消息，老实说，我从来没有这样惊慌过：

伪证罪——1863年，在交趾支那的瓦卡瓦克，有三十四名证人证明马克·吐温先生犯有伪证罪，企图侵占一小片芭蕉地，那是当地一位穷寡妇和她的一群孤儿丧失亲人之后在凄惨的境遇中赖以活命的唯一资源。马克·吐温先生现在既然在众人面前出来竞选州长，是否可以请他讲讲此事的经过。吐温先生不论对自己或是对其要求投票选举他的伟大人民，都有责任把此事交代清楚。他愿意交代吗？

我当时惊愕得不得了！这样残酷无情的指控。我从来没有到过交趾支那！我从来没有听说过瓦卡瓦克！我也不知道什么是芭蕉地，就像我不知道什么是袋鼠一样！我不知道怎么办才好。我都气疯了，却又毫无办法。那一天我什么也没干就这么过去了。第二天早晨，这家报纸没说别的，只有这么一句：

值得注意——大家都会注意到：马克·吐温先生对交趾支那的伪证案保持缄默，似有苦衷。

（备忘——在这场竞选运动中，这家报纸此后凡提到我必称"臭名昭著的伪证犯吐温"。）

下一份是《新闻报》，登了这么一段：

急需查究——吐温先生在蒙大拿州露营时，与他同一帐篷的伙伴经常丢失小东西，后来这些东西一件不少都在吐温先生身上或"箱子"（即他卷藏什物的报纸）里发现了。大家为他着想，不得不对他进行友好的告诫，在他身上涂满柏油，插上羽毛，叫他跨坐在横杆上，把他撵出去，并劝告他让出铺位，从此别再回来。这件小事是否请新州长候选人向急于要投他票的同胞们解释一下？他愿意解释吗？

难道还有比这种控告用心更加险恶的吗？我一辈子也没有到过蒙大拿州。

（从此以后，这家报纸按例管我叫"蒙大拿小偷吐温"。）

于是，我拿起报纸总有点提心吊胆，好像你想睡觉，可是一拿起床毯，总是提心吊胆，生怕毯子下面有条蛇似的。有一天，我看到这么一段消息：

谎言已被揭穿！——根据五点区的密凯尔·奥弗拉纳先生、华脱街的吉特·彭斯先生和约翰·艾伦先生三位的宣誓证书，现已证明马克·吐温先生曾恶毒声称我们尊贵的领袖约翰·T. 霍夫曼的祖父系拦路抢劫被处绞刑一说，纯属卑劣无端之谎言，毫无事实根据。用毁谤故人、以谰言玷污其美名这种下流手段，来掠取政治上的成功，使有道德的人见了甚为痛心。我们一想到这一卑劣的谎言必然会使死者无辜的亲友蒙受极大悲痛时，恨不得鼓动起被伤害和被侮辱的公众，立即对诽谤者施行非法的报复。但是，我们不这样做，还是让他去承受良心谴责的痛苦吧。（不过，公众如果气得义愤填膺，盲目行动起来，竟对诽谤者加以人身伤害，显然陪审团不可能对肇事者判罪，法庭也不可能加以惩处。）

最后这句妙语大起作用，当天晚上"被伤害和被侮辱的公众"从前门冲进来，吓得我赶紧从床上爬起来，打后门溜走。他们义愤填膺，来的时候捣毁家具和门窗，走的时候把能抄走的财物统统抄走。然而，我可以把手按在《圣经》上起誓：我从来没有诽谤过霍夫曼州长的祖父。不仅如此，在那一天之前，我从来没有听人说起过他，我自己也没有想到过他。

（顺便提一下，刊登上述新闻的那家报纸此后总是称我为"盗尸犯吐温"。）

下一篇引起我注意的报上文章是这样写的：

好一个候选人——马克·吐温先生原定于昨晚在独立党民众大会上作一次毁损对方的演说,却未按时到会。他的医生打来一个电报,说是他被一辆疯跑的马车撞倒,腿部两处负伤,极为痛苦,无法起身,以及一大堆诸如此类的废话。独立党的党员们硬着头皮想把这一拙劣的托词信以为真,假装不知道他们提名为候选人的这个放任无度的家伙未曾到会的真正原因。

昨天晚上,分明有一个人喝得酩酊大醉,歪歪斜斜地走进吐温先生下榻的旅馆。独立党人刻不容缓,有责任证明那个醉鬼并非马克·吐温本人。这下我们到底把他们抓住了。这一事件不容躲躲闪闪、避而不答。人民用雷鸣般的呼声要求回答:"那个人是谁?"

把我的名字果真与这个丢脸的嫌疑人联系在一起,一时叫我无法相信,绝对叫我无法相信。我已经有整整三年没有喝过啤酒、葡萄酒或任何一种酒了。

(这家报纸第二天大胆地授予我"酗酒狂吐温先生"的称号,而且我明白它会忠诚无二地永远这样称呼下去,但是,我当时看了竟无动于衷,现在想来,足见这种时势对我起了多大的影响。)

到那时候,我所收到的邮件中,匿名信占了重要的部分。一般是这样写的:

被你从你寓所门口一脚踢开的那个要饭的老婆子,现在怎么样了?

包打听

还有这样写的:

你干的有些事,除我之外无人知晓,奉劝你掏出几元钱来孝敬老子,不然,咱们报上见。

惹不起

大致是这类内容。读者如果想听,我可以不断引用下去,保你腻烦。

不久,共和党的主要报纸"宣判"我犯了巨额贿赂的罪行,民主党最主要的报纸把一桩极为严重的讹诈案件"栽"在我的头上。

(这样我又多了两个头衔:"肮脏的贿赂犯"和"恶心的讹诈犯"。)

这时候舆论哗然,纷纷要我答复所有这些可怕的指控。我们党的报刊主编和领袖们都说,我如果再不说话,政治生命就要完蛋。好像为使他们的要求更为迫切似的,就在第二天,有一家报纸登了这么一段话:

注意这个人!——独立党这位候选人至今默不作声。因为他不敢答复。对他的控告条条都有充分证据,并且为他满腹隐衷的沉默所一而再、再而三地证实,现在他永远翻不了案。独立党的党员们,看看你们这位候选人!看看这位臭名昭著的伪证犯!这位盗尸犯!好好看一看你们的这位酗酒狂的化身!你们的这位肮脏的贿赂犯!你们这位恶心的讹诈犯!你们好好看一看、想一想——这个家伙犯下了这么可怕的罪行,得了这么一串倒霉的称号,而且一条也不敢张嘴否认,看你们愿不愿意把自己正当的选票去投给他!

我没有办法摆脱这个困境,只得深受委屈地着手"答复"一大堆毫无根据的指控和卑鄙下流的谎言。但是我始终没有做完这件事情,因为就在第二天,有一家报纸登出一个新的耸人听闻的案件,再一次恶意中伤,严厉地控告我因一家疯人院妨碍我家的人看风景,我就将这座疯人院烧掉，把里面的病人统统烧死。这叫我十分惊慌。接着又是一个控告，说我为吞占我叔父的财产不惜把他毒死，并且要求立即挖开坟墓验尸。这叫我神经都快错乱了。这一些还不够，竟有人控告我在负责育婴堂事务时雇用掉了牙的、年老昏庸的亲戚给育婴堂做饭。我都快吓晕了。最后，党派斗争的积怨对我的无耻迫害自然而然达到了高潮：有人教唆九个刚刚在学走路的小孩，包括各种不同的肤色，穿着各式各样的破烂衣服，冲到一次民众大会的讲台上来，抱住我的双腿，管我叫爸爸！

我放弃了竞选。我退出，我投降。我够不上纽约州州长竞选运动所需要的条件，所以，我递上退出竞选的声明，而且怀着怨恨、痛苦的心情签上我的名字：

　　你忠实的朋友，过去是好人，现在却成了臭名昭著的伪证犯、蒙大拿小偷、盗尸犯、酗酒狂、肮脏的贿赂犯和恶心的讹诈犯——马克·吐温。

董衡巽　译

我给参议员当秘书的经历

现在我已经不是参议员老爷的私人秘书了。这个职位我稳稳当当地担任了两个月,而且是干得兴致勃勃的,但是后来我干的好事又找上门来——这说是说,我的杰作从别处转回来,原形毕露了。我估量着最好是辞职。事情的经过是这样的:有一天还在清早的时候,我的东家叫我去,于是我给他最近所作的一次关于财政的精彩演说暗自添了一些不可捉摸的话进去之后,马上就去见他。他脸上有些可怕的表情。他的领带也没有打好,头发乱蓬蓬的,他的神情表现出阴云密布、雷霆将发的征兆。他手里紧紧地捏着一把信件,我知道那是可怕的太平洋铁路的邮件到了。他说:

"我还以为你是值得信任的哩。"

我说:"是,先生。"

他说:"我把内华达州的一些选民写来的一封信交给你,他们要求在包尔温牧场设立一所邮局,我叫你写封回信,要尽量写得巧妙一点,给他们举出一些理由,使他们相信那地方还没有设立邮局的十分必要。"

我觉得安心一些了。"啊,要是你的意思不过是这样的话,先生,那我已经遵命照办了。"

"是呀,你的确照办了。我把你的回信念给你听听,让你去惭愧惭愧吧:

史密斯、琼斯及其他诸位先生：

你们要求在包尔温牧场设一个邮局，这是开什么玩笑呢？这对你们是毫无益处的。假如有信寄到你们那里来，你们也看不懂，是不是？还有一点，如果有寄钱的信，要经过你们那里寄到别的地方去，那就难得安全通过，这想必是你们马上就明白的，结果就难免给我们大家都找些麻烦。算了吧，千万不要打算在你们那地方办邮局。我非常关心你们的利益，觉得这只是一种装饰门面的荒唐计划。你们所缺乏的是一所很好的监狱，明白吗——一所修得漂漂亮亮、结结实实的监狱和一所免费学校。这两种建设对你们是有长远利益的。这足以使你们感到真正的满意和快乐。我可以马上在国会提出该议案。

参议员杰姆士·××敬启，
马克·吐温代笔
11月24日，于华盛顿

"你就是这样答复那封信的。那些人说我要是再到那带地方去，他们就要把我绞死，我也很相信他们一定会这么干。"

"唉，先生，当初我可不知道这会闯什么祸。我不过是要说服他们罢了。"

"啊！真是，你的确把他们说服了，我丝毫也不怀疑。你看，这儿还有另外一封宝贝信。我把内华达的几位先生寄来的一份请愿书交给你，他们请求我设法叫国会通过一个议案，批准内华达州的美以美主教会的职权范围；并且还要设法使他们明白，目前在他们那个新州里，宗教界人士力量还很薄弱，所以正式成立教会是否适当，颇成问题。你的回信是怎么写的呢？"

约翰·哈里法克斯牧师及其他诸位先生：

你们应该去找州议会解决你们那个投机事业——关于宗教

的问题，国会是不闻不问的。但是你们也不要忙着去找州议会；因为你们在那新设的州里打算做的这件事情是不适当的——事实上，这简直是荒谬得很。你们那里信教的人实力太薄弱，在智能方面、道德方面、虔诚方面都不行——一切都差得远。你们最好放弃这个计划——这是行不通的。你们办这种团体，并不能发行债券——即令可以发行，那也会使你们经常为难。别的教派会攻击这桩事情，他们会'压低行市''卖空头'，使你们的债券垮台。他们会像对付你们那里的银矿那样，采取同样的手段对付你们——他们会想尽方法使大家都相信那是'盲目的投机事业'。你们的计划只足以把一种神圣事业弄得声名狼藉，这种事情你们是不应该做的。你们应该自觉惭愧——这是我对你们的意见。你们的请愿书末尾是这样说的：'我们一定永远祈祷。'我也认为你们要这样做才对——你们必须这么办。

参议员杰姆士·××敬启，

马克·吐温代笔

11月24日，于华盛顿

"这封聪明的信把我的选民当中的宗教界人士对我的好感完全断送了。可是我好像还怕我的政治生命毁得不够彻底似的，不知有一种什么倒霉的念头又使我把旧金山市参议会里那些威严的长老们递来的申请书交给你，让你试试你的笔墨——这个申请书是要求国会制定法律，规定把旧金山市海滨地区的航运税划给他们那个市来收。我告诉你说，这个问题提到国会里去讨论是有危险性的。我叫你给那些市参议员写封含糊其词的回信——一封不着边际的信——这封信里要极力避免对航运税问题的认真考虑和讨论。你现在如果还有一点知觉的话——如果还知道羞耻——那么我把你遵照我的吩咐写的这封回信念给你听听，是应该可以使你惭愧的：

可敬的市参议会诸位先生：

　　大家敬爱的国父乔治·华盛顿早已逝世。他那长久的、光辉灿烂的一生已永远结束，令人不胜痛悼。他在我们这带地方是大受敬仰的，可惜他死得太早，使所有的人都感到悲哀。他是1799年12月14日去世的。他安静地离开了他一生的荣誉和伟大成就的场所，他是最受人哀悼的英雄，也是全世界被死神接去的最亲爱的人物。在这样的时候，你们却提出航运税的问题！——他遭的是什么运呀！

　　名誉算什么！名誉不过是偶然之事而已。艾萨克·牛顿爵士发现了一只苹果掉在地下——这其实不过是一个微不足道的发现，而且也是千百万人在他之前早已发现了的事情——但是他的父母是有势力的，于是他们就把那件小小的事情拼命吹嘘，把它说得了不起，结果全世界的人就老老实实地相信这种吹牛的话，于是几乎在一转瞬间，那个人就成名了。好好地体会这种见解吧。

　　诗歌，美妙的诗歌啊，世人所得你的好处有多大，叫谁来评定呀！

"玛丽有一只小羔羊，它有一身雪白的毛——
无论玛丽到什么地方去，它老是和她一道。"
"杰克和吉尔往山上走
去提一桶水下来；
杰克跌了一跤滚下山，摔破了头顶，
吉尔也跟着他滚下来。"

　　这两首诗都写得很质朴，用字也很高雅，再则诗中没有猥亵的倾向，所以我认为都是很宝贵的珍品。它们适合于各色各样的人去领会，适合各种生活范围的人——合于田野，合于育婴室，合于商人的行会。尤其是参议会不能不欣赏这两首诗。

　　可敬的老顽固先生们！请常通信吧。友谊的书信往来还是对人最有好处的。请再来信吧——如果你们这封申请书里特别提到了什么问题，务请再加说明，毋须有所顾忌。我们决不会嫌你们唠叨。

参议员杰姆士·××敬启，
马克·吐温代笔
11月27日，于华盛顿

"这封信真是糟糕透顶，简直是要命！神经病！"

"唉，先生，这封信要是有什么不妥当的地方，我实在是非常抱歉——可是——可是我觉得这倒是避开了航运税的问题没有谈呀。"

"避开了屁！啊！——可是不管它吧。现在既然是要遭殃，就干脆让它来个彻底吧。干脆让它来个彻底——让你这篇最后的杰作来收场吧，我马上就要念给你听。我简直完蛋了。我把从亨保德来的那封信交给你的时候，本来就有点担心。他们要求把印第安谷到莎士比亚山峡和中间各站的邮路照摩门老路作部分的修正。可是我跟你说过，这是个很伤脑筋的问题，我提醒过你，要灵活应付——回信要说得含糊一点，让他们莫名其妙。可是你这要命的低能脑筋弄得你写了这么一封糟糕的回信。我看你要是还没有完全丧失羞耻心的话，简直要把耳朵堵起来才行：

柏金士、华格纳及其他诸位先生：

关于印第安路线的问题，是很伤脑筋的，但是如果以适当的灵活手腕和含糊态度来处理，我相信我们一定能够多少想出一些办法，因为在这条路线离开拉森草原的地方，去年冬天那两个勺尼族酋长"破落冤家"和"云的对手"就在附近被人剥掉头皮。有些人喜欢这条路线，但是另外有些人由于种种原因，认为别的路线较好。而走摩门老路就要在早上三点钟由摩斯比镇出发，经过觉邦平地到布勒乔，再往下到壸把镇，大路由它右边经过，自然就把它丢在右边，然后又经过道生镇的左边，再往前走就到了汤玛浩克镇。这么走就可以使附近的旅客省点钱，也方便一点，还可以满足其他一些人所想到的一切愿望，因此也就是对最大多数人有最大的好处，所以我才有了信心，希望问题是可以解决的。但是你们如果希望对这个问题获得进一步的了解，只要邮务部能将有关情况提供给我，我随时都准备答复你们，并乐于效劳。

参议员杰姆士·××敬启，
马克·吐温代笔
11月30日，于华盛顿

"你看——你觉得这封信写得怎么样？"

"唉，我不知道，先生。这——唉，在我看来——这是很够含糊其词的。"

"含糊——滚出去吧！我简直完蛋了。那些亨保德的野蛮人为了我叫他们大伤脑筋去看这么一封不近人情的回信，决不会饶过我。我失掉了美以美会对我的尊敬，得罪了市参议会那些人——"

"唉，这些我都无话可说，因为我给他们这两处写回信也许是写得不大得体，可是我对付包尔温牧场那些人，实在是对付得很聪明呀，将军[①]！"

"滚出去！滚出去！永远不要再回来了。"

我认为他这句话是一种隐隐约约的表示，叫我无须再给他帮忙，所以我就辞职了。以后我决计不再给参议员当私人秘书。这种人实在太难伺候了。他们什么也不懂。你费尽心思，他们也不知好歹。

张友松　译

[①] 美国有些较有地位的人，往往被称为"将军""上校"，等等。这是一种装点门面的头衔，他们有的是退伍军人，有的根本就没有当过军人。

神秘的访问

我新近"安家立业"之后,首先来光顾我的是一位自称为估税员的先生。他说他是属于美国国内税收部的。我说我从来没有听说过他这门行业,可是尽管如此,我还是很高兴见到他。请坐下好不好?他坐下了。我不知道有什么特别合适的话可说,可是我觉得有了自立门户的资格的人必须健谈,跟别人在一起必须潇洒自如、长于交际才行。于是我因为没有别的话可说,便问他是不是在我们邻近的地方营业。

他说是的。(我不愿意显出外行的样子,可是我本来倒是希望他会提一提他出售的是什么东西。)

我冒失地问他:"生意怎么样?"

他说:"还好。"

于是我就说,我们会上他那儿去;如果我们喜欢他的铺子,并不亚于别的商店,我们就会照顾他。

他说他认为我们会特别喜欢他的铺子,情愿专做他的主顾——他说只要是跟他做过一次生意的人,他从来没有见过哪一个离开他那儿,另外照顾他的别的同行。

这倒是很有几分自鸣得意的口气,可是除了我们大家所共有的那种天生的奸诈的表情而外,那个人倒是显得老老实实的。

我不知道当时的情况究竟是怎么变化的,可是我们似乎是渐渐融洽起来，彼此很接近——这是指谈话的情形说的——然后一切都像时钟一样，进行得非常顺利。

我们谈了又谈，谈了又谈——至少我是这样；我们笑了又笑，笑了又笑——至少他是这样。可是自始至终，我的头脑一直是清醒的——照轮机师的说法，我把我那天生的机警"开足了马力"。他的回答虽然是含含糊糊的，我却下定了决心，非弄清他的行业不可——而且我还决定要使他对我的企图还没来得及犯疑心，就把实情说出来。我打算用一个高深莫测的妙计把他引入圈套。我要把我自己的事情完全告诉他，在这一阵诱惑性的亲密谈话时间内，他自然就会对我热情起来，以致情不自禁，还没猜到我的企图，就把他的事情全都告诉我。我暗自想道，伙计，你哪知道你是在和一个多么狡猾的老狐狸打交道啊。我说：

"噢，你决猜不到今年春天和冬天我在各处演讲，挣了多少钱吧？"

"猜不到——我想我怎么也猜不到。我想想看——我想想看。大概有两千块钱吧？可是不，先生，不对，我知道你挣不到那么多钱。大概有一千七吧？"

"哈！哈！我早知道你猜不中。我今年春天和冬天演讲的收入是一万四千七百块。你觉得怎么样？"

"噢，这真是惊人——十足地惊人。我把它记下来吧。你说这还不是全部收入吗？"

"全部！嘻，天哪，还有《呐喊日报》给我的四个月稿费收入——大约是——大约是——呃，比方说，大约八千块，你觉得怎么样？"

"好家伙！嘻，那我就要说，我很希望自己也在那么一大堆钱里打滚。八千！我把它记下来吧。喂，伙计！——除了这些钱而外，难道你还会说，你还有别的收入吗？"

"哈！哈！哈！哦，你可以说是刚刚摸着了一点儿边哩。还有我那部书，《傻子出国记》——定价三块半到五块，看装订的好坏。你听我说吧。瞧着我的眼睛,过去销掉的不算,只算最近这四个半月,光是这四个半月里,这部书我们就卖了九万五千部。九万五千部呀!想想看。平均就算它四块钱一部吧。小伙子!那就是将近四十万元哪。我得一半。"

"我的天哪!我把这个也记下来。一万四千七百——八千——二十万。总数呢,嘿——我的乖乖,总共大约是二十一万四千元!真能有这么多吗?"

"那还会错!要是有错的话,也只能是少算了。我要是会计算的话,我这一年的收入是二十一万四千,现款。"

然后那位先生就站起来要走。我当时非常丧气,以为我听了这个陌生人大声惊叹的话,便得意忘形,大吹其牛,把钱数夸大了不少,结果却大概是白说了一阵,毫无意义。可是不,最后那位先生把一只大信封递给我,说那里面装着他的广告;他说我从那里面就可以弄清楚一切关于他的生意的情况;并且还说他很乐意得到我的照顾——事实上,如果能有这么一个收入特别多的人做他的主顾,他简直会感到荣幸哩;他说从前他总以为这个城市里有几位阔佬,可是等到他们和他做起生意来,他就发觉他们只能勉强维持生活;他说自从过去面对面见过一个阔人,和他谈过话,用手和他接触过以后,已经熬了许多许多年了,所以现在他简直禁不住要拥抱我——事实上,如果我能让他拥抱一下,他就会认为那是给予他很大的恩惠。

这使我非常高兴,所以我并不打算拒绝,居然让那个心地单纯的陌生人伸手搂住我,淌下了几滴令人快慰的眼泪,顺着我的脖子背后往下流。然后他就径自走开了。

他刚一离开,我马上就打开他那一封广告。我把它仔细研究了四分钟。然后我把厨娘叫来,说道:

"快搀着我,我要晕倒了!让玛丽去翻烤饼吧。"

后来我苏醒过来,就派人到街上转角的那家酒店里去,雇一个画家来,叫他每天夜里坐一通宵,咒骂那个陌生人,白天我咒累了的时候,偶尔也叫他帮帮忙。

啊,他是多么可恶的一个坏蛋!他那份"广告"原来不是别的,只是一份混账的报税单——关于我的私事的一连串无礼的问题,占了四大页小字印刷品的一大部分——这些问题,我可以说明一下,都提得非常巧妙,连世界上最老的人都看不清它们究竟目的何在——这些问题是煞费苦心想出来的,它们可以使人把他的实际收入照四倍填报,为的是防止他们起誓的时候撒谎。我想找出一个漏洞,可是似乎什么漏洞也没有。第一个问题把我的情况包括得很全面、很充分,就像一把雨伞盖得住一个蚂蚁窝似的:

过去一年里,你从任何地方经营的生意,干的手艺或是职业,总共有多少收益?

这个问题还附加了十三个别的问题,都是同样追根究底的,其中最客气的一条还要求我说明是否干过偷窃和抢劫之类的事情,是否用放火的手段或是靠其他秘密来源,获得过第一个问题右方所列的收入以外的钱财。

显然,那个陌生人叫我当了个傻瓜。这是十分、十分明显的。于是我就出去,再雇来了一个画家。那个陌生人故意利用我的虚荣心耍了手段,引诱着我说出二十一万四千元的收入。按照法律规定,这些钱当中有一千块是免收所得税的——这是我唯一可以放心的一点,可是这不过等于海洋中的一滴水罢了。按照法定的百分之五的税率,我必须付给政府一万零六百五十元的所得税!

(我在这里可以声明一下,我并没有照办。)

我认识一个很富有的人,他住的房子是一座皇宫似的大厅,吃的是豪奢的饮食,开支非常之大,可是他却是个没有收入的人。这种情形,我是常在报税单上看到的,我在苦恼之中便去向他请教。他把我开列着那些大得吓人的收入的单子接过去,戴上眼镜,拿起笔来,真快呀!——我马上成了个穷光蛋!这是最干脆不过的事了。他巧妙地运用了"免征表",就毫不费力地大功告成了。他把我所缴纳的"州政府、联邦政府、市政府的税款"开列了若干;把我所受的"轮船失事和火灾等项的损失"开列了若干;把我"出卖房地产所受的损失"又开列了若干——还有"出卖牲畜的损失"——"租赁房屋的租金"——"修缮改建和利息等项开支"——还有"我从前当美国陆军和海军的军官、当税局职员的时候,曾经在薪金项下缴过的所得税",以及其他。他在这许多项目上每一种都算出了一笔惊人的"免征额"——每一种都有。他计算完了之后,就把那张单子交给我,于是我一眼就看出了,在那一年里,我在盈利方面的收入只有一千二百五十元零四角。

"你瞧,"他说,"那一千元是依法免征所得税的。现在你只要把这张账单拿去,宣誓证明属实,再缴纳这二百五十元的所得税就行了。"

(他说这两句话的时候,他的小儿子威利从他的背心口袋里偷了一张两元的钞票溜掉了。我敢打赌,如果访问我的那个陌生人明天来找这个小孩子,他也会谎报他这笔收入。)

"难道你,"我说,"老兄,难道你自己老是照这个办法编出一些'免征额'吗?"

"嗐,可不是吗!要不是在'免征项目'这个标题之下有那十一条规定的话,我每年都会为了供养这个凶恶可恨、横征暴敛的专制政府,穷得像叫花子一样。"

这位先生的地位很高,他是这个城市里实力最雄厚的阔人之一——他们这些人在道德方面有分量,在商业上有信用,在社会上的声誉是洁白无瑕的——所以我就甘拜下风,以他为榜样。我到税局里去,在当初去访问我的那位客人怒目相视之下,站在那儿撒了一连串的谎,说了一大堆骗人的话,提供了许多要无赖的证词,一概都发誓证明是实在的,直到我的心灵涂上了好几英寸厚的伪证的污垢,我的自尊心永远、永远扫地无余了。

  但是那有什么关系呢？这不过是美国成千上万最有钱、最得意、最受人尊敬、最受人重视、最受人巴结的阔佬每年都干的事情。所以我也就不在乎。我并不感到惭愧。我只是暂时少说些话，避开防火手套，免得染上某些可怕的坏习惯，堕落到不可救药的地步。

张友松 译

一个真实的故事

——照我所听到的逐字逐句叙述的

那是个夏天的黄昏时候。我们坐在小山顶上一个农家门口的走廊上,瑞奇尔大娘在我们那一排下面,很恭敬地坐在台阶上——因为她是我们的女仆,而且是黑人。她的身材高大而壮实,虽然是六十岁了,眼睛可并不模糊,气力也没有衰退。她是个欢欢喜喜、精神饱满的人,笑起来一点也不费劲,就和鸟儿叫那么自然。这时候又像平常天黑以后一样,她在"炮火"中了。这就是说,大家毫不留情地拿她开玩笑,她也就以此为乐。她动辄就发出一阵又一阵的爽朗的笑声,然后双手蒙住脸坐着,笑得不可开交,浑身抖动,简直喘不过气来,无法表达她的高兴。就在这种时候,我心里忽然起了一个念头,于是我说道:

"瑞奇尔大娘,你怎么活了六十年,从来没什么苦恼呢?"

她停止了抖动,歇了一会,没有作声。她回过头来望着我说:

"克先生,您当真这么说吗?"她的声音里连一点笑意都没有。

这使我大为吃惊,同时也使我的态度和谈话庄重了一些。我说:

"哎,我以为……我是说,我觉得……哎,你简直不可能有过什么苦恼呀。我从来没听见你叹过气,也从来没见过你眼睛里不带着笑。"

现在她差不多完全转过脸来了，显出十足的一本正经的神情。

"我是不是有过苦恼？克先生，我来跟您说，叫您自己去想吧。我是生在奴隶堆里的，当奴隶的滋味我全知道，因为我自己就当过奴隶。哎，先生，我的老汉——那就是我们当家的——他与我很恩爱，脾气也好，就跟您对您自己的太太那么好。后来我们俩生了孩子——七个孩子——我们俩很爱我们这些孩子，就跟您爱您的孩子一样。他们都是黑的，可是不管老天爷叫孩子们长得多么黑，他们的娘可照样爱他们，不肯把他们丢掉，不，随你拿全世界什么东西跟她换，她也不干。

"唉，先生，我生长在弗吉尼那个老地方，可是我妈是在马里兰长大的；哎呀，谁要是惹了她，她可真厉害！好家伙！她就大吵大闹一场！她发起脾气来，就老是爱说一句话。她把身子站得挺直，两手攥着拳头插在腰上，说：'我要叫你们知道，老娘不是生在平常人家，不能让你们这些杂种开玩笑！我是老蓝母鸡的小鸡，不含糊！'您知道吗，那就是马里兰生的人给他们自己的称呼，他们对这个很得意哩。哈，她就是那么说的。我一辈子也忘不了，因为她常说这句话，有一天我的小亨利把手腕子摔坏了，头也碰破了，刚刚碰着脑门子顶上，当时黑鬼们没有马上就跑过来招呼他，她又骂开了。他们一回嘴，她马上就站起来说：'喂！'她说，'我要叫你们这些黑鬼知道，老娘不是生在平常人家，不能让你们这些杂种开玩笑！我是老蓝母鸡的小鸡，不含糊！'她就把厨房收拾完了，自己给这孩子包扎上伤口。所以我让人家惹火了的时候，也说这句话。

"唉，后来我的老东家说她破产了，她只好把庄上的黑奴通通卖掉。我一听说他们要把我们通通送到里奇蒙去拍卖，啊，老天爷！我就知道那是怎么回事！"

瑞奇尔大娘说得很起劲了，她就渐渐站起来，现在她高高地耸立在我们面前，星光衬托出她的黑影。

"他们给我们套上链子，把我们放在一个看台上，就像这个台阶这么高——二十英尺左右——大伙儿就围着台子在下面站着，一堆一堆的人。他们就上来，把我们浑身打量，拧我们的胳膊，叫我们站起来走动，完了他们就说，'这个太老，'或是'这个瘸了腿，'再不就是'这个没多大用处'。后来他们就卖了我的老汉，把他带走了，他们又来卖我的孩子们，把他们也带走，我就哭起来；那个人就说'不许你哇啦哇啦地哭'，伸手就在我嘴上打了一巴掌。后来都卖完了，只剩下我的小亨利，我就拼命把他抱在怀里，抱得紧紧的，我就站起来说'你们要把他带走可不行！'我说：'谁动一动他，我就要谁的命！'可是我的小亨利悄悄地说：'我会逃跑，跑掉了我就去做工，给您赎身。'啊，老天爷保佑这孩子，他老是这么孝顺！可是他们拉着他——他们拉着他，就是那些人干的；可是我揪住他们的衣服，撕破了好些地方，还拿我的链子打他们的脑袋，他们也揍了我一顿，可是我不在乎。

"唉，我老汉就那么走了，还有我所有的孩子，七个孩子都走了——有六个我一直到今天都没再看到一眼，算到上个复活节，已经是二十二年以前的事了。把我买到手的那个人是新百伦的，他就把我带到那儿去。唉，就这么一年又一年过去，后来打起仗来了。我的东家他是个南方军队里的上校，我是给他家烧饭的。所以北方的队伍把那个镇打下来之后，他们通通跑掉了，把我丢在那儿，和别的那些黑人都在那幢大得要命的房子里。所以那些北方队伍的大军官就搬进来住，他们问我愿不愿意给他们烧饭。'天哪，那还有什么说的，'我说，'我是干这行的呀。'

"他们可不是那些芝麻大的小官儿，您知道，那都是些挺大挺大的军官；他们高兴叫那些小兵怎样就得怎样，真神气！那个将军他叫我当厨房的头儿，他说，'谁要是来给你捣乱，你就干脆叫他滚蛋，你可别害怕，'他说，'现在你是跟朋友们在一起了。'

"那么，我心里想，要是我的小亨利找到机会开了小差，那他一定就会上北方去。所以有一天我就跑到那些大官们待着的地方，大客厅里,我就给他们请个安,就像这样我就跑过去给他们谈到我的亨利,他们好好地听着我谈这些心事,就好像我也是白人一样,我又说:'我来问问,是因为他要是跑掉了,到了北方,到了你们各位长官的地方,你们也许看见过他,那你们就可以告诉我,好让我把他找回来;他很小,左手腕子上和脑门子顶上都有个疤。'这下子他们就显得很难过,将军说:'他们给他弄走有多久了?'我说:'十三年了。'这下将军就说:'他现在可不会再像那么小——他已经是个大人了!'

"我从前简直没想到过这个!我心里老想着他还是那么个小不点儿。从来没想到过他会长大,长成个大人。可是现在我明白了。那些长官谁也没碰见过他,所以他们也没法帮我的忙。可是那些年里,虽然我不知道,我的亨利却真是跑到北方去了,去了好些年好些年,还成了剃头匠,自己干活。后来打起仗来了,他马上就说:'我剃头剃够了,'他说,'我要去找妈妈,除非她死了。'所以他就卖掉他的行头,跑到招兵的地方去,给一个上校当听差的;这下子他就跟着部队到处打仗,好打听他的老妈妈;是呀,真的,他就一会儿伺候这个军官,一会儿伺候那个军官,一直把整个南方各地都找遍了;可是你看,我一点儿也不知道这些。我怎么会知道呢?

"哎,有一天晚上,我们开了个士兵跳舞会,新百伦那儿当兵的常常开跳舞会、寻开心。他们就在我那厨房里开,不知开过多少次,因为那屋子很大。您听着,他们这么干,我可就不高兴;因为我那地方是伺候军官的,一有那些普通的丘八爷在我那厨房里乱蹦乱跳,就叫我着急。可是我老是不管他们,完了就收拾收拾,我就那么着;有时候他们惹得我生了气,我就叫他们给我打扫厨房,我跟您说吧,真不含糊!

"哎,有一天晚上——那是星期五晚上——一下子来了一整排人,是从守卫这所房子的黑人卫队里调来的——这所房子是司令部,您知道——这下子我可劲头来了!高兴疯了吗?我简直是痛快极了!

我兴头很大地转到这儿,转到那儿;我简直觉得浑身发痒,只想叫他们带着我跳起来。他们都在转来转去地跳舞!哎呀,他们玩得可真痛快!我也眼看越来越高兴,越来越高兴!后来过了不大一会儿,有那么一个穿得很时髦的黑小伙子在屋子那边跳着跳着过来了,他搂着一个黄皮丫头跳;他们俩跳得直是转、直是转,真叫人觉得像喝醉了酒那股劲儿;他们转到我身边的时候,他们就一会儿跷起这条腿跳,一会儿又跷起那条腿跳,还望着我那大红头巾直笑,跟我打趣,我就冒火说:'滚你妈的蛋吧!——杂种!'那年轻人的脸色猛一下子有些变了,可是只过了一会儿,后来他又笑起来,跟原先一样。哎,就在这时候,来了几个奏乐的黑人,那是乐队里的,他们这些人老是非摆架子不可似的。那天晚上他们刚起头摆一下架子,我就跟他们捣蛋!他们笑了,这叫我更加冒火。别的黑人也大笑起来,这下子我心里实在忍不住,我可真生气了!我眼睛里简直冒出火来了!我就站得挺直,就像这样——跟我现在这样,差点儿碰着天花板——我攥着拳头插在腰上,我说:'喂!'我说:'我要叫你们这些黑鬼知道,老娘不是生在平常人家,不能让你们这些杂种开玩笑!我是老蓝母鸡的小鸡,不含糊!'这时候我就看见那个年轻人站住了,他瞪着眼睛,动也不动,好像是望着天花板,有什么事忘掉了,想不起来的样子。哎,我就往他们黑鬼那边冲过去——就这样,像一个将军的神情——他们就在我前面逃跑,滚到门外去了。这个年轻人出去的时候,我听见他跟另外一个黑人说,'吉姆,'他说,'你先走,请你告诉上尉,我大概要到早上八点钟才能回来,我有点事情,'他说,'今晚上再也睡不着了。你先走,'他说,'别管我吧。'

"这时候大概是夜里一点钟。差不多七点的时候,我就起来给军官们做早饭。我在火炉前面弯下腰——就像这样,把您的脚就算是火炉吧——我拿右手把火炉的门打开——就是这样,把它这么关上,就像我推您的脚一样——我刚刚在手里端着一盘热面包,正要抬起头来,我就看见一个黑脸蛋伸到我的脸下面来了,一双眼睛往上盯住我的眼睛，就像我现在这样从底下望着您的脸一样；我就在那儿站着，一点也没动弹！一个劲儿仔细看了又看，我手里的盘子直发抖，猛一下子我就明白了！盘子掉在地下，我就抓住他的左手，把他的袖子往上推——就是这么的，就像我推您的袖子一样——我马上又抬头望着他的脑门子，把他的头发往上推，就像这样，哈，我说：'孩子！你要不是我的亨利，手腕子上哪来的这条痕，脑门子上哪来那个疤呀？谢天谢地，我又见到我的亲人了！'

"啊，没什么，克先生——我真是从来没什么苦恼。可也没什么欢喜事儿！"

张友松　译

麦克威廉士夫妇对膜性喉炎的经验

——本书作者在旅行途中偶尔遇到一位有趣的纽约绅士麦克威廉士先生，这篇故事是照他的口述写的。

啊，我离了本题，给你说了半天膜性喉炎这种可怕的不治之症在城里到处传染、把所有的母亲们吓得要命的情形，现在再回到本题来谈吧。我叫我太太当心小皮奈罗比，我说：

"亲爱的，我要是你，我就不让那孩子嚼那根松枝。"

"亲爱的，那有什么害处呢？"她说，可是同时她却准备把那根松枝拿开——因为女人们哪怕是听到分明非常有道理的意见，也非和你强辩不可——这是说结了婚的女人。

我回答说：

"宝贝，谁都知道，松树是最没有营养的木头，小孩子最不宜吃。"

我老婆正要伸手去拿那根松枝，一听我这话却偏偏把手缩回来，放在膝盖上。她显然愤怒地抬起头来，说：

"老伴，你不会这么糊涂。你明知不是那么回事。大夫们都说松木里的松脂精对背痛和肾脏都有好处呀。"

"啊——原来是我弄错了。我不知道这孩子的背脊骨和肾脏出了毛病，我们的家庭医师主张用……"

"谁说孩子的背脊骨和肾脏出了毛病？"

"亲爱的,你的话里有这个意思呀。"

"瞎说!我根本没有这个意思。"

"啊,亲爱的,你说了还不到两分钟哩,你说……"

"管我说的什么!你别管我是怎么说的。孩子嚼一嚼松枝根本没有妨碍,只要她高兴嚼,这你也很明白。偏要让她嚼。哼,怎么样!"

"别说了,亲爱的。我现在明白你这番道理的说服力了,我今天马上就去买两三捆最好的松枝来。只要我活着,可不能叫我的孩子缺少……"

"啊,请你快去办公吧,让我安静安静。人家随便说句什么话,你也非抬扛不可,老在那儿吵呀、吵呀、吵呀,吵着吵着,你简直就不知你说的是什么,你老是这样。"

"好吧,就算你说得对。可是你最后那句话不大合逻辑,你说……"

但是还没有等我说完,她一转身就走开了,把孩子也带了去。那天晚上吃饭的时候,她脸色发白地望着我说:

"啊,莫第摩,又是一个!小乔吉·戈登又染上了。"

"膜性喉炎吗?"

"膜性喉炎。"

"他还有希望吗?"

"绝对没救了。啊,我们怎么得了呀!"

过了一会儿,一个保姆领着我们的皮奈罗比来道晚安,并且伏在母亲怀里照例做祷告。正说到"现在我就去躺下来睡觉",她轻轻地咳嗽了一声!我的老婆把身子往后一靠,好像突然得了死症的人那样。可是她马上就站起来,手忙脚乱地干着一些由恐惧引起的事件。

她吩咐把孩子的小床从育儿室里搬到我们寝室里来,她亲自跑去监督着执行这道命令。当然她是把我带着去的。我们很快就把一切安排好了。我老婆的梳妆室里给保姆搭了一张临时铺。可是这下子她又说我们离另外那个孩子太远了，万一他在夜里也有什么要发病的情形怎么办呢？——于是她脸色又发白了，真可怜。

然后我们又把小孩和保姆的床搬回育儿室里去，在靠近的房间里给我们自己搭了一张床。

可是我太太马上又说，万一小娃娃又染上皮奈罗比的病怎么办？这个念头又使她心里添了一种新的恐慌，于是我们大家一齐动手把孩子的小床从育儿室里再搬出来，也嫌不够迅速，不能叫我老婆满意，虽然她还亲自帮忙，而且在她急得要命的动作中，几乎把那小床扯得粉碎。

我们搬到楼下来，可是那儿没有地方安顿保姆，而我太太又说保姆的经验是有非常大的帮助的。所以我们又往回搬，连捆带包，再搬到我们自己的寝室里；我们觉得很高兴，就像遭过风吹雨打的鸟儿找到了它们的窠那样。

我太太又赶快跑到育儿室里去，看看那儿的情形怎样。她一会儿就回来了，心里又起了一种新的恐惧。她说：

"娃娃怎么会睡得这么酣呢？"

我说：

"噢，亲爱的，娃娃向来是睡得像个雕像似的。"

"我知道，我知道；可是现在她睡着的神情有点特别。好像是……好像……她好像是呼吸得太正常了。啊，这可有些可怕。"

"可是，亲爱的，她向来呼吸得很正常呀。"

"啊，我知道，可是现在的情形却有些可怕。她的保姆太年轻，经验不够。叫玛丽亚去和她在一起才行，出了什么事她就好随时帮忙。"

"这个主意倒不错，可是谁帮你的忙呢？"

"我有什么事都可以叫你帮忙。像现在这种时候，反正我不会叫别人干什么，全得我自己来。"

我说我躺到床上去睡觉，让她一人守着病人熬一整夜，未免过意不去。可是她终于使我顺从了。所以年老的玛丽亚就走了,她回到育儿室她的老地方去了。

皮奈罗比睡着之后咳嗽了两次。

"啊,大夫究竟为什么不来!莫第摩,这屋子里太热了。这屋子里一定是太热了。把火炉的风门关上吧——快着!"

我把它关上了,同时看看寒暑表,心里只是纳闷,不知七十度对于一个有病的孩子怎么会太暖。

马车夫这时候从城里回来了,他带来的消息是我们的医生病了,躺在床上起不来。我太太用阴沉的眼色望着我,用阴沉的声调说:

"这真是天意如此。真是命中注定了。他从来没有病过。从来没有。莫第摩,我们的生活过得很不得法。我一次又一次告诉过你。现在你看到结果怎样了吧。我们的孩子绝不会好了。你要是能够原谅你自己,那就算你有福气;我可绝不能原谅我自己。"

我说我不明白我们过的生活竟至是那么胡闹,这句话并不是故意说来叫她过不去,可是措辞确实太欠考虑。

"莫第摩!你难道要叫娃娃也遭到报应吗!"

于是她哭起来了,可是忽然又喊道:

"大夫一定给了点药带来吧!"

我说:

"当然。在这儿。我光等着你给我一个说话的机会哩。"

"好吧,快拿来给我!你不知道现在每一分钟都是宝贵的吗?可是他既然知道这个病没法儿治,那又拿些药来干什么?"

我说只要有命,就有希望。

"希望!莫第摩,你简直不知道你在说什么梦话,真不比一个没出娘胎的孩子强。你要是——唉,活见鬼,药瓶上写着每一小时服一茶匙!每小时服一次!好像是我们还有一整年的工夫来挽救这孩子哩!莫第摩,请你赶快!给这快死的小家伙一汤匙,千万要快!"

"唉,亲爱的,一汤匙恐怕会……"

"别把我急疯了吧!……唉,唉,唉,亲爱的,我的好人,这是很讨厌的苦药,可是对奈莉有好处——能治妈妈的宝贝孩子的病,她吃了就会好的。好了,好了,好了,把她的小脑袋放在妈妈怀里,快去睡觉,过一会儿……啊,我知道她活不到明天早上!莫第摩,每隔半小时吃一汤匙,那就……啊,这孩子还需要吃点莨菪,我知道她应该吃——还有附子。拿来吧,莫第摩。你让我爱怎么办就怎么办吧。你对这些东西都一点也不懂。"

这下子我们就上床去睡觉,把孩子的小床靠着我老婆的枕头放着。这乱糟糟的一阵简直弄得我筋疲力尽了,两分钟之内,我就迷迷糊糊超过了半睡的程度。我太太又把我叫醒:

"亲爱的,火炉的风门打开了吗?"

"没有。"

"我早料到了。请你马上把它打开。这屋子里太冷。"

我把它打开,马上又睡着了。可是我又被叫醒过来:

"亲爱的,你把小床搬到靠你那边行不行?那儿离风门近一点。"

我把它搬了过来,可是和地毯碰了一下,把孩子惊醒了。我又迷迷糊糊睡着了,我老婆把受罪的孩子哄住。可是只过了一会儿,我又在云里雾里的非常困倦之中隐隐约约地听到这么一句话:

"莫第摩,我们要是有点儿鹅脂油才好哩——你按下铃好吗?"

我半睡半醒地爬起来,一下子踩着一只猫,它哇的一声提出抗议,我一脚踢去,想教训它一下,可是一把椅子替它受了委屈。

"喂,莫第摩,你为什么拧开煤气灯,又要把孩子弄醒呢?"

"因为我要看看我的脚伤得怎么样,卡罗琳。"

"唉,你也看看那把椅子吧——我相信它一定让你踢坏了。可怜的猫儿,要是你……"

"我可完全不打算替猫儿设想。要是让玛丽亚留在这儿,干这些事情，那根本就不会出这种岔子；她干这些事才在行，本不该轮到我头上。"

"唉，莫第摩，我觉得你说这种话未免太难为情。在这种倒霉的时候，我叫你做几桩小小的事情，你居然还觉得不应该，那真是不像话，你看我们的孩子……"

"好了，好了，随便你叫我干什么我都干。可是我不能按铃把人家吵醒。他们都睡觉了。鹅脂油在哪儿？"

"在育儿室的壁炉架上。你上那儿去给玛丽亚说一声……"

我把鹅脂油拿来，又睡着了。可是我又一次被叫醒：

"莫第摩，我实在不愿意再打搅你，可是屋子里还是太冷，我不能给孩子敷这东西。你把壁炉点着一下行不行？什么都准备好了的，只要点一根火柴就行了。"

我精疲力竭地爬起来把壁炉点着，然后坐下来，心里颇不痛快。

"莫第摩，可别坐在那儿，着了凉可是要命。快上床来吧。"

我正往床边走，她又说：

"可是等一会儿。请你再给孩子吃点药吧。"

我照办了。这种药叫孩子吃了精神多少有些旺盛，所以我老婆就趁着她醒的时候把她脱光衣服，给她浑身涂上鹅脂油。我不久又睡着了，可是又一次不得不起来。

"莫第摩，我觉得有风。我确实觉得，的确是有风。这种病一着风，可是最糟糕不过。请你把小床搬到壁炉前面吧。"

我照办了，结果又碰到了地毯，我就干脆把它丢到火里。我太太连忙从床上爬起来，抢救了地毯，还和我拌了几句嘴。我又获得了一个极短时间的睡眠，然后又奉命起来，弄了一副亚麻子敷药。这副敷药敷在孩子的胸前，让它在那儿担任治疗的职务。

木头生的火是不经久的。我每过二十分钟就要起来添木柴，这就使我太太有了机会，把喂药的时间缩短十分钟，她对这点感到非常满意。有时候我还要把亚麻子敷药重新弄一下，再弄些芥子泥之类的

药膏在孩子身上找出没有敷药的空地方给她敷上。唉，快到天亮的时候，木柴用完了，我老婆就叫我下楼到地窖里去再取一些上来。我说：

"亲爱的，这是件很吃力的事情，而且孩子加了些衣服，一定也够暖和了。你看我们是不是可以给她加上一层敷药，再……"

我没有说完，因为我的话被打断了。我花了一些时间，费了老大的劲从下面搬木柴上来，然后又上床躺下，打起鼾来，这是只有一个气力用尽了和精神疲乏到极点的人才有的现象。天刚刚大亮的时候，我觉得有人在我肩膀上捏了一下，这使我突然神志清醒了。我老婆瞪着眼睛望着我直喘气。等她能开口说话的时候，她马上就说：

"一切都完蛋了！完蛋了！孩子在出汗！怎么办呀？"

"哎呀，你简直把我吓坏了！我可不知道该怎么办才好。也许我们可以把她身上的药膏子刮掉，再把她放到挡风的地方——"

"啊，白痴！一分钟也不能再耽误了！快去请大夫来。你亲自去。告诉他非来不可。不管死活。"

我把那可怜的大夫从床上拽下来，和他一同来了。他看看那孩子，说她不会死。这使我高兴得无法形容，可是我老婆简直气疯了，好像是大夫侮辱了她似的。然后大夫说孩子的咳嗽不过是嗓子里有点儿痒或是什么不舒服引起的。我觉得我老婆一听这话，就想撵他出去。可是大夫说他要弄得孩子咳凶一点，好把那毛病咳出来。所以他就给她吃了一点什么药，结果她就大咳特咳了一阵，一会儿就咳出了一小块木屑样的东西。

"这孩子并没有害膜性喉炎，"他说，"她是拿一小块松木板或是这类东西在嘴里嚼，弄了点碎片在嗓子里。这不会对她有什么妨碍的。"

"是呀，"我说，"我很相信你这话。其实那里面所含的松脂精对于孩子们特别爱害的病还很有好处哩。让我太太给你说明一下吧。"

可是她并没有作声。她露出轻蔑的神情转过身去，随即离开了那个房间，从此以后，我们的生活中就有了一段我们永远都不提起的插曲。于是我们的日子就在深沉和相安无事的平静气氛中一天一天很顺利地过去了。

张友松　译

爱德华·密尔士和乔治·本顿的故事

这两个人原是关系很疏远的——大约是隔着七房的表兄弟，或是诸如此类的亲戚。他们还在襁褓中就成了孤儿，由布朗特夫妇收养下来；夫妇俩是没有儿女的，很快就对这两个娃娃发生了好感。布朗特夫妇常常说："只要你们纯洁、诚实、冷静、勤勉、多替别人设想，一生的成功就有把握。"这句话这两个孩子已经听过好几千次了——在他们明白它的意义之前。他们还不会做祷告的时候，就能默诵这句话；育婴室的门顶上用油漆写上了这句话，他们首先学会念的就是这些字。这句话注定要成为爱德华·密尔士一生的坚定不移的信条。有时候布朗特夫妇把词句稍微改变一下，说："只要你们纯洁、诚实、冷静、勤勉、体谅别人，那就决不会缺少朋友。"

密尔士这孩子对他身边所有的人都是一种安慰。他要吃糖而没有人给他的时候，他肯听大人讲的道理，没有糖也就心满意足。可是本顿要吃糖的话，就哭个不停，非等要到了糖，否则决不罢休。密尔士很爱护他的玩具；本顿却老是很快就把玩具毁坏了，然后吵吵闹闹，闹个没完，弄得大家很伤脑筋，大人为了息事宁人，只好哄着小爱德华把自己的玩具让给乔治。

这两个孩子稍稍长大一点的时候，乔吉①就在这一方面成了一个很重的负担：他对他的衣服很不爱惜，因此他常常穿着新衣服，打扮得

---

① 乔吉是乔治的昵称。下面提到的爱弟是爱德华的昵称。

漂漂亮亮,而爱弟却没有这份福气。两个孩子飞快地长大了。爱弟越来越给人以安慰,乔吉越来越叫人担心。每逢爱弟有所要求,只要对他说一声"我看你还是不去为好"就行了——这是指游泳、溜冰、野餐、摘浆果、看马戏,以及孩子们所喜欢的种种事情。可是乔吉却随你怎么说也不依,对他的欲望必须迁就才行,否则他就硬干起来。所以当然就没有哪个孩子比他得到更多的机会去游泳、溜冰、摘浆果,或是干其他的事情,谁也没有他玩得痛快。夏季的晚上,布朗特夫妇不许孩子们在九点钟以后在外面玩,一到九点就安排他们去睡觉;爱弟老老实实地睡下去,可是乔吉照例在快到十点钟的时候由窗户里溜出去,一直玩耍到半夜。要想打破乔吉这个坏习惯,似乎是不可能,可是布朗特夫妇终于设法拿苹果和石弹笼络他,叫他留在屋里。善良的布朗特夫妇花费他们全部的时间和精力,企图约束乔吉;他们含着感激的眼泪说,爱弟无须他们操心,因为他非常规矩,非常懂事,各方面都没有缺点。

这两个孩子不久就到了做事的年龄,于是他们都被送去学手艺:爱德华自愿地去了,乔治却是经过哄劝和收买才去的。爱德华勤勉而忠实地工作,从此就不再是布朗特夫妇的负担了;他们很称赞他,他的老板也夸奖他。可是乔治却偷偷地跑掉,布朗特先生花了钱又费了神才把他找到,叫他回来。不久他又偷偷跑了——又花了一些钱,淘了一些神。第三次他又逃掉了——并且是偷了几件小东西带着跑的。这又给布朗特先生找了些麻烦,叫他花了些钱;而且他还费了很大的劲才说服了老板,叫他对这年轻人的偷窃行为不予惩罚。

爱德华一直很稳重地干下去,后来他终于和他的业师合伙经营那个生意。乔治却没有起色,他老让那两位年老的恩人慈爱的心中充满着烦恼,老让他们手头不得闲空,不得不千方百计地设法防止他遭到毁灭。爱德华还是个小孩子的时候,便热心参加主日学校、辩论会、教会募捐等活动,以及戒烟团体、反对渎神的团体和诸如此类的事情;成人之后,他是教堂和戒酒会里一个沉默寡言而又踏实可靠的帮手,对一切以扶助别人为目的的运动都尽力赞助。这些并没有使人传为美谈，也不曾引起大家注意——因为那是他的"天生的癖性"。

后来两位老人死了。遗嘱里声明他们对爱德华感到衷心的自豪，同时把他们的一份小小的财产留给乔治——因为他"有此需要"；而爱德华却"由于得天独厚"，并不需要这种照顾。财产留给乔治是有条件的：他必须拿这笔钱把爱德华的合伙人那份生意顶过来；否则就要把财产捐给一个叫作因犯之友社的慈善机构。两位老人还留下了一封遗书，要求他们的亲爱的儿子爱德华代替他们关照乔治，并且像他们在世时那样帮助他、保护他。

爱德华很孝敬地顺从了，乔治就和他合伙做生意。他不是一个得力的合伙人：他早已染上了喝酒的习惯，现在他很快就变成了一个醉鬼，他的皮肤和眼睛都表现出这个令人不愉快的事实。爱德华向一个可爱的、好心肠的姑娘求爱，已经有一些时候了。他们俩相亲相爱，而且……可是就在这时候，乔治苦苦哀求地开始追求她，后来她终于哭哭啼啼跑去找爱德华，说她当前的崇高而神圣的义务是很明显的——她切不可让她自己的私欲妨碍这种义务：她必须嫁给"可怜的乔治"，并且"帮助他改过自新"。这是足以使她心碎的，她明知如此，等等；然而义务究竟是义务。于是她和乔治结了婚，爱德华的心几乎碎了，她自己也是一样。可是爱德华恢复了常态，娶了另一个姑娘——她也是很了不起的。

两家都有了孩子。玛丽老老实实地尽力帮助她的丈夫改邪归正，可是她所承包的工程太大了。乔治继续好酒贪杯，后来他渐渐忍心虐待起她和孩子们。有许多好心的人们都和乔治力争——事实上他们经常都在这上面下功夫——可是他却若无其事地把他们的苦心当成自己应得的照应和人家应尽的义务，而并不矫正他的行为。他不久又添了一种恶习——偷偷地去赌博。他负债很多；到处借钱都以商号的信用作担保，而且做得非常诡秘。他一直这么干了很久，都瞒得很好，直到后来有一天早上，执法官跑来没收了这个铺子，于是这表兄弟俩就一贫如洗了。

现在生活艰难了，而且越来越艰难。爱德华把家搬到一个顶楼上，日夜到街上乱跑，想找工作，他苦苦地寻求，可是实在找不到机会。他发现自己的面孔很快就不受欢迎,颇为吃惊;他发现人家一向对他的关怀很快地减退和消失了,心里又是惊奇,又是难过。不过他还是非找到工作不可;所以他就忍气吞声,拼命地继续钻门路。最后他找到了一个用木斗子往梯子上搬砖头的工作,这也使他谢天谢地;可是从此以后,大家都把他当成陌生人了,也没有人关心他。他没有力量给他所属的各种道德团体缴纳会费,眼看着自己遭到取消会员资格的耻辱,也只好忍受那剧烈的创痛。

然而爱德华越是迅速地被大家所遗忘和漠视,乔治却越是迅速地得到重视和关怀。有一天早晨,人家发现他躺在阴沟里,衣衫褴褛,醉得人事不省。一位妇女戒酒救济会的会员把他捞出来,并且还负责照应他,给他募了一笔款,叫他戒了一星期的酒,还替他找了一个职业。报纸上还发表了这一经过。

这样一来,大家对这个可怜的人大为关心,有许多人都来找他,以他们的扶持和鼓励,帮助他戒除恶习。他整整两个月滴酒不沾,在这个期间,他是好心的人们的宝贝。然后他又倒下了——倒在阴沟里,于是大家都为他难受得叹息。可是慷慨好义的姊妹们又拯救了他。她们把他洗得干干净净,给他东西吃,倾听他那悔恨交加、凄婉动人的调子,而且又给他找到了职业。这个消息也在报上发表了,全城的人都为了这位被酒杯蛊惑而力求解脱的可怜的犯戒者再度走上正路而大洒欢欣的泪。大家举行了一个大规模的戒酒奋兴会[①],在几篇令人兴奋的演说完结之后,主席以动人的语调说道:"现在我们就要请戒酒的朋友们签字保证了,我想马上就会有一种动人的情景,叫在座的诸位当中很少人能够看了不掉眼泪。"经过一阵意味深长的沉寂之后,乔治·本顿就由戒酒救济会的一队系着红腰带的妇女伴送着走上讲台,在保证书上签了名。空中响着雷鸣般的掌声,人们都欢喜得掉泪了。散会之后,人人都和这位新戒酒的人物握手,第二天他的薪金就提高了:他成了

[①] 奋兴会是基督教为了发展教友和加强教徒信仰的一种布道会。

全城的话题，也成了大家心目中的英雄。一切经过又在报上发表了。

乔治·本顿照例每隔三个月犯戒一次，可是每次都有人热心地把他挽救过来，对他下一番功夫，而且还给他谋到很好的职位。后来他被领到全国各地去，以一个戒了酒的醉汉的资格到处讲演，他获得很多的听众，起了很大很大的作用。

他在家乡很孚人望，而且很有信用——在他不喝酒的时候——因此他居然能够盗用一位重要公民的名义从银行里提到一笔巨款。大家承受了很大的压力，以求使他免于承担这次冒名提款的后果，而且部分地成功了——他只被"拘留"了两年。在一年期满时，那些乐善好施的人不倦的努力终于获得了最后的成功，于是他口袋里带着免罪证从监狱里出来。这时候囚犯之友社特地在门口迎接他，还给他找好了差事，薪金颇为优厚。其他一切乐善好施的人也来了，大家都对他进忠告，并给他鼓励和帮助。爱德华·密尔士曾经有一次在穷得走投无路的时候，到囚犯之友社去申请介绍职业，可是人家一问："你当过囚犯吗？"马上就把他打发了。

当这一切正在进行的期间，爱德华·密尔士一直在不声不响地与逆境奋斗。他还是很穷，不过他是一家银行里的一个受人尊重和信任的出纳员，薪金收入很牢靠，也还够用。乔治·本顿从不和他接近，也从来没有人听见他探听过爱德华的消息。后来乔治动辄就离开这个城市，很久不回来，于是就有关于他在干坏事的谣言，可是并无确实的根据。

一个冬天的晚上，有几个蒙面的强盗闯入那个银行，恰好只有爱德华·密尔士一人在里面。他们叫他说出开暗锁的方法，好让他们打开保险柜。他不肯说，他们就威胁他，要他的命。他说东家信任他，他不能背叛这种信任。如果非叫他死不可，他尽可以死，可是他一日活着，就一日要忠于主人；所以他始终不肯说出保险柜的暗锁的开法，结果强盗们就把他打死了。

侦探追缉了罪犯，为首的原来就是乔治·本顿。死者的孤儿寡妇获得了广泛的同情，全国所有的报纸一致要求全国所有的银行凑集一笔豪爽的捐款,接济失去了经济来源的死者家属,借此表示它们对这位被害的出纳员的忠诚和英勇的表扬。结果募得一大堆硬币,总数居然有五百元之多——全国的银行平均每家将近捐了一分钱的八分之三。出纳员自己那家银行极力设法证明(可是遭到了可耻的失败)这位无比的忠仆账目不清,说他是自己用大头棒敲破了脑袋自杀,以图逃避查账和处罚——这就是它表示感谢的方式。

乔治·本顿被传受审。于是人人都似乎忘记了死者的孤儿寡妇,只顾替可怜的乔治担心。大家千方百计地营救他,凡是金钱和势力所能做的都做到了,可是完全无效;他被判了死刑。马上州长就被减刑或免刑的请求所包围了;呈递请愿书的有泪眼汪汪的少女,有悲伤的老姑娘,有动人哀怜的寡妇代表团,有一群一群的令人感动的孤儿。可是不行,州长这一回始终不肯让步。

乔治·本顿在狱中信奉了宗教。这个喜讯立即遍传各处。从此以后,他的牢房里就经常挤满了姑娘们和妇女们,还有许多鲜花;一天到晚老有人祷告、唱圣歌、做谢恩祈祷、讲道、哭泣,从不中断,只有调换人的时候才偶尔有五分钟暂时的间歇。

这套把戏一直继续到犯人上绞架的时候,于是乔治·本顿戴着黑帽子,在当地最慈祥、最善良的一群恸哭的观众面前得意扬扬地回了老家。在若干时期内,他的坟上天天都有鲜花,墓石上刻着这样一句碑文:"毕生奋斗,终获成功",碑文上面还刻了一只向上指着的手。

那位勇敢的出纳员在墓石上刻的碑文是这样:"只要你纯洁、诚实、冷静、勤勉、体谅别人,你就永远也不会……"

不知是谁叫那碑文就此打住的,可是反正有人吩咐过要这么办。

据说现在那位出纳员的家属处境非常困窘,可是那没有关系;有些识好歹的人不愿意叫他那种勇敢和忠心的行为湮没无闻,已经募集了四万两千元——用来建筑一座纪念他的教堂。

张友松 译

麦克威廉士太太和闪电

是呀，先生——麦克威廉士先生继续说，因为这并不是他的谈话的起点——对闪电的恐惧心理是一个人所能遭到的最恼人的毛病之一。这种心理多半是限于女人；可是，偶尔有时候你会发现小狗也有这种毛病，有时候男人家也有。这是个特别恼人的毛病，因为它把一个人的勇气完全吓跑了，别的恐惧心理都没有这么厉害，这个毛病是不可理喻的，你想从一个人身上把它擦掉也办不到。一个碰到魔鬼——或是老鼠——都不害怕的女人，在闪电面前她就沉不住气，吓得魂不附体了。她的恐怖真叫人看着怪可怜哩。

噢，我刚才说过，我惊醒过来，耳朵里只听见那一阵令人窒息的、不知哪儿发出来的"莫第摩！莫第摩！"的哭喊声；我稍微定定神，马上就在暗中摸索着走过去，随后说道：

"伊凡吉琳，是你在那儿叫吗？怎么回事？你在哪儿？"

"藏在鞋柜里哪。外面大风大雨那么凶，你居然躺在那儿，睡得那么酣，也该知道害羞呀。"

"唉，一个人睡着了，哪儿还会害羞？这真是不近情理：一个人睡着了的时候，他是不会害羞的，伊凡吉琳。"

"你连试一试都不干，莫第摩——你自己明白，你是向来不肯试一试的。"

我听到了闷住的哭声。

这个声音把我说到嘴边的刻薄话一下子打断了,我把它改为——
"对不起,亲爱的——实在抱歉之至。我并不是有意那么做的。回来吧,我们好……"
"莫第摩!"
"天哪!怎么回事,亲爱的?"
"难道说你还在那床上吗?"
"噢,当然喽。"
"立刻下来吧。我看你要对你的性命稍加点小心才行,为了我,为了孩子们,哪怕你不为你自己设想。"
"可是,亲爱的——"
"别跟我说话,莫第摩。你也知道,像这么大的雷雨,随便什么地方也没有床上那么危险——所有的书上都这么说;可是你偏要躺在那儿,安心要把你的命丢掉——天知道这是居心何在,除非是为了要把你那套道理搬出来吵、吵、吵——"
"可是,活见鬼,伊凡吉琳,我现在已经不在床上了。我……"
(这句话忽然被一道闪电打断了,随后就是我太太吓得要命的小声尖叫和一声可怕的响雷。)
"哎呀!你看这就是报应。啊,莫第摩,你嘴里怎么这么不干不净,居然在这种时候咒骂起来?"
"我并没有咒骂。而且那也不是什么咒骂惹来的,无论如何。哪怕我一声不响,它也是照样要来的;你也很清楚,伊凡吉琳——至少你应该知道——空气中充满了电的时候,那就……"
"啊,是呀;那么你去说你那套道理吧,说,说!——你明知房顶上没有装避雷针,你的可怜的老婆和孩子们都完全在听天由命,可是你偏要这么满不在乎,真不知你是居心何在。你在干什么?在这种时候擦火柴!你简直疯透了顶吗?"
"岂有此理,你这婆娘,那有什么关系?这地方黑得就像邪教徒的肚子里面一样,而且……"

"快把它吹灭吧!马上吹灭它!你是不是打定了主意要把我们通通牺牲掉?你明知什么东西都不像火光那么能够招来雷电。(咝!——哗啦!砰——砰——砰——砰!)啊,你听!现在你该明白你闯了多大祸呀!"

"不,我不明白我闯了什么祸。据我所知,火柴是可以吸引电光的,可是它决不可能产生电光——我愿意打赌。况且这次就算是吸引了,也毫无影响;因为那一阵雷假定是对准了我这根火柴过来的,那它的瞄准的本领也不高明——我敢说,一百万次里也许一次都打不中。要是在多利蒙①的话,像这样瞄准的本领……"

"不要脸,莫第摩!我们在这儿简直就是站在死神面前,可是在这种严重的时候,你居然有本事说出这样的话。要是你不打算……莫第摩!"

"怎么?"

"你今晚上做过祷告吗?"

"我……我……本打算祷告,可是我后来想要算出十二乘十三是多少,所以就……"

(咝!——砰——砰——砰——哗啦啦——轰隆!)

"啊,我们完蛋了,无可挽救了!在这种时候,你怎么居然忘了这桩事情呢?"

"可是原先并不是'这种时候'呀。天上连一点儿云都没有。我怎么会知道这么一点儿大意就会惹得老天爷这么大发雷霆呢?而且我觉得你明知我很少有这种疏忽,偏要这么大惊小怪,实在没有多大道理;自从四年前我招来那次地震之后,我一直没有忘记祷告哩。"

"莫第摩!你怎么这么说!你忘了那次黄热病了吗?"

"亲爱的,你老爱把那次黄热病栽到我头上,我觉得那是完全不近情理。你哪怕是打个电报到孟菲斯那么远的地方去,也得转站才

---

① 一个打靶场所在的地方。

行,那么我在祷告这方面的一点小小的疏忽怎么会影响到那么远呢?我承认地震是我惹来的,因为那是在附近一带的事情;可是要我的命我也不能担当每一桩该死的……"

(啦!——砰——砰!砰——哗啦啦!)

"啊,哎呀,哎呀,哎呀!我准知道这一下打中了什么东西,莫第摩。我们绝不能活到明天天亮了;我们死了以后,你应该记住你说的那些不干不净的话,要是这对你有好处的话——莫第摩!"

"啊!又是怎么回事?"

"你的声音好像是……莫第摩,你当真是站在敞开的壁炉那儿吗?"

"我正是犯的这个罪。"

"立刻离开那儿!你的确好像是打定了主意要把我们通通毁掉。你难道不知道敞开的烟囱是传电最厉害的吗?现在你又跑到哪儿去了?"

"我站在窗户这儿。"

"啊,请你积德!你发神经病了吗?赶快离开那儿,马上走!连抱在怀里的小娃娃也知道有雷雨的时候站在窗户跟前是危险得要命的。哎,哎,我知道我绝不能活到天亮了!莫第摩!"

"唉。"

"是什么东西在那儿沙沙地响?"

"是我。"

"你在干什么?"

"在找我的裤腰哪。"

"快着!把那东西丢掉!我知道你会故意在这种时候偏要把这种衣服穿上;可是你分明知道,所有的大学者都说毛料是吸引雷电的。啊,天哪,天哪,难道一个人不得不遭受天灾还不够,你还偏要想方设法增加这种危险!啊,别唱吧!你在想些什么?"

"那有什么关系呢?"

"莫第摩,我要是跟你说过,那就说过一百遍了:唱歌引起空气的震动，空气的震动妨碍电流的流动，结果就……你把那扇门打开究竟是干什么？"

"哎呀，你这婆娘，那有什么关系？"

"什么关系？性命交关。无论谁只要对这个问题稍微留心过一下，就知道让风吹进来就等于把雷电引来。你还没把门关上一半；快关紧吧——赶快，否则我们全都完蛋了。啊，在这种时候和这么个疯子关在一个屋子里真是倒霉透了。莫第摩，你又在干什么？"

"没干什么。不过是开水龙头。这屋子里实在是闷热得难受。我要洗洗脸和手。"

"你简直是一点儿脑子都没有了！雷电打到别的东西上面一闪，它就要打到水上五十次。千万把它拧上吧。啊，天哪，我准知道绝对没有什么办法可以挽救我们。我好像觉得……莫第摩，那是什么？"

"这是他妈——是一张照片。把它碰下来了。"

"那么你是紧靠着墙呀！我从来没听说有这么粗心的！你难道不知道没有再比墙传电传得更凶的吗？快离开那儿！你还差点儿咒骂开了哩。啊，你怎么坏到这样不可救药呢？你一家人遭到多大的危险呀！莫第摩，你是不是照我给你说的，订了一个鸭绒床垫？"

"没有。忘了。"

"忘了！这说不定会要你的命。现在你要是有鸭绒床垫的话，就可以把它铺在屋子当中，躺在上面，那就高枕无忧了。进来吧——赶快进来，免得你再有机会干出胡闹的事情。"

我试了一试，可是小柜子关上了门就容不下我们两个．除非我们情愿闷死。我喘了一阵气。然后挣扎出来。我老婆大声喊道：

"莫第摩，一定要想个办法给你保持安全。你把壁炉架上当头放着的那本德文书拿给我，还要一支蜡烛，可是你别点着它，给我一根火柴，我在这里面来点。那本书里说得有些办法。"

我把书找着了——结果是牺牲了一只花瓶和几件别的容易打碎的东西，这位太太就点着蜡烛把自己关闭起来。我获得了片刻的安宁，然后她又大声叫道：

"莫第摩，那是什么响？"

"没什么，是那只猫。"

"猫！啊，完蛋了！快抓住它，把它关在脸盆柜里面。千万要快，亲爱的，猫儿浑身都是电。我准知道经过这一夜可怕的危险，头发都得吓白。"

我又听见了那闷住的低沉哭声。要不是为了这个，我绝不会动手动脚在黑暗中乱闯那一场。

可是我还是去执行我的任务——爬过椅子，碰到各种障碍物，都是硬的，而且大多数都是边上很锋利的——最后我才把小猫猫抓来关在脸盆柜里，结果碰坏了许多家具，小腿也碰坏了，损失四百多元。然后鞋柜里传出这么几句闷声的话：

"这上面说最安全的办法是站在屋子当中的一把椅子上，莫第摩椅子的腿必须用不传导体绝缘才行。这就是说，你必须把椅子的腿都放在大玻璃杯里。（哐！——砰——哗啦啦！——轰隆！）啊，听这声音！赶快吧，莫第摩，别叫它打中了。"

我极力设法找到了大玻璃杯。我拿到手的是最后的四个——其余的通通打破了。我把椅子的腿垫好，再请求进一步的指示。

"莫第摩，这上面说，'Während eines Gewitters entferne man Metalle, wie z. B., Ringe, Uhren, Schlüssel, etc., von sieh und halte sich auch nicht an solchen Stellen auf, woviele Metalle bei einander liegen, oder mit andern Körpen verbunden sind, wie an Herden, Oefen, Eisengittern u.dgl.'①这是什么意思，莫第摩？"

"哼，我也不大明白。这句话好像是有点含糊。德文书里所说的办法多少都有点含糊。不过我想那句话主要是属于与格的，有些地方为了吉利，掺进了一点儿属格和对格，所以我猜这是说你必须弄些金

---

① 德文，大意是说在有风雨雷电的时候，应避开各种金属的东西。

属在身边。"

"是呀，一定是这个意思。这么讲才有道理。金属有避雷针的性质，你知道吧。快戴上你那顶救火队的钢盔，莫第摩，那差不多全是金属的。"

我找到了钢盔，把它戴上——在那么热的夜里，屋子又关得很严，那实在是一个很笨重、很不舒服的东西。连穿着睡衣都似乎是超过了我的实际需要。

"莫第摩，我看你的腰部应该保护一下。请你把你那民兵队的马刀带在身上，好吗？"

我遵命照办了。

"还有，莫第摩，你应该想个办法保护你的脚。千万把马扎子带上吧。"

我又照办了——一声不响——尽量地忍住气。

"莫第摩，书上说，'Das Gewitter läuten ist sehr gefährlich, weil die Glocke selbst, sowie der durch das Läuten veranlasste Luftzug und die Höhe des Thurmes den Blitz anziehen könnten.'①莫第摩，这是不是说有雷雨的时候不敲教堂的钟，就有危险呢？"

"对了，似乎是这个意思——要是这句话里用的是单数、主格、过去分词的话，我猜是这么的。是呀，我想这是说因为教堂的钟楼太高，又没有Luftzug②，所以逢到暴风雨的时候要是不敲钟，那就很危险（sehr gefährlich）；并且还有，你看，这句话的措辞就……"

"别管它那么多，莫第摩，别浪费宝贵的时间说空话吧。快把那吃饭铃拿来，就在门道里。赶快，莫第摩，亲爱的，我们大致是平安无事了。啊，亲爱的，我的确相信我们终于可以得救哩！"

我们那所避暑的小别墅在一排高山的顶上，俯视着一个山谷。我

---

① 德文，大意是在雷雨交加的时候，敲教堂的钟可以吸引雷电，所以很危险的。

② 德文，意思是"一股风"。

们附近有几个农庄——最近的相隔只有三四百码的距离。

我在椅子上站着,拼命把那只铃摇得当当地响,大约摇了七八分钟之后,我们的百叶窗突然从外面被人拉开,一盏晃眼的牛眼灯在窗口伸进来,随即有人粗声问道:

"这儿究竟出了什么事?"

窗口挤满了人头,那些头上尽是眼睛,睁得大大地盯住我的睡衣和我那副雄赳赳的装备。

我扔掉手里的铃,慌慌张张地从椅子上跳下来,说道:

"并没有什么事,朋友们——不过是因为外面的雷雨,有点儿担心罢了。我是在打算避闪电哩。"

"雷雨?闪电?哈,麦克威廉士先生,你发神经病了吗?今晚上天气多好,满天星斗,根本就没有风雨呀。"

我往外面望了一下,一时惊讶得说不出话来。随后我说:

"我不懂这是怎么回事。我们清清楚楚地从窗帘和百叶窗缝里看见一道道闪电的光,也听见雷响。"

那些人一个个笑得倒在地上——其中有两个人笑死了。活着的人当中有一个说道:

"可惜你没想到打开窗户往对面那座高山顶上望一望。你们听见的是大炮响,你们看见的是放炮的火光。你知道吗,半夜里来了个电报,带来一个消息,加飞尔被提名为总统候选人了——原来就是这么回事!"

"是呀,吐温先生,起头我就在说,"麦克威廉士先生说道,"预防雷电的办法那么好,那么多,所以在我看来,世界上最不可思议的事情就是居然还会有人能够让雷打着。"

他一面这么说,一面拿起他的小皮包和雨伞走了,因为火车已经开到了他所住的镇上。

张友松　译

稀奇的经验

这就是少校给我说的那个故事，我现在尽量照我所能回忆的叙述出来：

1862年冬天，我在康涅狄格州新伦敦特伦布尔要塞当司令官。我们在那儿的生活也许不如在"前线"那么活跃，不过那儿有那儿的情况，其实还是够活跃的——我们的脑筋并不因为没有什么事情来使它经常紧张而闲得发呆。光说一样事情吧，那时候北方的整个空气充满了神秘的谣言——谣传叛军的间谍到处神出鬼没，准备炸毁北方的要塞，烧毁我们的旅馆，运送带来传染病的衣服到我们的城市里来，以及诸如此类的事情。这个你都记得吧。这一切都足以使我们保持警惕，打破驻防生活一向的沉闷。除此而外，我们那儿还是个新兵招募站——这就等于说我们简直不能浪费丝毫时间去打瞌睡，或是梦想，或是游手好闲。咳，我们尽管监视得很严，每天招来的新兵还是有一半从我们手里漏掉，当天晚上就开小差了。入伍的津贴非常之大，以致一个新兵可以拿出两三百块钱贿赂看守的兵，让他逃跑，结果他所得的津贴还可以剩下不少，对于一个穷人这要算是一笔财产。是呀，就像我刚才说的，我们的生活并不沉闷。

那么，有一天我独自一人正在营房里写点东西的时候，有一个十四五岁的、脸色苍白、穿得很破烂的孩子走进来。他规规矩矩鞠了一个躬，说道：

"我想这儿是招新兵的吧？"

"是的。"

"您可以把我收下吧，长官？"

"哎呀，不行，你太年轻啦，孩子，而且个子也太小。"

他脸上现出一种失望的神情，很快就变得更厉害，成为一种丧气的表情。他慢慢地转过身去，好像是要走似的。他迟疑了一下，然后又转过脸来向着我，用一种使我深受感动的声调说道：

"我没有家，而且是举目无亲。我希望您能收下我才好哩！"

可是这事情是绝对不可能的，我就极力温和地给他说明这个情况，然后我叫他在火炉旁边坐下来暖和暖和，并且还补上了两句：

"我马上就给你一点东西吃吃。你饿了吧？"

他没有回答，也无须回答，他那双柔和的大眼睛里的感激神情比任何语言都更能达意。他在火炉旁边坐下，我继续写字。偶尔我偷偷地望他一眼。我看出他的衣服和鞋子虽然又脏又破，可是样式和材料都很好。这一点是耐人寻味的。除此之外，我还发现他的声音轻柔而悦耳，他的眼睛深沉而忧郁，他的态度和谈吐都很文雅，这个可怜的小伙子显然是遭遇了不幸。于是我对他颇感兴趣。

可是我渐渐又专心于我的工作去了，完全忘记了那个孩子。我不知道这样过了多大工夫，后来我才偶然抬头望了一下。那孩子的背向着我，可是他的脸也稍微斜过来一点，所以我可以看得见他的一边脸蛋——一道无声的泪泉正在顺着脸上流下来。

"哎呀，真糟糕！"我心里想道，"我忘记了这个可怜虫饿着肚子哪。"于是我为了刚才的粗心向他表示歉意，就对他说，"跟我来吧，小朋友，你和我一块儿吃饭吧，今天就只我一人。"

他又那么含着感激的神情向我望了一眼，脸上露出一道快乐的光辉。到了餐桌面前，他把手扶着椅背站着，一直等我坐定了，他才坐下来。我拿起刀叉——唉，我只好拿着不动，因为这孩子低下了头，默默地祈祷谢饭。无数关于老家和童年的圣洁的回忆涌上我的心头，我不禁叹息地想起我已经与宗教飘离了很远，它对受了创伤的心灵的医疗作用，以及它的安慰、解脱和鼓舞的作用，都与我无缘了。

在我们吃饭的过程中，我看出了年轻的威克鲁——他的全名是罗伯特·威克鲁——知道怎样使用餐巾；还有——咦，总而言之，我看出他是个很有教养的孩子，详细情形就不消说了。他还有一种纯朴的坦白态度，这也使我很中意。我们谈的主要是关于他自己的事情，我毫无困难地向他问清楚了他的来历。当他谈到他生长在路易斯安那的时候，我显然对他更表同情，因为我在那地方住过一段时间。我对密西西比河近海一带都很熟悉，而且喜欢那带地方，离开那儿也不算太久，所以我对它的兴趣还没有开始淡下来。连他嘴里说出来的一些名字都叫我听了很痛快——正因为觉得非常痛快，所以我就故意把话题引到某些方面，使他多说出一些这类名字来。巴敦鲁日、普拉魁明、端纳桑维尔、六十哩点、邦尼开尔、大码头、卡罗敦、轮船码头、汽划子码头、新奥尔良、周毕都拉街、斜堤、好孩子街、圣查理士旅馆、第阜利圆场、贝壳路、庞查特伦湖，特别使我愉快的是再听到"李将军号"、"那且兹号""日蚀号""魁德门将军号""邓肯·堪纳号"，以及从前一向熟悉的其他汽船的名字。那几乎就好像是回到了那个地方那么痛快，这些名字使它们所代表的事物很生动地重新活现在我心头。简单地说，小威克鲁的来历是这样的：

战争爆发的时候，他和他的有病的姑母以及他的父亲住在巴敦鲁日附近一个富庶的大农场上，这个农场属于他们这一家已经五十年了。父亲是个联邦统一派。他受尽各式各样的迫害，可是始终坚持他的主张。后来终于有一天晚上，一批蒙面的歹徒烧毁了他的大房子，这一家人就不得不逃命。他们被人到处追踪，尝尽了一切贫穷、饥饿和苦难的滋味。害病的姑母终于得到了解脱——困苦和风吹雨打的流浪生活把她折磨死了，她像一个流浪汉似的死在露天的田野里，雨飘在她身上，雷在头上轰隆轰隆地响。不久以后，他的父亲又被一支武装队伍俘虏了；儿子在旁边告哀求饶，父亲在他面前被人勒死了。

（说到这里，这小伙子眼睛里闪出悲惨的光，他以自言自语的神情说道："我要是当不成兵，也不要紧——我总会想得出办法——我总会想得出办法。"）那些人宣布他的父亲已经死了之后，马上就对他说，他要是不在二十四小时内离开那个地方，他就要遭殃。当天晚上他就悄悄地跑到河边，在一个大农场的码头上隐藏起来。后来，"邓肯·堪纳号"在那儿停下来了，他就泅水过去，藏到它后面所拖的一只小艇上。天还没有亮，船就开到了大码头，他偷偷地上了岸。那地方离新奥尔良有三英里远，他徒步走了这段路，走到好孩子街他的一个叔父家里，这下子他的苦难暂时结束了。可是这个叔父也是一个联邦统一派，过了不久，他就打定主意，还是离开南方为好。于是他就和威克鲁搭上一艘帆船悄悄地离开了那个地方，不久就到了纽约。他们在亚斯多旅舍住下来。年轻的威克鲁暂时过了一段愉快的生活，常到百老汇去逛来逛去，看了不少北方的稀奇景物；可是后来又发生了变化——而且并不是好转。他的叔父起初还很高兴，现在却开始显得发愁和丧气；此外他还变得脾气很怪，动辄生气；老是谈到钱只有花出去，而没有办法再赚进来——"剩下的钱连一个人都养不活，两个人就更不消说啦。"后来有一天早上，他失踪了——没有来吃早饭。这孩子到账房一问，据说叔叔头一天晚上就付清了账走了——旅馆里的职员猜想他是到波士顿去了，可是没有把握。

　　这孩子独自一人，无依无靠。他简直不知如何是好，想来想去，还是决定最好是跟上去找一找他的叔父。他跑到轮船码头，才知道他口袋里剩下的那一点点钱不够他到波士顿去的路费；可是到新伦敦去是够的，所以他就买了船票到那儿去，决定靠老天保佑，让他能有办法走完剩下一段路程。现在他已经在新伦敦的街上晃来晃去地游荡了三天三夜，靠人家的慈悲到处讨点东西吃，随便找个地方打打瞌睡。可是后来他终于灰了心；勇气和希望都完了。要是能让他当兵，谁也不比他更加感激了；如果他当兵不合格，叫他当个鼓手行不行呢？呵，他情愿拼命拼命地干，使人满意，并且还感激不尽！

小威克鲁的来历就是这样,除了细节而外,都是和他对我说的一样,我说:

"孩子,你现在到了朋友当中啦——你再也不用发愁啦。"这下子他的眼睛可发出闪光来了!我把约翰·瑞本上士叫进来——他是哈特阜人,现在还住在哈特阜;你也许认识他——我对他说:"瑞本,叫这个孩子和军乐队的弟兄们住在一起吧。我打算收下他来当个鼓手,我托你照顾他,千万注意别叫他受到委屈啊。"

那么,要塞司令官和小鼓手之间的交涉到这时候当然是告一段落了;可是这个可怜的、无依无靠的小家伙仍旧在我心头萦绕着。我随时注意,老希望看见他快活起来,变得兴高采烈;可是枉然,日子一天天过去,他始终没有改变。他和谁都不发生关系;老是心不在焉,老是在想;他的脸色老是忧郁的。有一天早上瑞本请求我和他单独谈话。他说:

"我希望您不会见怪,司令官,可是现在的情况是这样的——军乐队的弟兄们简直着急得要命,好像非有人出来说话不可似的。"

"咦,怎么回事?"

"是威克鲁那孩子,司令官。军乐队的弟兄们觉得他腻味透啦,您想不到到了什么地步。"

"好吧,你说下去,说下去。他在干什么?"

"老在祷告哩,司令官。"

"祷告!"

"是呀,司令官,这孩子老在祷告,弄得军乐队的弟兄们一点也得不到安宁。清早第一桩事,他也是干这个;中午也是干这个;夜里——唉,整夜整夜地他就像是让魔鬼缠住了似的,把人家闹得心神不安!睡觉吗?天哪,他们简直睡不着;照一句俗话说,他那苦心祈祷的风车转开了,他一起了头,就没有个完。他先从乐队长下手,给他祷告,跟着就找到号手头儿,又给他祷告;再往后就是低音鼓手,他甚至引着他也祷告起来啦;一个一个地,整个乐队都要轮到,个个都给大大地祷告一番,而且他那种认真的样子会使你觉得他自己以为在人间活不了多久,想着他升了天的时候如果没有带一个乐队同去,就不会快活,所以他要给他自己挑选乐队,好让他们在天上叫他信得过,奏起国歌来奏得能配上那儿的场面。唉,司令官,往他那儿丢靴子也没有用。屋子里是黑的,并且他又不光明正大地干,老是跪在大鼓后面,所以大家一齐把靴子像一阵暴雨一样地丢过去也没有关系,他满不在乎——照样颤悠悠地祷告,就好像那是人家给他喝彩似的。他们大声嚷起来,'啊,住嘴吧!''让我们歇一歇吧!''枪毙这小子!''啊,滚出去!'以及诸如此类的话。可是那有什么用?简直就打搅不了他。他干脆就不睬。"停了一会又说:"是个乖乖的小傻子;清早起来就把那满地的靴子搬回去,一双一双地挑出来,把每人的一双放到原处。这些靴子丢过去打他已经丢得次数太多了,所以全队的靴子他通通认识——他闭上眼睛也能把它们一双双挑出来。"

又停了一会,我忍住没有打岔。

"可是最叫人受不了的是他祷告完了的时候——他要是居然有个完的话——他就吊一吊嗓子唱起歌来。唉,您知道他说话的声音多么好听;您知道他那种声音简直可以引得一只铁铸的狗从门口台阶上跑下来舔他的手。可是您要是相信我的话,司令官,那比他唱歌的声调儿可还差得远!比起这个孩子的歌声来,吹笛子的声音都显得刺耳。啊,他就在那黑暗中像轻柔的流水似的唱,低低的声音是那么柔和悦耳,简直叫他觉得自己好像在天上似的。"

"那又怎么会'叫人受不了'呢?"

"呵,问题就在这儿,司令官,您听他唱吧:
'就像我这样——贫穷、倒霉、眼睛又看不见——'

您听了他唱这个,只要听一次,看您是不是浑身都发酥,眼睛里迸出泪水来!不管他唱什么,都是一直钻进你心窝里——深深地打中你的要害——每回都叫你神魂颠倒。您只要听听他唱

> 有罪的、伤心的人儿，恐怖充满了你的心，
> 不要等到明天，你今天就要归顺天主；
> 不要辜负那种慈爱，
> 因为那种慈爱来自天主——

这些歌词。真叫人听了就觉得自己是天下心眼最坏、最不知好歹的人。他唱起他那些关于家乡、关于母亲、关于童年、关于从前的回忆以及关于烟消云散了的事情和关于死去了的老朋友的歌来，就把你一生怀念难忘的一去不复返的往事都引到你面前来了——那才真是唱得漂亮，唱得神妙，叫人爱听哩，司令官——可是，天哪，那才真叫人伤心透了哩！军乐队——唉，他们大家都哭起来——这些家伙个个都哭出声来，而且并不掩饰；您知道吧，正是起先丢靴子过去打那孩子的那些人一下子又从床铺上跳下来，在黑暗中跑过去拥抱他！是呀，他们就是这样——还拼命和他亲吻，弄得他浑身都是唾沫，并且还用亲爱的名字叫他，求他饶恕他们。赶上这种时候，要是有一团人想去伤害这个小把戏一根头发，他们也会和这一团人拼命，哪怕是整整的一个军团！"

又停了一会儿。

"就是这些话吗？"我说。

"是的，司令官。"

"哎呀，原来如此，那有什么可埋怨的！他们想要怎么办呀！"

"怎么办！唉，天哪，他们想要请您叫他不要再唱了，司令官。"

"这是怎么说的！你刚才还说他的歌唱得很神妙哪。"

"问题就在这儿。唱得太神妙啦。一般人简直受不了。他唱的歌太叫人感动，简直把人的心都挖出来了。它把他们的感情捣得粉碎，使他们心里很不舒服，觉得自己有罪过，除了到地狱去受永世之苦而外，什么地方也不配去，叫人老是忏悔个没完，什么都显得不对劲，觉得人生一点安慰也没有。还有那个哭劲，您瞧——每天早上他们都

不好意思彼此对面看一看。"

"咳，这倒是个新鲜事，告状也告得古怪。那么他们当真要叫他不再唱了吗？"

"是呀，司令官，就是这个意思。他们也不愿意过分要求；要是能把他的祷告也禁止了，或是叫他不要祷告个没有完，那他们当然是谢天谢地；可是最主要的还是唱的问题。只要能把他那唱歌的嘴堵住，他们觉得祷告还可以勉强受得了，虽然老让他那么用祷告来折磨，也实在是难受。"

我告诉上士，这桩事情我会加以考虑。那天晚上我悄悄跑到军乐队的营房去听。上士所报告的情况并没有过甚其词。我听见祷告的声音在黑暗中祈求；我听见那些心烦的人咒骂的声音；我听见许多靴子一阵扔过去在空中发出的飕飕的声音和打到大鼓周围的乒乒乓乓的声音。这种情形使我有所感触，但是同时也觉得有趣。过了一会儿，经过一阵意味深长的静默之后，就听见了歌声。天哪，那股凄凉的情调，那种迷人的力量！天下再没有什么声音像这么悦耳、这么优美、这么温柔、这么圣洁、这么动人。我在那儿待的工夫不大，我开始体验到与一个要塞司令官不大相称的一种感情。

第二天我就发出了命令，把祷告和唱歌都禁止了。随后的三四天之中，新兵骗了入伍津贴开小差的事件层出不穷，既热闹，又恼人，以致我根本没有想到我那小鼓手。可是有一天早上瑞本上士来了，他说：

"那个新来的小伙子的举动非常奇怪哩，司令官。"

"怎么个奇怪法？"

"咳，司令官，他一天到晚老在写字。"

"写字？他写些什么——是信吗？"

"我不知道，司令官；可是他一下了班，就老是在炮台各处钻来钻去，东张西望，老是一个人——我敢赌咒说，炮台上随便哪个角落里没有哪一处他没有到过——而且他老是过不了一会儿又拿出铅笔和纸，乱画一些什么下来。"

这使我起了一种极不愉快的感觉。我想要挖苦这种疑神疑鬼的想法，可是当时只要形迹稍有可疑的事情，都不能怪人家多疑，所以也就不便挖苦。当时在我们北方，处处都发生一些事故，警告我们随时都要提防、随时都要怀疑才行。于是我联想到这个孩子来自南方这个耐人寻味的事实——是最靠南的地方，路易斯安那——在当时的情况之下，这个念头是叫人放心不下的。可是我这时候给瑞本下命令处理这桩事情，心里却感觉到一阵隐痛。我觉得自己好像是一个做父亲的在那儿捣鬼，要叫他自己的孩子受到羞辱和损害似的。我吩咐瑞本不要声张，静待时机，能给我想办法找到那孩子写的东西的时候就给我找一些来，不要让他知道。我还特别指示他千万不要有什么举动，叫那孩子发现他被人注意了。同时我还命令他照常容许那孩子有原先那些行动自由，可是他进城去的时候，要派人老远盯住他。

以后两天之中，瑞本向我报告了好几次，毫无结果。这孩子还是在写，可是每逢瑞本走近他身边，他就满不在乎地把他写的东西塞到口袋里。他到城里一个没有人的旧马棚那儿去过两次，待了一两分钟就出来了。我们对这类事情可不能大意——看样子是有点儿蹊跷。我心里不得不承认我渐渐有些感到不安了。我跑到我私人的住处，把副司令找来——他是个很有智慧和判断力的军官，是杰姆士·华特生·韦布将军的儿子。他很惊讶，也很着急。我们把这桩事情谈了很久，最后的结论是应该进行秘密搜查。我决定亲自执行这个办法。因此我叫人第二天早上两点钟就把我叫醒，只过了一会儿，我就到了军乐队的宿舍里，扑在地下，在那些打鼾的弟兄们当中用肚皮贴着地板爬过去。后来我终于到了我那酣睡的流浪儿床前，谁也没有惊醒，我把他的衣服和背袋拿到手，又偷偷地爬回来。我回到自己屋里的时候，韦布还在那儿等着，急于要知道结果如何。我们马上就动手搜查。衣服使我们大失所望。我们在口袋里找到一点空白纸和一支铅笔；此外除了一把大折刀和孩子们藏起来当宝贝的那些杂七杂八的东西和无用的废物而外，什么也没有了。我们又怀着希望去搜查背袋。

那里面又是什么也没有找到，反而碰了个钉子！——一本小《圣经》扉页上写着这么几个字："先生，请看在他母亲的面上，对我这孩子照应点吧。"

我望了望韦布——他垂下了眼睛，他又望了望我——我也垂下了眼睛。两人都不作声。我恭恭敬敬地把这本书放回原处。韦布马上站起来，一句话也不说就走了。过了一会儿，我打起精神来，再去完成这桩不是滋味的工作，我把偷来的东西送回原处，还是和原来那样扑在地下爬过去。这似乎是与我所干的那桩事情特别相宜的姿势。

完事大吉之后，我老实说，真是高兴到极点。

第二天中午瑞本又照常来报告。我截住他的话说道：

"这桩可笑的事情就到此为止吧。我们简直是把一个可怜的小把戏当成个妖怪来对付，其实他就像一本赞美歌一样，对我们是毫无妨碍的。"

上士显得很惊讶，他说：

"唉，您也知道，这是您的命令呀，司令官，并且我还弄到了他写的一点东西哩。"

"那里面说些什么？你怎么弄到的？"

"我从门上的钥匙洞里偷看，看见他在写字。所以我估计着他大概写完了的时候，就小声地咳嗽了一下，我看见他马上把写的东西揉成一团，丢到火里，东张西望地看有没有人来。然后他就安然无事，显出非常愉快和满不在乎的样子。这一下我就走进来。高高兴兴地和他混了一阵，再打发他出去干点事情。他丝毫也不惊慌，马上就走了。炉里是煤火，才生起来的；他那个纸团丢到一大块煤后面去了，掉在看不见的地方；可是我还是把它弄出来了；这儿就是；连烤都没有烤煳哩，您瞧。"

我把这张纸条望了一眼，看了一两句。然后我就叫上士出去，并且吩咐他去给我把韦布找来。那纸上写的全文是这样的：

特伦布尔要塞,八号

上校——关于我上次开的单子里末尾那三门大炮的口径,我弄错了,那是放十八磅炮弹的;其余的武器都和我所写的相符。炮台的情况还是像前次报告的那样,不过原先准备派到前线去作战的那两连轻步兵暂时还要驻在这里——现在还无法调查要待多久,但很快就可以弄明白。我们深信就这一切情况看来,最好暂时不要采取行动,且等——

写到这里就中断了——这就是瑞本咳嗽了一声、使那孩子没有再往下写的地方。这种冷血的卑鄙行为,给我心头一阵沉痛的打击,以致使我对这孩子的感情以及我对他的好意和对他那孤伶的遭遇所起的慈悲心都马上烟消云散了。

可是这且不去管它。现在出了问题了——而且还是需要马上充分注意的严重问题。韦布和我把这桩事情翻来覆去地考虑,彻底地研究了一番。韦布说:

"他没有写完就被打断了,真是可惜!他们有某种行动要推迟一下,等到——什么时候呢?那个行动又是指的什么呢?可能他是会要提到的,这个假装信神的小坏蛋!"

"是呀,"我说,"我们错过了一次机会,还有信里面的'我们'又是指谁呢?是炮台里面的同党,还是外面的呢?"

那个"我们"很有文章,叫人担心。可是老在这上面猜想是不值得的,所以我们就继续考虑更具体的办法。首先,我们决定加双岗,尽最大的力量切实提防。其次,我们想到把威克鲁叫来,让他吐出一切秘密;可是这一着似乎不大聪明,要等其他的办法都没有效果的时候才行。我们必须把他写的东西再弄到一些,所以我们就开始想办法达到这个目的。后来我们想出了一个主意:威克鲁从来没有到邮局去过——也许那个空马棚就是他的邮局吧。我们把我的亲信书记找来——他是个名叫斯特恩的德国人,好像是个天生的侦探似的——我把这桩事情原原本本告诉他,叫他去设法破案。还不到一个钟头,我们又得到消息,说是威克鲁又在写。再过了一会儿,又听说他告假进城去了。他动身之前,他们故意耽误了他一阵,同时斯特恩赶紧跑去藏在那个马棚里。一会儿他就看见威克鲁从容地走进去,四面张望了一会,然后把一样东西藏在角落里一堆垃圾底下,又从从容容地出去了。斯特恩赶紧把那件隐藏的东西——一封信——拿到手,给我们带回来。上面既没有收信人的姓名地址,也没有发信人的签名。信里面先把我们看到过的那些话写上,接着就说:

  我们认为最好是暂时不采取行动,且等那两连人开走了再说。我是说我们内部这四个人有这个意见,还没有和其他的人通消息——怕的是引人注意。我说四个人,是因为我们少掉了两个;他们入伍不久,刚混进炮台来就被派到前线去了。现在非另派两个人来接替他们不可。走了的那两个是三十哩点那两兄弟。我有一个非常重要的消息要告诉你,可是绝不能靠这种通信的方式,我要试用另一种办法。

  "这个小浑蛋!"韦布说,"谁想得到他是个间谍呢?可是这且不去管他;我们先把已经得到的这些情况照目前的情形凑合起来研究研究,看看这桩事情现在已经发展到什么地步吧。第一,我们当中已经有了一个间谍是我们知道的;第二,我们当中还有三个是我们不知道的;第三,这些间谍都是经过到联邦部队来入伍这个简单而省事的手续混进我们这儿来的——显然是有两个上了当,被我们运到前线去了;第四,'外面'还有间谍的帮手——数目多少还不清楚;第五,威克鲁还有非常重要的事情,他不敢用'现在这种方式',报告消息——要'试用另一种办法'。照目前的情形看来,大致就是这样。我们是不是要把威克鲁抓起来,叫他招供呢?再不然是不是要去抓住到马棚里取信的人,叫他供出来呢?否则我们就暂时还不作声,再多调查一些事实好不好呢？"

我们决定了采取最后那种办法。我们估计这时候还没有实行紧急措施的必要，因为那些阴谋分子显然是打算等着那两个轻步兵连开走的时候再下手。我们给了斯特恩充分的权力，使他好办事，并且叫他尽量设法把威克鲁的"另外一种"通信方法调查出来。我们打算玩一套大胆的把戏；因此我们主张继续使间谍们毫不怀疑，能敷衍多久就敷衍多久。所以我们命令斯特恩马上再到那个马棚那儿去，要是没有什么人妨碍的话，就把威克鲁的信仍旧藏到原地方，放在那儿等叛徒们去取。

那天一直到天黑，并没有其他动静。夜里天气很冷，天色漆黑，正下着雨雪，风也刮得很凶；可是那一夜我还是从温暖的床上起来了好几次，亲自出去巡逻，为的是要查明确实没有出什么事故，而且每个岗哨都在认真提防。我到处都发现他们振作精神警戒着；显然是有一些神秘的威胁的谣言悄悄地在四处传播，一加双岗就更使那些谣言显得确有其事了。有一次天快亮的时候，我碰见韦布顶着寒风一直往前走，随后才知道原来他也巡逻了好几次，总要知道一切安然无事才放心。

第二天的事情稍微使情况发展得快一些。威克鲁又写了一封信；斯特恩比他先到那个马棚里，看见他藏那封信；威克鲁刚一走开，他就去把那封信拿到手，然后溜出来，远远地盯住那个小间谍，他背后还跟着一个便衣侦探，因为我们觉得应该让他随时可以得到法律的帮助，以备紧急的需要。威克鲁跑到火车站去，在那儿等着纽约的车来，然后客人由车上拥下来的时候，他就仔细看着那一群人的脸。一会儿就有一个年老的绅士，戴着绿色的护目镜，拄着手杖，一瘸一瘸地走过来，在威克鲁附近站住，急切地开始张望。威克鲁马上就飞跑过去，塞了一个信封在他手里，然后溜开，在人丛中不见了。斯特恩立刻就去把那封信一下子抢过来；随即他在那个侦探身边匆忙走过的时候，就对他说："跟住那个老先生——别让他跑得不见了。"然后斯特恩随着人群连忙跑出来，一直跑回要塞。

我们关上门坐下来，吩咐外面的守卫不让别人来打搅。

我们先把马棚里拿来的那封信打开来看。内容如下：

　　神圣同盟——照常在那尊大炮里拿到大老板的命令，那是昨晚上丢在那儿的；这次的命令取消了以前从次一级的机关所得的指标。已在炮内照例留下了暗号，表示命令已经到了收件人手里——

韦布插嘴说："这孩子现在不是经常受着监视吗？"

我说是的，自从拿到他前次那封信之后，他一直就在严密的监视之下。

"那么他怎么能够放什么东西到炮筒里去，或是从那里面取出东西来，居然没有被人发觉呢？"

"唉，"我说，"我看这种情形有点不大对劲。"

"我也觉得不对呀，"韦布说，"这简直就表示连哨兵里面都有同谋犯。要不是他们暗中纵容他，这种事情是做不到的。"

我把瑞本叫来，吩咐他到炮台去仔细查一查，看能找出什么线索来。然后我们又往下念那封信：

　　新的命令是果断的，它要〇〇〇〇明天早上三点××××。将有二百人分成若干股由各地乘火车或采取其他途径来此，按时到达指定地点。今天由我分发信号。成功定有把握，但是我们一定是走漏了一些消息，因为这里已加派双岗，而且正副司令昨夜曾巡逻多次。寅寅今天由南方来此，将接受秘密命令——用另一方法。你们六个人必须早晨两点钟到一六六号。乙乙会在那里等你们，给你们详细指示。口令和上次相同，但要倒过来——头一个字改到末尾，末一个字改到前面。记住辛辛辛辛。不要忘了，千万要大胆；还不等太阳再出来，你们就要成为英雄了；你们的名声将流芳千古；你们将在历史上添上不朽的一页。亚门。

"好家伙，"韦布说，"我看这情形，我们可实在不大好对付呀！"
我说没有问题，形势是渐渐显得非常严重了。我说：
"他们正在准备采取一个猛烈的冒险行动，这是很明显的。今天晚上是他们预定的时间——这也是明显的。这个冒险行动的性质——我是说它的方式——隐藏在那一大堆'○'或'×'下面，可是据我估计，他们的目的是要偷袭和夺取要塞。现在我们必须采取又快又狠的断然行动。我想我们继续用秘密手段对付威克鲁是一点用处也没有了。我们必须知道，而且越快越好，'一六六号'究竟在哪儿，好在早上两点钟把那一伙儿一网打尽；不消说，要想得到这个秘密，最快的办法就是逼着这个小鬼说出来。可是首先我必须把事实报告军政部，请求全权处理，然后我们才可以采取重要行动。"

急电译成了密码，准备拍发；我看过之后，表示认可，就发出去了。

我们随即结束了对刚才所谈的那封信的讨论，然后把从那位瘸腿先生那儿抢过来的那封信打开。那里面除了装着两张完全空白的信纸而外，什么也没有！这对我们当时急切盼待的心情真是泼了一瓢冷水。我们一时大失所望，心里就像那信纸一样空虚，简直不知怎么办才好。可是这只过了一会儿工夫，因为我们当然马上就想到了"暗墨水"。我们把信纸拿到火边上去烤，等着那上面的字迹经过火烤的结果显出来；可是除了几条模糊的笔画而外，什么也没有，而我们对那几条笔画又看不出一点道理。于是我们把军医找来，叫他拿去用他所知道的各种方法试验，总要试出个结果来；等到字迹显出来之后，立刻就来把信的内容报告给我。这个阻碍可真是叫人烦得要命，我们当然因为这阵耽误而生气，因为我们一心盼望着从那封信里得到关于这个阴谋的一些最重要的秘密。

这时候瑞本上士来了,他从口袋里掏出一根大约一英尺长的麻绳,上面打着三个结,他把它拿起来给我看。

"我在江边的一门大炮里取出来的。"他说,"我把所有的炮上的炮栓都取下来,仔细看过;结果每一门炮都查遍了,只找到这么一截麻绳。"

原来这截绳子就是威克鲁的"暗号",表示"大老板"的命令并没有送错地方。我命令立即把过去二十四小时在内的那座炮附近值过班的哨兵通通单独禁闭起来,非经我的同意,不许他们互相交谈。

这时候军政部长来了个电报。电文如下:

暂行取消人身保障法。全城宣布戒严。必要时逮捕嫌疑犯。采取果断迅速行动。随时将消息报告本部。

这下子我们可以下手了。我派人去把那位瘸腿老先生悄悄地逮捕起来,悄悄地押解到要塞;我把他看管起来,不许别人和他谈话,也不许他跟人家说话。起初他还老爱吵闹一阵,可是不久就不作声了。

随后又来了个消息,说是有人看见威克鲁拿一点什么东西交给我们的两个新兵;他刚一转身,这两个人马上就被抓去禁闭起来了。每人身上搜出了一张小纸片,上面用铅笔写着这些字:

大鹰三飞
记住辛辛辛辛
一六六

遵照军政部长的指示,我给部里打了个密电,报告情况的进展,还把上面这个纸片描绘了一下。现在我们似乎是处于很有把握的地位,尽可以对威克鲁拉下假面具了;所以我就派人把他叫来。同时我也派人去取回那封暗墨水写的信,军医还附带交来了一张条子,说明他试过的几种方法都没有结果,不过另外还有些办法,等我叫他试验的时候,还可以试一试。

威克鲁很快就进来了。他显得有些疲乏和焦急的神情,可是他很镇定和从容,即令他感觉到了有什么不妥,也没有在脸色和态度上露出来。我让他在那儿站了一两分钟,然后快快活活地说:

"小孩儿,你为什么老上那个旧马棚里去呢?"

他用天真的态度毫不慌张地回答:

"呵,我也不知怎么回事,司令官。并没有什么特别的原因,不过我喜欢清静,到那儿去玩玩。"

"你到那儿去玩,是吗?"

"是呀,司令官。"他还是像起先那么天真自然地回答。

"你在那儿只干这个吗?"

"是呀,司令官。"他抬起头来望着,那双温柔的大眼睛里含着孩子气的惊讶神情说道。

"真的吗?"

"是呀,司令官,真的。"

停了一会儿,我说:

"威克鲁,你为什么老爱写字呢?"

"我?我并没有常写什么,司令官。"

"你没有常写?"

"没有,司令官。啊,您要是说的乱画呢,我倒是乱画了一些,画着玩的。"

"你画了拿去干什么呢?"

"没有干什么,司令官——画完就丢了。'

"没有送给什么人吗?"

"没有,司令官。"

我突然把他写给"上校"的那封信伸到他面前。他稍微吃惊了一下,可是马上又镇定下来了。他脸上微微地红了一阵。

"那么，你为什么要把这个送出去呢？"

"我决——决没有安什么坏心思，司令官。"

"决没有安什么坏心思！你把要塞的军备和情况泄露出去，还说没有安坏心思吗？"

他低下头去不作声。

"喂，老实说吧，别再撒谎啦。这封信是要给谁的呢？"

这时候他显出一些痛苦的样子，可是很快就平静下来，用非常恳切的声调回答说：

"我把事实告诉您吧，司令官——全部事实。这封信根本就没有打算写给什么人。我不过写着玩的。现在我知道这是做错了，而且是件傻事——可是我只犯过一次，司令官，我以人格担保。"

"呵，这倒是叫我很高兴。写这种信是很危险的。我希望你真是只写过这一封吧？"

"是呀，司令官，千真万确。"

他的大胆真是惊人。他说这句诳话的时候，那种诚恳的神情谁也赛不过。我停了一会儿，把我的怒气平息下去，然后说：

"威克鲁，你仔细想一想吧，我想调查两三件小事情，你看是不是可以帮个忙。"

"我一定尽力帮忙，司令官。"

"那么我先问你——'大老板'是谁呢？"

这一下使他很惊慌地向我们脸上望了一眼，可也不过如此而已。他马上又镇静下来，沉着地回答说：

"我不知道，司令官。"

"你不知道？"

"我不知道。"

"你当真不知道吗？"

他极力想把他的眼睛望着我的，可是那实在太紧张了；他的下巴慢慢地向着胸部低下去，他哑口无言了；他站在那儿神经紧张地拨弄着一只纽扣，他的卑鄙行为虽然可恶，那样子可也叫人怜悯。随后我又提出一个问题，打破了沉默：

"'神圣同盟'是些什么人呢？"

他浑身显然在发抖，他把双手盲目地微微动了一下，这在我看来，好像是一个绝望的小家伙求人怜悯的表示。可是他没有作声。他继续把头向地下垂着，站在那儿。我们瞪着眼睛望着他、等着他说话的时候，看见大颗的眼泪顺着他的脸蛋儿滚下来。可是他始终不说话。过了一会儿，我说：

"你非回答我不可，小孩儿，你一定要说老实话，'神圣同盟'是哪些人？"

他仍旧只是一声不响地哭。我随即就说：

"回答我这个问题！"我的语气有些严厉。

他极力要控制自己的声音，然后求饶地抬头望着，掺杂着哭声勉强说道：

"啊，请您可怜我吧，司令官！我不能回答这个问题，因为我不知道。"

"什么！"

"真的，司令官，我说的是实话，我直到现在，从来没有听说过什么'神圣同盟'。我以人格担保，司令官，这是实话。"

"真是怪事！我看你这第二封信；呵，你看见这几个字吗？'神圣同盟'。现在你还有什么话可说？"

他抬起头来瞪着眼睛望着我的脸，显出一副受了委屈的神情，好像他遭了很大的冤枉似的，然后激动地说：

"这是有人狠心地给我开玩笑，司令官；我老是极力要好好做人，从来没有伤害过谁，他们怎么能这样陷害我呢？有人假造了我的笔迹，这都不是我写的，我从来没有见过这封信！"

"啊，你这个可恶透了的小骗子！你看，这又是怎么回事呢？"——我把那封暗墨水写的信从口袋里掏出来，伸到他眼前。

他的脸发白了！——简直像个死人的脸那么白。他站也站不稳，微微摇晃起来，伸手扶着墙才把身子撑住。过了一会，他低声问道：

"您已经……看过这封信了吗？"他的声音简直低得听不见。

一定是还没有等我嘴里来得及捏造出"看过了"这么个回答，我们脸上就把真情流露出来了，因为我清清楚楚地看见那孩子的眼睛里又恢复了勇气。我等着他说话，可是他一声不响。所以后来我就说：

"喂，你对这封信里泄露的秘密又怎么解释呢？"

他非常镇定地回答说：

"没有什么解释，我只想说明一声，那是完全没有害处的，对谁也没什么妨碍。"

这下子我可有点窘住了，因为我无法反驳他的话。我不知究竟怎么办才好。可是我忽然有了一个主意，这才给我解了围，我说：

"你对'大老板'和'神圣同盟'当真是什么也不知道吗？你说是人家假造的这封信，当真不是你写的吗？"

"是的，司令官——是真的。"

我慢慢抽出那根带结的麻绳来，把它举起，一声不响。他若无其事地瞪着眼睛望着它，然后诧异地望着我。我实在忍耐不住了。不过我还是把我的脾气压下去，用我平常的声调说：

"威克鲁，你看见这个了吗？"

"看见了，司令官。"

"这是什么？"

"好像是一根绳子。"

"怎么，好——像——是？这根本就是一根绳子呀。你还认得吗？"

"不认得，司令官。"他回答的语气从容到极点。

他那种冷静的态度真是十足地令人惊叹！于是我停了几秒钟，为的是让我的沉默可以加深我所要说的话给人的印象；然后我站起来，把一只手按在他肩膀上，严肃地说：

"这是对你没有好处的，可怜的孩子，绝对没有好处。你给

'大老板'的这个暗号,这根带结的绳子,是在江边一座大炮里找到的——"

"大炮'里面'找到的!啊,不对,不对,不对!别说是在大炮里吧,其实是在炮栓的一条缝里!一定是在缝里!"他随即就跪下来,两手交叉着十指,仰起面孔,他那脸色灰白、吓得要命的样子,叫人看了怪可怜的。

"不,是在大炮里。"

"啊,那一定是出了毛病!老天爷,我完蛋啦!"他一下子跳起来,左右乱闯,闪开人家伸出去抓他的手,极力想从这地方逃掉。可是逃跑当然是不可能的。于是他又扑通一声跪在地下,拼命地哭,还抱住我的腿;他这样揪住我,苦苦哀求地说:"呵,您可怜可怜我吧!啊,您行行好吧!千万别把我的事情说出去呀,他们连一分钟也不会饶我的命哪!请您保护我,救救我吧。我把一切都供出来!"

我们花了一些工夫才使他平静下来,减少他的恐惧,让他的心情变得稍微平静一些。然后我开始盘问他,他把眼睛望着地下,很恭敬地回答,随时伸手揩去他那流个不停的眼泪。

"那么你是心甘情愿的一个叛徒喽?"

"是呀,司令官。"

"还是个间谍?"

"是呀,司令官。"

"一直在按照外面来的命令活动吗?"

"是呀,司令官。"

"是自愿的吗?"

"是的,司令官。"

"干得很高兴吧,也许是?"

"是呀,司令官,抵赖也没有好处。南方是我的家乡,我的心是南方的,整个的心都在它那一方面。"

"那么你所说的那些遭难的经过和你家里的人被杀害的那些事情

都是为了要混进要塞，特别捏造出来哄人的吧？"

"他们——是他们叫我那么说的，司令官。"

"那么你就打算出卖可怜你和收容你的人，要把他们毁了吗？你知不知道你多么卑鄙呀，你这个走入迷途的可怜虫？"

他只用哭泣来回答。

"好吧，这个且不去管它。还是谈正经事。'上校'是谁？他在什么地方？"

他开始大哭起来，想要哀求不叫他回答。他说他要是说出来，就会被打死。我威胁着说，他要是不说出实情，我就要把他关到黑牢里监禁起来。同时我答应他，只要他把秘密通通说出来，我就保护他，不叫他受到任何伤害。他紧紧地闭住嘴，一句话也不肯回答，他做出顽强的样子，使我简直拿他无可奈何。后来我就带着他走，可是他只往黑牢里望了一眼就改变了主意。他突然又哭起来，并且苦苦哀求，声明他愿意说出一切实情。

于是我又把他带回来，他就说出了"上校"的名字，并且很仔细地把他描绘了一番。他说到城里最大的旅馆里可以找到他，穿着普通老百姓的衣服。我又威胁了他一阵，他才把"大老板"的名字说出来，并且说明他的相貌，等等。他说在纽约证券街十五号可以找到"大老板"，化名是盖罗德。我把盖罗德的姓名和外貌特征打电话告诉纽约警察局长，要他逮捕这个人，把他看管起来，等我派人去提解。

"那么，"我说，"好像是'外面'还有几个同党，大概在新伦敦。你把他们的姓名和情况说一说吧。"

他说出了三个男人和两个女人，并且说明了他们的情况——都住在大旅舍里。我悄悄地派人出去，把他们和那位"上校"抓来，关在要塞里。

"现在我还要知道你在要塞里面的三个同党。"

我想他又要说诳话来骗我，可是我把那两个被捕的哨兵身上搜到的神秘的纸片拿出来，这对他产生了很好的效果。他说我们已经抓到

了两个,他非说出另外那一个不可。这把他吓得要命,他大声叫道:

"啊,请您别逼我吧,他当场就会要我的命!"

我说那是可笑的想法,我会派人在他身边保护他,并且弟兄们集合的时候是不让他们带武器的。我命令叫所有的新兵都集合起来,然后这可怜的小坏蛋浑身发抖地出来了,他顺着那一队人走过去,极力显出若无其事的样子。后来他对其中一个人只说了一个字,于是他还没有走出五步,这个人就被捕了。

威克鲁又和我们在一起的时候,我就叫人把那三个人带进来。我叫其中的一个站到前面来,说道:

"喂,威克鲁,你可要注意,只许完全说实话,丝毫也不能有差错。这个人是谁,你知道他一些什么事情?"

他已经到了"骑虎难下"的地步,所以就不顾一切后果,把眼睛瞪在那个人脸上,毫不迟疑地说了一大套——他说的是下面这些话:

"他的真名字叫作乔治·布利斯多。他是新奥尔良人;两年前在沿海的邮船'神殿号'上当二副。他是个很凶的角色,曾经犯杀人罪坐过两次牢——一次是为了拿一根绞盘棍子打死一个叫作海德的水手,一次是为了打死一个甲板苦力,因为他不肯抛铅锤,其实那是不该甲板苦力做的事。他是个间谍,是上校派到这儿来进行间谍活动的。1858年'圣尼古拉号'在孟菲斯附近爆炸时,他在船上当三副;死伤的乘客被装在一只空木船里往岸上运的时候,他就抢他们身上的东西,结果差点儿让人家抓来用私刑弄死了。"

他还说了一些诸如此类的话——他把这个人的来历说得很详细。他说完之后,我向那个人说:

"你对他这些话有什么说的?"

"司令官,您可别怪我在您面前说话不恭敬,他这简直是些胡说八道的谎话,从来没有听见过谁撒这种谎!"

我叫人把他带回去再关起来,又把其余两个先后叫到前面来。结果都是一样。那孩子说出了每个人的详细来历,对措辞和事实丝毫也没有迟疑；可是我盘问这两个家伙的结果，每个人都只是愤恨地说那完全是谎话。他们什么口供也没有。我把他们再送回去关起来，又把其余的犯人一个个叫出来对质。威克鲁把他们的一切都说出来了——他们是南方哪些城市的人，和他们参加这个阴谋的原原本本。

但是他们都否认他所说的事实，而且没有一个有什么口供。男人们大发脾气，女人们哭哭啼啼。据他们自己说，他们都是从西部来的清清白白的人，并且对联邦比世界上一切东西还要爱。我把这批人再关起来，心里很腻烦，随后我就再来盘问威克鲁。

"一六六号在哪儿？'乙乙'是谁？"

可是他下了决心以这里为界限。无论说好话哄他或是说硬话吓唬他，都不起作用。时间过得飞快——非采取严厉手段不可了。所以我就拴住他的大拇指，把他踮起脚尖吊起来。他越来越痛，就尖声惨叫，那声音简直叫我有些受不了。可是我坚持不放松，过了一会他就喊叫起来：

"啊，放我下来吧，我说！"

"不行——你先说了我才放你下来。"

现在每一片刻的时间对他都是痛苦，所以他就说出来了：

"大鹰旅舍，一六六号！"他说的是江边的一个下等客栈，一般卖力气的人和码头工人，还有那些更不体面的人常去的地方。

于是我就把他放了下来，然后又叫他给我说这次阴谋的目的。

"今晚要夺取要塞。"他一面顽强地说，一面低声哭着。

"我是不是把这次阴谋的头儿们都抓着了？"

"没有，除了你抓到的而外，还有要到一六六号去开会的人。"

"你那'记住辛辛辛辛'是什么意思？"

没有回答。

"到一六六号去的口令是什么？"

没有回答。

"那一堆一堆的字和记号是什么意思——'×××××'和

'〇〇〇〇'？快说！要不然又叫你尝尝那个滋味。"

"我绝不回答！我宁肯死。现在你爱怎么办就怎么办吧。"

"把你说的话好好儿想想吧，威克鲁。拿定主意了吗？"

他坚决地回答，声音毫不发颤：

"拿定主意啦。我非常爱我那遭难的南方，痛恨这北方的太阳所照耀的一切，所以我宁肯死，也不会泄露那些消息。"

我又拴住他的大拇指把他吊起来。这可怜的小家伙痛得要命的时候，他那尖叫的声音真叫人听着心都要碎了，可是我们再也没有逼出他什么口供来。不管你问他什么话，他老是叫着同一个回答："我可以死，而且我决定死，可是我决不说。"

咳，我们只好就那么算了。我们相信他一定是宁肯死也不会招供。所以我们就把他放下来，再把他关起来，严加看管。

然后我们忙了几个钟头，一面给军政部打电报，一面准备突击一六六号。

那个漆黑和寒冷的夜晚是够令人提心吊胆的。要塞的情报已经泄露了一些，整个要塞都在提防意外。哨兵加成了三岗，谁也不能进出，一走动就会被哨兵用步枪对准他的头，叫他站住。不过韦布和我却不像原先那么担心了。因为有许多主犯既已落网，阴谋就必然受到相当大的挫折了。

我决定及时赶到一六六号去，抓住"乙乙"，把他的嘴堵上，等着其余的人来到，好逮捕他们。大约在凌晨一点一刻，我就悄悄离开要塞，后面还带着六个精壮的正规兵，还有威克鲁那孩子，他的手反绑在背后。我告诉他说，我们要到一六六号去，要是发现他这次又说了谎话，叫我们上当，那他就非领我们到正确的地方去不可，否则就要叫他吃苦头。

我们偷偷地走近那个客栈，进行侦察。小小的酒吧间里点着一支蜡烛，其余的房间都是黑暗的。我试着开前门，并没有锁，我们就轻轻地走进去，仍旧把门关上。然后我们把鞋脱掉，我带头领着大家到酒吧间里。德国店主坐在那儿,在椅子上睡着了。我轻轻地把他推醒,叫他脱掉靴子,在我们前面走,同时警告他不许作声。他一声不响地顺从了,可是显然吓得要命。我命令他带路到一六六号去。我们爬上了两三层楼梯,脚步像一串猫儿那么轻;然后我们走到一道很长的过道尽头的时候,就到了一个房间门口,从那个门上装着玻璃的小窗户里,我们可以看得出里面有一支暗淡的蜡烛的亮光。店主在暗中摸索着找到了我,悄悄地说那就是一六六号。我试了试那扇门——里面锁上了。我给一个个子最大的士兵贴着耳朵下了一道命令;我们就用宽大的肩膀顶住门,猛推一把,就把门上的铰链冲开了。我隐隐约约地看见床上有一个人影——看见他连忙向蜡烛把头伸过去;蜡烛一灭,我们就在一团漆黑当中了。我猛扑过去,一下子跳到了床上,用膝头使劲按住了床上那个人。被我抓住的人拼命地挣扎,可是我使左手卡住了他的嗓子,这给我的膝头很大的帮助,总算把他制服了。然后我马上把手枪掏出来,扣下扳机,把那冰冷的枪筒抵住他的腮帮子,表示警告。

"现在谁给划根洋火吧!"我说,"我把他抓牢啦。"

有人照办了。火柴的光亮起来了。我望着我抓住的人,哎呀,老天爷,原来是个年轻的女人!

我把她放了,连忙下床来,心里觉得怪害臊。大家都瞪着眼睛望着身边的人发呆。这桩意外的事太突如其来,叫人莫名其妙,因此大家都非常慌张,不知怎么才好。那个年轻的女人开始哭起来,把被窝蒙住了脸。店主恭敬地说:

"是我的女儿,她大概是干了什么不规矩的事吧,nicht wahr?"

"你的女儿?她是你的女儿吗?"

"啊,是呀,她是我的女儿,她今晚上才从辛辛那提回家来的,有点儿小病。"

"他妈的,那孩子又撒谎啦。这不是他说的那个一六六号,这不是'乙乙'。威克鲁,你给我们找到那个真正的一六六号吧,要不然——喂!那孩子在哪儿?"

跑掉了,丝毫不假!不但跑了,我们连一点线索也找不到。这可是个伤脑筋的情况。我骂自己太傻,没有把他拴在一个士兵的身上,可是现在为这个而懊恼是没有用处的。到了这个地步,我究竟应该怎么办呢?——这是当前的问题。不过说到源头,那个姑娘说不定就是"乙乙"。我并不相信这个,可是把疑惑当成定论是不妥当的。所以我就叫我那几个士兵留在一六六号对面的一个空房间里,吩咐他们一见有人走近那个姑娘的房间,就一律把他们抓起来,同时还叫他们把店主扣押在他们一起,严加看管,且待以后的命令。然后我就赶回要塞去看看那儿是否还平安无事。

不错,平安无事。而且还始终都没有问题。我通夜守着,没有睡觉,以防意外。可是毫无动静。后来看见天又亮了,我居然能够给部里打电报,报告星条国旗仍旧在特伦布尔要塞上空飘扬,心里真是说不出的高兴。

我心头解除了无限的压力。不过我当然还是没有放松警惕,也没有停止努力;因为当时的局势太严重了,疏忽是不行的。我把那些犯人一个个叫来,整个钟头地拷问他们,总想叫他们招供,可是毫无结果。他们光只咬牙切齿,直扯头发,什么也没有吐露出来。

到了中午的时候,我们得到了那个失踪的孩子的消息。有人在早上六点钟,大约在八英里以外看见他在路上,拖着沉重的脚步往西走。我马上派一个骑兵中尉和一个士兵去追他。他们在二十英里以外看见他了。他已经翻过了一道篱笆,疲乏地拖着脚步穿过一片尽是烂泥的田野,向着一个村庄的边上一座旧式的大房子走去。他们骑着马穿过一片小树林,迂回过去,由相对的方向包抄那所房子;然后下了马,赶快溜到厨房里。那儿一个人也没有。他们又溜进靠近的一间屋子里,那儿也没有人;由那间屋里通着前面起居室的门是开着的。他们正想要由这扇门里走过去,忽然听见一个很低的声音;那是有人在祷告。于是他们就恭恭敬敬地站住了,中尉把头伸进去,看见一个老头和一个老太婆在那间起居室的一个角落里跪着,正在祷告的是那老头。刚刚祷告完毕的时候,威克鲁那孩子打开前门走进来了。那两个老人一同向他扑过去,紧紧地搂着他,叫他透不过气来。他们大声嚷道——

"我们的孩子!我们的宝贝!多谢上帝。跑掉的又回来啦!死了的又复活啦!"

喂,先生,你猜是怎么回事!那个小鬼原来就是在那个农庄上生长的,本来是一辈子从没有离开过这个地方五英里路远,后来才在两个星期以前闲荡到我那地方去,编了那一个伤心的故事把我哄住了!这是千真万确的事情。那个老头是他的父亲——是个有学问的退休了的老牧师,那个老太婆是他的母亲。

现在让我来对这个孩子和他的举动略加说明吧。原来他是爱看廉价小说和那些专登情节离奇的故事的刊物看得入迷了的——所以莫名其妙的神秘事件和天花乱坠的侠义行为正合他的胃口。后来他又看到报纸上报道叛军的间谍到我们这边来潜伏活动的情况,以及他们那可怕的企图和两三次轰动一时的成功,结果他的脑子里就把这个问题想入非非了。他曾经有几个月和一个长于说话的富于幻想的北方青年经常混在一起,那个青年在新奥尔良和密西西比上游二三百英里的各地之间航行的几只邮船上当过两年事务员——因此他谈起那一带地方的地名和其他情形显得都很熟悉。我在战前曾经在那一带地方住过两三个月;我对那儿所知道的很有限,所以容易被那孩子哄住,要是一个土生土长的路易斯安那人,那也许不等他说到十五分钟,就可以发现他露出马脚了。你知道他为什么说他情愿死也不肯解释他那几个阴谋的暗号吗?干脆就是因为他无法解释!——那些记号根本没有意义;他是由想象中凭空捏造出来的,事先事后都没有考虑过;所以突然问起他来,他就想不出什么说法来解释。譬如他对那封"暗墨水写的信"里隐藏着什么秘密也说不出来,充分的理由就是那里面根本没有隐藏任何秘密,那封信不过是空白的纸张罢了。他根本没有搁什么东西到大炮里面,而且从来没有打算过这么做——因为他那些信都是写给一些想象中的人物的,他每次藏一封信到那个马棚里,老是把前一天放在那儿的一封拿走;所以他对那根带结的小绳子并不知道,因为我拿给他看的时候,他还是第一次看到;可是我一让他说明来历,他马上就照他那异想天开的派头,承认那是他放的,而且因此收到了一些很妙的戏剧性的效果。他捏造了一个"盖罗德"先生;还有什么证券街十五号,当时已经根本不存在了——三个月以前就拆掉了。他还捏造了那位"上校";我所逮捕的并且和他对质过的那些无辜受累的人,让他天花乱坠地说了一大堆来历,也都是他捏造的;"乙乙"也是他捏造的;一六六号也可以说是他捏造的,因为在我们到大鹰旅社去之前,他还不知道那儿有这么个房间。凡是需要捏造某一个人或是某一件东西的时候,他都随时捏造得出来。我要他说出"外面的"间谍,他马上就把他在旅馆里见过的一些陌生人形容一番,其实连他们的名字都不过是他偶尔听到过的。呵,在那惊心动魄的几天里,他一直在一个有声有色的、神秘的、浪漫的境界里过日子,我觉得这个境界对他说来是真实的,而且他想必是一直从他的心坎里欣赏着它的滋味。

可是他给我们找了不少的麻烦,而且使我们受了说不完的耻辱。你看,为了他的缘故,我们抓了一二十个人,把他们在要塞里关起来,还在他们的门口安了哨兵。被捕的人有许多都是军人之类,我对他们是无须道歉的;可是其余的人都是全国各地的第一流公民,无论你说多少赔罪的话,也不足以使他们满意。他们简直就是大发脾气,跟我们闹个没有完!那两个妇女呢——一个是俄亥俄州一位议员的太太,另一个是西部一位主教的妹妹——咳,她们尽量对我说的那许多侮辱和挖苦的话,和她们所流的那些冒火的眼泪,成了一份纪念品,大概可以使我很久都记得她们——而且我是会记得的。那位戴护目镜的瘸腿老先生是费城的一个大学校长,他是来参加他的侄子的丧礼的。他原先当然是从来没有看见过威克鲁。咳,他不但错过了丧礼,被我们当作叛军间谍关起来，而且威克鲁还站在我的营房里无情地把他说成加尔维斯敦名声最臭的一个流氓窠来的伪造犯、黑人贩子、偷马贼、放火犯；这种侮辱，这位倒霉的老先生似乎是根本不能原谅的。

还有军政部呀！可是，真晦气，这一段我就不去谈它了吧！

附注——我把这篇故事的稿子拿给少校看，他说："你对军队里的事情不大熟悉，这使你弄出了一些小小的错误。不过连这些地方也还是写得有声有色——随它去吧；军队里的人看了会笑，别人可看不出毛病来。你把这个故事的主要事实都说对了，叙述得和实际发生的情况大致相符。"——马克·吐温。

张友松　译

被偷的白象[1]

一

下面这个稀奇的故事是我在火车上偶然相识的一个人讲给我听的。他是一位年过七十的老先生,他那非常和善而斯文的面貌和真挚而诚实的态度使他嘴里说出来的每一桩事情都予人以无可置疑的真实的印象。以下是他讲的故事:

你知道暹罗的皇家白象在那个国家里是多么受人尊敬的吧。你也知道,它是国王御用的,只有国王才能养它,而且它实际上甚至比国王多少还要高出几分,因为它不仅受人尊敬,而且还受人崇拜。五年前,大不列颠和暹罗两国之间的国界纠纷发生的时候,不久就证明了错误在暹罗方面。因此一切赔偿手续迅速执行了,英国代表说他很满意,过去的嫌隙应该忘记才行。这使暹罗国王大为安心,于是一方面是为了表示感激,一方面也许是为了要消除英国对他可能还存在着的一点残余的不满情绪,他愿意给英国女王送一件礼物——照东方人的想法,这是与敌方和解的唯一妥当的方法。这件礼物不但应该是高贵的,而且必须是超乎一切的高贵才行。那么,还有什么礼物能比一

---

[1] 这个故事是从《海外浪游记》里抽掉的,因为当初作者唯恐某些情节言过其实,另外有些情节不可靠。在他证明了这种怀疑毫无根据的时候,那部书已经付印了。

只白象更适当呢？当时我在印度担任着一种特殊的文官职位，因此被认为特别配得上给女皇陛下贡献这件礼物的荣幸任务。暹罗政府特地给我装备了一只船，还配备了侍从、随员和伺候象的人；经过相当时间，我到了纽约港，就把我那受皇家重托的礼物安顿在泽西城，叫它住在很讲究的地方。为了恢复这头牲口的健康，然后继续航行，不得不停留一些时候。

过了两星期，一切安然无事——然后我的灾祸就开始了。白象被偷了！深夜有人把我叫醒，通知我这个可怕的不幸事件。我一时简直因恐惧和焦急而发狂，我真不知如何是好。然后我渐渐平静下来，恢复了神志。我不久就想出了办法——因为事实上一个有头脑的人所能采取的只有一个唯一的办法。那时候虽然已经是深夜，我还是赶到纽约去，找到一位警察引我到侦缉总队去。幸好我到的正是时候，虽然侦缉队的头目，有名的督察长布伦特，正在准备动身回家。他是个中等身材、体格结实的人，当他深思的时候，他惯爱皱起眉头、凝神地用手指头敲着额部，马上给你一个印象，使你深信自己站在一个不平凡的人物面前。一看他那样子，就使我有了信心，有了希望。我向他申述了我的来意。这桩事情丝毫也不使他惊慌；看样子，这对他那铁一般的镇定并没有引起多大的反应，就好像我告诉他的事情是有人偷了我的狗一般。他挥手叫我坐下，沉着地说道：

"请让我想一会儿吧。"

他一面这么说，一面在他的办公桌前面坐下，用手托着头。好几个书记员在办公室的另一头工作；往后的六七分钟里，我所听到的声音就只有他们的笔在纸上划出的响声。同时督察长坐在那儿，凝神沉思。最后他抬起头来，他的面孔那种坚定的轮廓表现出一种胸有成竹的神气，这说明他的脑子里已经想出了主意，计划已经拟订了。他说——声音低沉而且给人深刻的印象：

"这不是个普通案件。一切步骤都要小心周到；每一步都要站稳脚跟，然后再放胆走下一步。一定要保守秘密才行——深深的、绝对的秘密。无论对什么人都不要谈起这件事，连对报馆记者也不要提。他们这批人归我来对付吧；我会当心只叫他们得到一点符合我的目的、故意告诉他们的消息。"他按了按铃，一个年轻人走过来。"亚拉里克，叫记者们暂时不要走。"那个小伙子出去了。"现在我们再继续来谈正经事吧——要有条有理地谈。干我这一行，要是不用严格和周密的方法，什么事也办不好。"

他拿起笔和纸来："那么——象姓什么？"

"哈森·本·阿里·本·赛林·阿布达拉·穆罕默德·摩伊赛·阿汉莫尔·杰姆赛觉吉布荷伊·都里普·苏丹·爱布·布德普尔。"

"好吧，叫什么名字？"

"江波。"

"好吧，出生的地方呢？"

"暹罗京城。"

"父母还在吗？"

"不——死了。"

"除了它而外，它们还生过别的吗？"

"没有——它是独生子。"

"好吧。在这一项底下，有这几点就够了。现在请你描写一下这头象的样子，千万不要遗漏细节，无论多少不重要的——这就是说，照你的看法认为不重要的。对于我们这一行的人，根本就没有什么不重要的细节，这种事情根本就不存在。"

于是我一面描述，他一面记录。我说完了的时候，他就说：

"好吧，你听着。要是我有弄错的地方，请你更正。"

他照下面这样念：

"身高十九英尺；身长从额顶到尾根二十六英尺；鼻长十六英尺；尾长六英尺；全长，包括鼻子和尾巴，四十八英尺；牙长九英尺半；耳朵大小与这些尺寸相称；脚印好像一只桶子立在雪里印上的痕迹；象的颜色，灰白；每只耳朵上有一个装饰珠宝的洞，像碟子那么大；特别喜欢给旁观的人喷水，并且爱拿鼻子作弄人，不仅是那些和它相识的人，连完全陌生的人也是一样；右后腿略跛，左腋下因从前生过疮，有一个小疤；被偷时背上有一个包括十五个座位的乘厢，披着一张普通地毯大小的金丝缎鞍毯。"

他写的没有错误。督察长按了按铃，把这份说明书交给亚拉里克，吩咐他说——

"把这张东西马上印五万份，寄到全州各地的侦缉队和当铺去。"亚拉里克出去了。"哈——说了半天，总算还不错。另外我还得要一张这个东西的相片才行。"

我给了他一张。他很认真地把它仔细看了一阵，说道：

"只好将就吧，反正找不到更好的；可是他把鼻子卷起来，塞在嘴里。这未免太不凑巧，一定要使人发生误会，因为它平常当然不会把鼻子卷成这个样子。"他又按了按铃。

"亚拉里克，把这张相片拿去印五万份，明天早上先办这件事，和那张说明书一同寄出。"

亚拉里克出去执行他的命令。督察长说——

"当然非悬赏不可啰。那么，数目怎么样？"

"你看多少合适呢？"

"第一步，我认为——呃，先来个两万五千元钱吧。这桩事情很复杂、很难办，不知有多少逃避的路子和隐藏的机会哩。这些小偷到处都有朋友和伙伴——"

"哎呀，您知道那些人是谁吗？"

那张习惯于把思想和感情隐藏在心里的谨慎的面孔使我猜不出一点影子，他那说得若无其事的回答也是一样：

"那个你不用管。我可能知道，也可能不知道。我们通常都是看犯案的人下手的方法和他所要弄到手的东西的大小，由这里去找到一点巧妙的线索，推测他是谁。我们现在要对付的不是一个扒手，也不是一个普通小偷,这个你可要弄明白。这回被偷的东西不是一个生手随便'扒'了去的。刚才我说过,办这个案子是要跑许多地方的,偷儿们一路往别处跑,还要随时掩盖他们的踪迹,查起来也很费劲,所以照这些情形看来,两万五千元钱也许还太少一点,不过我想起头先给这个数目还是可以的。"

于是我们就商定了这个数目,作为初步的悬赏。然后这位先生说道:

"在侦探史里有些案子说明某些犯人是根据他们的胃口方面的特点而破案的。那么,这只象究竟吃什么东西、吃多少分量呢?"凡是可以作线索的事情,这位先生没有不注意的。

"啊,说到它吃的东西嘛——它不管什么都吃。人也吃,《圣经》也吃——人和《圣经》之间的东西,不管什么它都吃。"

"好——真是好得很,可是太笼统了。必须说得仔细些——干我们这一行,最讲究的就是仔细。好吧,先说人。每一顿——再不然你爱说每一天也行——它要吃几个人呢,要是新鲜的话?"

"它不管新鲜不新鲜,每一顿它要吃五个普通的人。"

"好极了,五个人,我把这个记下来。它最爱吃哪些国家的人呢?"

"它对国籍也不大在乎。它特别爱吃熟人,可是对生人也并没有成见。"

"好极了。那么再说《圣经》吧。它每一顿要吃几部《圣经》呢?"

"它可以吃得下整整的一版。"

"这说得不够清楚。你是指的普通的八开本,还是家庭用的插图本呢?"

"我想他对插图是不在乎的,那就是说,我觉得它并不会把插图比简单的文本看得更宝贵。"

"不,你没听明白我的意思。我说的是本子的大小。普通八开本的《圣经》大概是两磅半重,可是带插图的四开大本有十磅到十二磅重。它每顿能吃几本多莱版的《圣经》[①]呢?"

"你要是认识这只象的话,就不会问这些了。人家有多少它就吃多少。"

"好吧,那么照钱数来计算吧。这点我们总得大概弄清楚才行。多莱版每本要一百元钱,俄国皮子包书角的。"

"它大概要五万元钱的才够吃——就算是五百本一顿饭吧。"

"对,这倒是比较明确一点。我把这个记下来。好吧,它爱吃人和《圣经》;这些都说得很不错。另外它还吃什么呢?我要知道详细情形。"

"它会丢开《圣经》去吃砖头,它会丢开砖头去吃瓶子,它会丢开瓶子去吃衣服,它会丢开衣服去吃猫儿,它会丢开猫儿去吃牡蛎,它会丢开牡蛎去吃火腿,它会丢开火腿去吃糖,它会丢开糖去吃馅饼,它会丢开馅饼去吃洋芋,它会丢开洋芋去吃糠皮,它会丢开糠皮去吃干草,它会丢开干草去吃燕麦,它会丢开燕麦去吃大米,因为它主要是靠这个喂大的。除了欧洲的奶油之外,无论什么东西他都没有不吃的,就连奶油,它要是尝出了味道,那也会吃的。"

"好极了。平常每顿的食量是……大概要……"

"噢,从四分之一吨到半吨之间,随便多少都行。"

"它爱喝……"

"凡是液体的东西都行。牛奶、水、威士忌、糖浆、蓖麻油、樟脑油、石碳酸——这样说下去是没有用处的;你无论想到什么液体的东西都记下就是了。只要是液体的东西,它什么都喝,只除了欧洲的咖啡。"

"好极了。喝多大分量呢?"

"你就写五至十五桶吧——它口渴的程度一时一样,别的方面,

---

① 多莱版《圣经》是印有19世纪法国名画家保罗·多莱(Paul G. Doré,1833—1883)的插图的讲究版本。

它的胃口是没有变化的。"

"这些事情都非常重要。这对于寻找它应该是可以提供很好的线索。"

他按了按铃。

"亚拉里克,把柏恩斯队长找来吧。"

柏恩斯来了,布伦特督察长把全部案情给他说明,一五一十地说得很详细。然后他用爽朗而果断的口吻说(由他的声调可以听出他的办法已经拟定得很清楚,而且也可以知道他是惯于下命令的):

"柏恩斯队长,派琼斯、大卫、海尔赛、培兹、哈启特他们这几个侦探去追寻这只象吧。"

"是,督察长。"

"派摩西、达金、穆飞、罗杰士、达伯、希金斯和巴托罗缪他们这几个侦探去追寻小偷。"

"是,督察长。"

"在那只象被偷出去的地方安排一个强有力的卫队——三十个精选的弟兄组成的卫队,还要三十个换班的——叫他们在那儿日夜严格守卫,没有我的书面手令,谁也不许走进去——除了记者。"

"是,督察长。"

"派些便衣侦探到火车上、轮船上和码头仓库那些地方去,还有由泽西城往外面去的大路上,命令他们搜查所有形迹可疑的人。"

"是,督察长。"

"把那只象的照片和附带的说明书拿给这些人,吩咐他们搜查所有的火车和往外开的渡船和其他的船。"

"是,督察长。"

"象要是找到了,就把它捉住,打电报把消息通知我。"

"是,督察长。"

"要是找出了什么线索,也要马上通知我——不管是这畜生的脚印,还是诸如此类的踪迹。"

"是，督察长。"

"发一道命令，叫港口警察留心巡逻河边一带。"

"是，督察长。"

"赶快派便衣侦探到所有的铁路上去，往北直到加拿大，往西直到俄亥俄，往南直到华盛顿。"

"是，督察长。"

"派一批专家到所有的电报局去，收听所有的电报，叫他们要求电报局把所有的密码电报都译给他们看。"

"是，督察长。"

"这些事情千万要做得极端秘密——注意，要秘密得绝对不走漏消息才行。"

"是，督察长。"

"照通常的时刻准时向我报告。"

"是，督察长。"

"去吧！"

"是，督察长。"

他走了。

布伦特督察长沉思了一会儿，没有作声，同时他眼睛里的那股子火气渐渐冷静下来，终于消失了。然后他向我转过身来，用平静的声音说道：

"我不喜欢吹牛，那不是我的习惯；可是——我们一定能找到那头象。"

我热情地和他握手，向他道谢；而且心里也确实是感谢他。我越看这位先生，就越喜欢他，也越对他这行职业当中那些神秘不可思议的事情感到羡慕和惊讶。然后我们在这天晚上暂时分手了，我回寓所的时候，比到他的办公室来的时候心里快活得多了。

二

第二天早上，一切都登在报上了，登得非常详细。甚至还增加了新的内容——包括侦探某甲、侦探某乙和侦探某丙的"推测"，估计这次的盗窃案是怎么干的，盗窃犯是谁，以及他们带着赃物到什么地方去了。一共有十一种推测，把一切可能的估计都包括了，单只这一个事实就表示侦探们是些怎样的各出心裁的思想家。没有哪两种推测是相同的，甚至连大致相似的都没有，唯一相同的只有一个显著的情节，关于这一点，十一个人的见解通通是绝对一致的。那就是，虽然我的房子后面被人拆开了墙，而唯一的门又照旧是锁着的，那只象却并不是由那个口子牵出去的，而是由另外一条出路（还没有发现的）。大家一致认为盗窃犯是故意拆开一个豁口，迷惑侦探们。像我或是任何其他外行，恐怕绝不会想得出这个，可是一会儿也骗不了侦探们。所以我所认为没有什么奥妙的唯一的一桩事情实际上正是我弄得最迷糊的一桩事情。十一种见解都指出了盗窃嫌疑犯，可是没有两个人说的盗窃犯是相同的；嫌疑犯总数共计三十七人。报纸上的各种记载末尾说的都是一切意见中最重要的一种——布伦特督察长的意见。这种叙述有一部分是像下面这样说的：

  督察长知道两个主犯是谁，即"好汉"德飞和"红毛"麦克发登。在这次盗窃事件发生前十天，他就感觉到会有人打算干这桩事，并且还暗中跟踪这两个有名的坏蛋；可是不幸在事件发生的那天晚上，他们忽然去向不明，还没有来得及找到他们的下落，那家伙已经不见了——那就是说，那只象。

  德飞和麦克发登是干这一行的最大胆的匪徒，督察长有理由相信去年冬天在一个严寒的夜里从侦缉总队把火炉偷出去的就是他们——结果还没有到第二天早上,督察长和在场的每个侦探都归医生照料了,有些人冻坏了脚,有些人冻坏了手指头、耳朵和其他部分。

我看了这段的头一半的时候,对于这位奇特的人的了不起的智慧比以前更加惊叹。他不但以明亮的眼光看透目前的一切,就连未来的事情也瞒不住。我不久就到了他的办公室,并且向他说,我不能不认为他早该把那两个人逮捕起来,预先防止这桩麻烦事和一切损失才对;可是他的回答很简单,而且是无可辩驳的:

"预防罪行发生不是我们的责任范围以内的事,我们的任务是惩治罪行。在罪行发生之前,我们当然不能先行惩治。"

我说我们第一步的秘密被报纸破坏了,不但我们的一切事实,连我们所有的计划和目的通通被泄露了,甚至所有的嫌疑犯的名字也被宣布出来了。这些人现在当然就会化装起来,或是隐藏着不露面。

"随他们去吧。叫他们看看我的本事,知道我要是打定了主意要抓他们的时候,我的手就会落在他们身上,把他们从秘密地方捉到,就像命运之神的手那么准确。至于报纸呢,我们非和他们通声气不可。名誉、声望,经常被大家谈到——这些事就是当侦探的人的命根子。他必须发表他的事实,否则人家还以为他根本不知道什么事实;他也必须发表他的推测,因为无论什么事情也赶不上一个侦探的推测那么稀奇、那么惊人,而且这也最足以使人对他特别敬佩;我们还必须发表我们的计划,因为报纸刊物非要这个不可,我们要是不给它们,就不免要得罪它们。我们必须经常让大家知道我们在干些什么,否则他们就会以为我们什么也没干。我们与其让报纸说些刻薄话,或者更糟糕,说些讽刺话,就不如让它说:'布伦特督察长的聪明和非凡的推测是如此这般',那要痛快得多了。"

"我知道您的话是很有道理的。可是我看出了今天早上报纸上发表您的谈话,里面有一段说到您对某一个小小问题不肯吐露您的意见。"

"是呀，我们常来这一手，这是颇有作用的。并且我对那个问题根本还没有一定的主张哩。"

我交了一笔数目相当大的款子给督察长，作为临时开支，于是坐下来等待消息。现在我们随时都准备着电报会陆续拍来。我把报纸再拿来看，又看看我们那份说明的传单，结果发现那两万五千元的悬赏似乎是专给侦探们的。我说我认为这笔奖金应该给任何捉到那头象的人。督察长却说：

"将来找到象的总是侦探们，所以奖金反正会归应得的人。要是别人找到这头畜生，那也无非是靠着留心侦探们的行动，利用从他们那儿偷来的线索和踪迹，才办得到，那么归根到底，奖金也还是应该归侦探们得才对。奖金的正当作用是要鼓励那些贡献他们的时间和专门智慧来干这类事情的人，而不是要把好处拿给那些幸运儿，他们不过是碰巧发现一件悬赏寻找的东西，并不是靠他们的才能和辛苦来赚得这些奖金的。"

不消说，这当然是很有道理的。现在角落上的电视机开始嗒嗒地响起来了，结果收到下面这份急电：

> 已有线索。附近农场上发现连串足迹甚深。向东跟踪两英里，无结果；料象已西去。拟向该方追踪。
>
> 纽约州，花站，上午七点半，侦探达莱

"达莱是我们队里最得力的侦探之一，"督察长说，"我们不久就可以再接到他的消息。"

第二封电报又来了：

> 刚到此地。玻璃工厂夜间被闯入，吞去瓶子八百只。附近唯一多水处在五英里外。必向该地前进。象必渴。所吞系空瓶。
>
> 新泽西，巴克镇，上午七点四十分，侦探巴克

"这也表示很有希望。"督察长说,"我给你说过这家伙的胃口可以作很好的线索吧。"
第三封电报是:

附近一干草堆夜间失踪。想系食去。已有线索,再前进。
长岛,台洛维尔,上午八点十五分,侦探赫巴德

"你看它这么东奔西跑的!"督察长说,"我早就知道这事情够麻烦,可是我们终归还是可以把它抓到。"

向西跟踪三英里。足迹大而深,不整齐。适遇一农民,据云并非象脚印,乃冬寒地冻时挖出树秧之坑。请示机宜。
纽约州,花站,上午九点,侦探达莱

"啊哈!偷儿的同党!这事情越来越热闹了。"督察长说。他口授了下面这个电报给达莱:

逮捕此人,逼供同伙。继续跟踪——必要时直抵太平洋岸。
督察长布伦特

其次一封电报是:

煤气公司营业部夜间被闯入,食去三个月未付款煤气账单。已获线索,续进。
宾夕法尼亚州,康尼点,上午八点四十五分,侦探穆飞

"天哪!"督察长说,"他连煤气账单也吃吗?"
"他大概不知道——当然吃啰,可是这不能饱肚子。至少没有别

的东西一起吃下去是不行的。"

这时候又来了这封令人兴奋的电报：

初抵此。全村惊惶万状。象于今晨五点过此村。或谓象已西去，一说东行，一说北行，一说南行——但众人均称彼等未及细察。象触毙一马，已割取小块提供线索。此系象鼻击毙，由打击方式推断，似系自左方袭击。由此马卧地姿势判断，料象已沿柏克莱铁路北去。先行四小时半，拟立即跟踪追捕。

纽约州，爱昂维尔，上午九点半，侦探郝威士

我发出了欢呼。督察长还是像一尊雕像似的不动声色。他镇静地按了按铃。

"亚拉里克，请柏恩斯队长到这儿来。"

柏恩斯来了。

"有多少人可以马上派去出勤？"

"九十六个，督察长。"

"立刻派他们往北去。叫他们集中在柏克莱铁路沿线爱昂维尔以北一带。"

"是，督察长。"

"叫他们极端秘密地行动。另外还有别的人下班的时候，马上叫他们准备出勤。"

"是，督察长。"

"去吧。"

"是，督察长。"

马上又来了另外一封电报：

初抵此。八点十五分象过此地。全镇人已逃空，仅留一警察。象显然未向警察袭击，而欲击灯柱。但击中两者。已自警察

尸体割肉一块供线索。

      纽约州，赛治康诺尔，十点半，侦探斯达谟

"原来象已经转向西边去了，"督察长说，"可是他逃不掉，因为我派出的人已经在那一带地方分布到各处了。"

其次的一封电报说：

  初抵此。全村人已逃空，仅余老弱病夫。三刻钟前象由此经过。正值反禁酒群众大会开会，象由窗户伸入其鼻，自蓄水池吸水将大会冲散，有人遭水灌注——旋即死去，数人淹毙。侦探克洛斯与奥少夫纳西曾过此镇，但向南行——故与象相左。周围数英里地区均大为惊恐——居民均由家中逃出。逃往各处，均遇此象，丧命者颇多。

      格洛华村，十一点十五分，侦探布朗特

我简直要流泪，因为这场灾难太使我难受了。可是督察长只说：

"你看——我们正在一步步把他包围起来。他觉出了我们已经来到，又往东转了。"

可是还有许多叫我们伤脑筋的消息在后面。电报又带来了这个消息：

  初抵此。半小时前象行经此地，曾引起极度惊恐与兴奋。象在各街横行——装管工两人路过，一人丧命，一人得逃脱。众皆悲恸。

      荷根波，十二点十九分，侦探欧弗拉赫第

"这下子他可是让我的弟兄们包围住了，"督察长说，"怎么也逃不掉了。"

分布到新泽西和宾夕法尼亚各地的侦探们又拍来了一连串的电

报,他们都在追踪各种线索,其中包括被蹂躏的粮仓、工厂和主日学校的图书馆,大家都怀着很大的希望——实际上这些希望简直成了确有把握的事。督察长说:

"我很想能够和他们通消息,叫他们往北去,可是这办不到。侦探只到电报局去发电报来向我报告;马上他又走了,你简直不知在哪儿找得到他。"

然后又来了这封电报:

巴南愿出每年四千元代价,获使用此象供张贴流动广告之特权,由目前至侦探寻获此象时为止。拟在象身贴马戏团招贴画。盼即复。

康涅狄克州,桥港,十二点十五分,侦探波格斯

"这简直是荒谬绝伦!"我大惊地说。

"当然是啰,"督察长说,"巴南先生自以为非常精明,可是他显然还看不透我——我可看透了他。"

于是他给这个急电口授回电:

谢绝巴南所提条件。需七千元,否则作罢。

督察长布伦特

"看吧。不要等多久就会有回电。巴南先生不在家,他在电报局——他在交涉生意的时候有这个习惯。不消三分……"

同意。

巴南

电报机嗒嗒嗒的声音打断了督察长的谈话。我对这个非常离奇的

插曲还没有来得及发表意见，下面这个急电就把我的心思引到另一个恼人的方面去了：

象由南方抵此，十一点五十分过此向森林前进。途中驱散出殡行列，送葬者牺牲二人。居民放小炮击象后逃散。侦探柏克与我于十分钟后由北方赶到，但因误认若干地下土坑为象踪，致延误甚久；但终获象踪，追至森林。然后伏地爬行，继续注视象踪，追随至丛林中。柏克先行。不幸象已停步休息；故柏克因低头察看象踪，尚未发觉象在眼前，头已触其后腿。柏克即刻起立，手握象尾欢呼"奖金应归……"但出言未毕，象鼻一击已使此勇士粉身碎骨而死。我向后逃，象转身穷追，直至林边，迅速惊人，我本非丧命不可，幸因老天保佑，送葬行列所余数人又与象遭遇，使其转移目标。现闻送葬者无一人生还；但此种损失不足惜，因死者多，将举行另一葬礼。象已再次失踪。

纽约州，玻利维亚，十二点五十分，侦探慕尔隆尼

分派到新泽西、宾夕法尼亚、德拉维尔和弗吉尼亚等地的那些苦干和有信心的侦探们都在跟着有希望的新线索追寻，我们除了从他们那里而外，始终没有得到任何消息，直到下午两点过后，才接到这封电报：

象曾到此地，周身贴马戏团广告，驱散一奋兴会，将改过自新者毙伤甚多。居民将象囚于栏中，派人守卫。其后侦探布郎与我来此，即入栏持照片与说明书对此象进行鉴定。各种特征一概相符，仅有一项不得见——即腋下疮疤。布郎为查明起见，匍匐至象体下细察，结果立即丧命——头部被击碎，但碎脑中一无所有。众皆奔逃，象亦匿去，横冲直撞，伤亡多人。象虽逃去，但因炮伤，沿途均留显著之血迹。定能再度寻获。现象已穿越茂林

向南前进。

巴克斯特中心,两点十五分,侦探布朗特

这是最后的一封电报。晚上起了雾,非常之浓,以致三英尺外的东西都看不见。浓雾整夜没有散。渡船不得不停开,甚至连公共汽车都不能行驶。

三

第二天早晨,报纸上还是像从前一样,登满了侦探们的推测;我们那些惨剧也通通登出来了,另外还登了许多消息,都是报馆从各地电报通讯员方面得来的。篇幅占了一栏又一栏,一直占到一版三分之一的地位,还加上一些显眼的标题,使我看了心里发烦。这些标题一般的情调大致是这样:

白象尚未捕获!仍在继续前进,到处闯祸!各处村庄居民惊骇欲狂!逃避一空!白色恐怖在他前面传播,死亡与糜烂跟踪而来!侦探尾随其后,粮仓被毁,工厂被劫一空,收成被吃光,公众集会被驱散,酿成惨剧无法形容!侦缉队中三十四位最出色的侦探的推测!督察长布伦特的推测!

"啊哈!"督察长布伦特几乎露出兴奋的神色,说道,"这可真是了不起!这是任何侦探机关从来没有碰到的好运道。这个案件的名声会要传到天涯海角,永垂不朽,我的名字也会跟着传出去了。"

但是我却没有什么可高兴的。我觉得所有那些血案似乎都是我干出来的,那只象只不过是我的不负责任的代理人罢了。受害的人数增加得多么快呀!有一个地方,它"干涉了一次选举,弄死了五个投重票的违法选民"。在这个举动之后,它又杀害了两个不幸的人,他们名叫奥当诺休和麦克弗兰尼干,"前一天才到这全世界被压迫者的家乡①来避难,正想要第一次运用美国公民选举投票的光荣权利,恰好遭到这个暹罗煞星的毒手而丧命了。"到另一处,它"发现了一个疯狂的兴风作浪的传教士,正在准备他下一季里对跳舞、戏剧和其他不能还击的事物所要进行的英勇的攻击,一脚就把他踩死了"。又在另一个地方,它"杀害了一个避雷针经纪人"。遇难的人数越来越多,血腥气越来越重,惨不忍睹的事件越来越严重。丧命的共达六十人,受伤的二百四十人,一切记载都证明了侦探们的活动和热心,而且结尾都是说"有三十万老百姓和四个侦探看见过这个可怕的畜生,而这四个侦探之中有两个被它弄死了"。

电报机又嗒嗒嗒地响起来,我简直听了就害怕。随即消息就一条条传过来,可是这些消息的性质却使我感到快慰的失望。不久就明白了,象已不知去向。雾使它得以找到一个很好的藏身之所,没有被人发觉。从一些极荒谬的遥远地点打来的电报说是在某时某刻有人在雾里瞥见过一个隐隐约约的庞然大物,那"无疑是象"。这个隐隐约约的庞然大物曾在新港、新泽西、宾夕法尼亚、纽约州内地、布鲁克林,甚至在纽约市区,处处都曾有人瞥见过!但是处处都是这个隐隐约约的庞然大物很快就不见了,<u>丝毫没有留下什么痕迹</u>。强大的侦缉队分派到广大地区的那许多侦探,每人都按时来电报告,个个都有线索,而且都在跟踪,拼命往前穷追。

但是那一天过去了,并无其他结果。

第二天又是一样。

再往后一天还是一样。

报纸上的消息渐成千篇一律,其中的各种事实都是毫无价值的,

---

① 有些美国人自以为美国是最自由平等的国家、被压迫者的避难所,作者在这里是讽刺这种谬说。

各种线索都是没有结果的，各种推测几乎都是搜尽枯肠想出来故意使人惊讶、使人高兴、使人眼花缭乱的。

我遵照督察长的建议，把奖金加了一倍。

又过了四个沉闷的日子。然后那些可怜的、干得很起劲的侦探们遭到了一次严重的打击——报馆记者们谢绝发表他们的推测，很冷淡地说："让我们歇一歇吧。"

白象失踪两个星期之后，我遵照督察长的意见，把奖金增加到七万五千元。这个数目是很大的，但是我觉得我宁肯牺牲我的全部私人财产，也不要失掉我的政府对我的信任。现在侦探们倒了霉，报纸上就转过笔锋来攻击他们，对他们加以最令人难堪的讽刺。这使一些卖艺的歌手们想出了一个好主意，他们把自己打扮成侦探，在舞台上用可笑至极的方法追寻那只象。漫画家们画出那些侦探拿着小望远镜在全国各地一处一处地仔细察看，而象却在他们背后从他们口袋里偷苹果吃。他们还把侦探们戴的徽章画成各式各样的可笑的漫画——侦探小说封底上用金色印着这个徽章，你一定是看到过的——那是一只睁得很大的眼睛，配上"我们永远不睡"这几个字。侦探们到酒店去喝酒的时候，那故意逗笑的掌柜就恢复一句早已作废的话，说道，"您喝杯醒眼酒好吗？"空中弥漫着浓厚的讽刺气氛。

但是有一个人在这种气氛中始终保持镇定，处之泰然，不动声色，那就是坚定不移的督察长。他那大胆的眼神永不表示丧气，他那沉着的信心永不动摇。他老是说：

"让他们去嘲笑吧，谁最后笑就笑得最痛快。"

我对这位先生的敬仰变成了一种崇拜。我经常在他身边。他的办公室对我已经成为一个不愉快的地方，现在一天比一天更加厉害了。可是他既然受得了，我当然也要撑持下去——至少是能撑多久就撑多久。所以我经常到他这里来，并且停留很久——我好像是唯一能够忍受得了的外人。大家都不知道我怎么会熬得下去；我每每似乎觉得非开小差不可，可是一到这种时候，我就看看那张沉着而且显然是满不在乎的脸，于是又坚持下去了。

　　白象失踪以后大约过了三个星期，有一天早上，我正想要说我不得不息鼓收兵的时候，那位大侦探却提出一个绝妙的拿手办法来，这下子可阻止了我那个念头。

　　这个办法就是和窃犯们妥协。我虽然和世界上最有机智的天才有过广泛的接触，可是这位先生的主意之多实在是我生平从来没有见过的。他说他相信可以出十万元和对方妥协，把那只象找回来。我说我相信可以勉强筹凑这个数目；可是那些可怜的侦探们非常忠心地努力干了一场，怎么办呢？他说：

　　"按照妥协的办法，他们照例得一半。"

　　这就打消了我唯一的反对理由，于是督察长写了两封信，内容如下：

　　　亲爱的夫人，你的丈夫只要和我立即约谈一次，就可以得一笔巨款（而且完全保证不受法律干涉）。

　　　　　　　　　　　　　　　　　　　督察长布伦特

　　他派他的亲信的信差把这两封信送一封给"好汉"德飞的"不知是真是假的妻子"，另一封给"红毛"麦克发登的"不知真假的妻子"。

　　一小时之内，来了这么两封无礼的回信：

　　　你这老糊涂蛋："好汉"德飞已经死了两年了。

　　　　　　　　　　　　　　　　　　　布利格·马汉尼

　　　瞎子督察长——"红毛"麦克发登早就被绞死了，他已经升天一年半了。除了当侦探的，随便哪个笨蛋也知道这桩事情。

　　　　　　　　　　　　　　　　　　　玛丽·奥胡里甘

"我早就猜想到这些事情了,"督察长说,"这一证明,足见我的直觉真是千真万确。"

一个办法刚刚行不通,他又想出另外一个主意来了。他马上写了一个广告拿到早报上去登,我把它抄了一份:

子——亥戌丑卯酉。二四二辰。未丑寅卯——辰亥三二八成酉丑卯。寅亥申寅,——;二己!寅丑酉。密。

他说只要偷儿还活着,见了这个广告就会到向来约会的地点去。他还说明了这个向来约会的地点是侦探和罪犯之间进行一切谈判的地方,这次的约会规定在第二天晚上十二点举行。

在那个时刻来到之前,我们什么事情也不能做,所以我赶快走出这个办公室,而且心里实在因为得到这个喘息的机会而有谢天谢地的感觉。

第二天晚上十一点,我带着十万元现钞,交到督察长手里,过了一会他就告辞了,眼睛里流露出那勇往直前的、一向没有消失的信心。一个钟头几乎无法忍受的时光终于熬过去了,然后我听见他那可喜的脚步声,于是我喘着气站起来,一歪一倒地跑过去迎接他。他那双明亮的眼睛里发出多么得意的闪光啊!他说:

"我们妥协了!那些开玩笑的家伙明天就要改变论调了!跟我去!"

他拿着一支点着的蜡烛大步地走进一个绝大的圆顶地窖,那儿经常有六十个侦探在睡觉,这时候还有二十来个在打牌消遣。我紧跟在他后面。他飞快地一直往地窖里老远的、阴暗的那一头走过去,我正在闷得要命、简直要晕倒的时候,他一下子绊倒了,倒在一个大家伙的伸开的肢体上;我听见他一面倒下去,一面欢呼道:

"我们这门高贵的职业果然是名不虚传。你的象在这儿哪!"

我被人抬到上面那办公室里,用石碳酸使我清醒过来了。整个的侦缉队都拥进来了,随后那一番欢天喜地的祝贺真是热闹非凡,我从来没有见过那种场面。他们把记者们邀请过来，打开一篓一篓的香槟酒来痛饮祝贺，大家握手、道贺，简直没有个完，兴头十足。当时的英雄人物当然是督察长，他的快乐到了顶点了，而且也是靠他的耐心、品德和勇敢换来的，所以叫我看了很欢喜，虽然我站在那儿，已经成了一个无家可归的穷光蛋，我受托的那个无价之宝也死了，我为本国服务的职位也完蛋了，一切都由于我向来似乎有个致命的老毛病，对于一个重大的托付老是粗心大意地执行。一双双传神的眼睛对督察长表示深切的敬仰，还有许多侦探的声音悄悄地说："您瞧瞧人家——实在是这一行的大王——只要给他一点线索就行，他就只需要这个，不管什么东西藏起来了，他没有找不着的。"大家分那五万元奖金的时候，真是兴高采烈；分完之后，督察长一面把他那一份塞进腰包，一面发表了一篇简短的谈话，他在这篇谈话里说道："痛痛快快地享受这笔奖金吧，伙计们，因为这是你们赚来的；并且还不只这个——你们还给侦探这行职业博得了不朽的名声。"

又来了一封电报，内容是：

  三星期来，初遇一电报局。随象踪骑马穿过森林，抵此地时已奔波一千英里，脚印日见其重，日见其大，且日益显明。望勿急躁——至多再一星期，定能将象寻获。万无一失。

    密西根，孟禄，上午十点，侦探达莱

督察长叫大家给达莱三呼喝彩，给"侦缉队里这位能手"欢呼，然后吩咐手下给他打电报去，叫他回来领取他那一份奖金。

被偷的象这场惊人的风波就是这样完结了，第二天报纸上又是满篇好听的恭维话，只有一个无聊的例外。这份报纸说："侦探真是伟大！像一只失踪了的象这么个小小的东西，他找起来也许是慢一点——尽管他白天整天寻找，夜里就跟象的尸体睡在一起，一直拖到三个星期，可是他终归还是会把它找着——只要把象错放在那里的人给他说明地点就行了！"

　　我永远失去了可怜的哈森。炮弹给了它致命伤，它在雾里悄悄地走到那个倒霉的地方；在敌人的包围之中，又经常有受到侦缉的危险，它连饿带熬，一直瘦下来，最后死神才给了它安息。

　　最后的妥协花掉我十万元；侦探的费用另外花掉四万两千元；我再也没有向我本国政府去申请一个职位；我成了个倾家荡产的人，成了个落魄的人和流浪汉——可是我始终觉得那位先生是全世界空前的大侦探，我对他的敬仰至今还是没有减退，而且一辈子都不会改变。

张友松　译

加利福尼亚人的故事

三十五年前，我曾到斯达尼斯劳斯河找矿。我手拿着鹤嘴锄，带着淘盘，背着号角，成天跋涉。我走遍了各处，淘洗了不少含金沙，总想着找到矿藏发笔大财，却总是一无所获。这是一个风景秀丽的地区，树木葱茏，气候温和，景色宜人。很多年前，这儿人烟稠密，而现在，人们早已消失殆尽了，富有魅力的极乐园成了一个荒凉冷僻的地方。他们把地层表面给挖了个遍，然后就离开这里。有一处，一度是个繁忙热闹的小城市，有过几家银行、几家报社和几支消防队，还有过一位市长和众多的市政参议员。可是现在，除了广袤无垠的绿色草坡之外，一无所有，甚至看不见人类生命曾在这里出现过的最微小的迹象。这片荒原一直延伸到塔特尔镇。在那一带附近的乡间，沿着那些布满尘土的道路，不时可以看到一些极为漂亮的小村舍，外表整洁舒适。像蛛网一样密密麻麻的藤蔓，像雪一样浓厚茂密的玫瑰遮掩了小屋的门窗。这是一些荒废了的住宅，很多年前，那些遭到失败、灰心丧气的家庭遗弃了它们，因为这些房屋既卖不出去也送不出去。走上半小时的路程，时而会发现一些用圆木搭建起来的孤寂的小木屋，这是在最早的淘金时代由第一批淘金人修建的，他们是建造小村舍的那些人的前辈。偶尔，这些小木屋仍然有人居住。那么，你就可以断定这居住者就是当初建造这个小木屋的拓荒者；你还能断定他之所以住在那儿的原因——虽然他曾有机会回到家乡，回到州里去过好日子，但是他不愿回去，而宁愿丢弃财产；他感到羞耻，于是决定与所有的亲人朋友断绝往来，好像人已经死去似的。那年月，加利福尼亚附近散居着许许多多这样的活死人——这些可怜的人，自尊心受到严重打击，四十岁就白发斑斑，未老先衰，隐藏在他们内心深处的只有悔恨和渴望——悔恨自己虚度的年华，渴望远离尘嚣、彻底与世隔绝。

这是一片孤寂荒芜的土地！除了使人昏昏欲睡的昆虫的嘤嘤嗡嗡声，辽阔的草地和树林寂静安宁，别无声息；这里杳无人烟，兽类绝迹；任什么也不能使你打起精神，使你觉得活着是件乐事。因此，在一天过了正午不久，当我终于发现一个人的时候，我油然生出一种感激之情，精神极为振奋。这是一个四十五岁左右的男人，他正站在一间覆盖着玫瑰花的小巧舒适的村舍门旁。这是那种我已提到过的村舍，不过，这一间可没有被遗弃的样子；它的外观表明有人住在里面，而且它还受到主人的宠爱、关心和照料。它的前院也同样受到如此厚待，这是一个花园，繁茂的鲜花正盛开着，五彩缤纷，绚丽多姿。当然我受到了主人的邀请，主人叫我不要客气——这是乡下的惯例。

走进这样一个村舍真使人身心愉悦。好几个星期以来，我日日夜夜和矿工们的小木屋打交道，熟悉了屋里的一切——肮脏的地板，从来不叠被子的床铺，锡盘锡杯，咸猪肉，蚕豆和浓咖啡，屋内别无装饰，只有一些从东部带插图的出版物中取下来的描绘战争的图片钉在木头墙上。那是一种艰苦的、凄凉的生活，没有欢乐，人人都为自己的利益打算。而这里，却是一个温暖舒适的栖息之地，它能让人疲倦的双眼得到休息，能使人的某种天性得以更新。在长时间的禁食以后，当艺术品呈现在眼前，这种天性认识到它一直处于无意识的饥饿之中，而现在找到了营养滋补品，而不论这些艺术品可能是怎样低劣，怎样朴素。我不能相信一块残缺的地毯会使我的感官得到如此愉快的享受，如此心满意足；或者说，我没有想到，房间里的一切会给我的灵魂以这样的慰藉：那糊墙纸，那些带框的版画，铺在沙发上的扶手和靠背上的色彩鲜艳的小垫布和台灯座下的衬垫，几把温莎时代的细骨靠椅,还有陈列着海贝、书籍和瓷花瓶的锃光透亮的古董架,以及那种种随意搁置物品的细巧方法和风格,它们是女人的手治理的痕迹,你见了不会在意,而一旦拿走,你立刻又会怀念不已。我内心的快乐从我的脸上表现出来,那男人见了很是欢喜;因为这快乐是这样显而易见,以至他就像我们已经谈到过这个话题似的答道:

"都是她弄的,"他爱抚地说,"都是她亲手弄的——全都是。"他向屋子瞥了一眼,眼里充满了深情的崇拜。画框上方,悬挂着一种柔软的日本织物,女人看似随意,实为精心地用它来装饰,那男人注意到它不太整齐,他小心翼翼地把它重新整理好,然后退后几步观察整理的效果,这样反复了好几次,直到他完全满意。他用手掌轻轻地拍打它最后两下,说:"她总是这样弄的。你说不出它正好差点什么,可是它的确是差点儿什么,直到你把它弄好——弄好以后也只有你自己知道,但是也仅此而已,你找不出它的规律。我估摸着,这就好比母亲给孩子梳完头以后再最后地拍两下一样。我经常看她侍弄这些玩意儿,所以我也能完全照着她的样子做了,尽管我不知其中的规律。可是她知道。她知道侍弄完它们的理由和办法;我却不知道理由,我只知道方法。"

他把我带进一间卧室让我洗手。这样的卧室我是多年不见了:白色的床罩,白色的枕头,铺了地毯的地板,裱了糊墙纸的墙壁,墙上有好些画,还有一个梳妆台,上面放着镜子、针插和轻巧精致的梳妆用品;墙角放着一个脸盆架,一个真瓷的钵子和一个带嘴的有柄大水罐,一个瓷盘里放着肥皂,在一个搁物架上放了不止一打的毛巾——对于一个很久不用这种毛巾的人来说,它们真是太干净太洁白了,没有点朦胧的亵渎神灵的意识还不敢用呢。我的脸上又一次说出了心里的话,于是他心满意足地答道:

"都是她弄的,都是她亲手弄的——全都是。这儿没一样东西不是她亲手摸过的。好啦,你会想到的——我不必说那么多啦。"

这当儿,我一面擦着手,一面仔细地扫视屋里的物品,就像到了新地方的人都爱做的那样,这儿的一切都使我赏心悦目。接着,你知道,我以一种无法解释的方式意识到那男人想要我自己在这屋里的某个地方发现某种东西。我的感觉完全准确,我看出他正试着用眼角偷偷地暗示来帮我的忙,我也急于使他满意,于是就很卖劲地按恰当的途径寻找起来。我失败了好几次,因为我是从眼角往外看,而他并没有什么反应。但是我终于明白了我应该直视前方的那个东西——因为他的喜悦像一股无形的浪潮向我袭来。他爆发出一阵幸福的笑声,搓着两手,叫道:

"就是它!你找到了。我就知道你会找到的。那是她的相片。"

前面墙上有一个黑色胡桃木的小托架,我走到跟前,确实在那儿发现了我先前还不曾注意到的一个相框,相片是早期的照相术照的。那是一个极温柔、极可爱的少女的脸庞,在我看来,似乎是我所见过的最为美丽的女人。那男人吮吸了我流露在脸上的赞叹,满意极了。

"她过了十九岁的生日,"他说着把相片放回原处,"我们就是在她生日那天结的婚。你见到她的时候——哦,只有等一等你才能见到她!"

"她在什么地方?什么时候在家?"

"哦,她现在不在家。她探望亲人去了。他们住在离这儿四五十英里远的地方。到今天她已经走了两个星期了。"

"你估计她什么时候回来?"

"今天是星期三。她星期六晚上回来,可能在九点钟左右。"

我感到一阵强烈的失望。

"我很遗憾,因为那时候我已经走了。"我惋惜地说。

"已经走了?不,你为什么要走呢?请别走吧,她会非常失望的。"

她会失望——那美丽的尤物!倘若是她亲口对我说这番话,那我就是最最幸福的人了。我感觉到一种想见她的深沉强烈的渴望,这渴望带着那样的祈求,是那样的执着,使得我害怕起来。我对自己说:"我马上要离开这里,为了我的灵魂得到安宁。"

"你知道,她喜欢有人来和我们待在一起——那些见多识广、善于谈吐的人——就像你这样的人。这使她感到快乐；因为她知道——啊，她几乎什么都知道，而且也很能交谈，嗯，就像一只小鸟——她还读很多书，噢，你会吃惊的。请不要走吧，不会耽搁你很久，你知道，她会非常失望的。"

我听了这些话，却几乎没有留意。我深陷在内心的思索和矛盾斗争中。他走开了，我却不知道。很快他回来了，手里拿着那个相框，把它拿到我面前说：

"喏，这会儿你当着她的面对她说，你本来是可以留下来见她的，可是你不愿意。"

第二次看见她，使我本来坚定不移的决心彻底瓦解了，我愿意留下来冒冒险。那天晚上我们安安静静地抽着烟斗聊天，一直聊到深夜。我们聊了各种话题，不过主要都和她有关。很久以来，我确实没有过这么愉快这么悠闲的时光了。星期四来了，又轻松自在地溜走了。黄昏时分，一个大个子矿工从三英里外来到这儿。他是那种头发灰白、无依无靠的拓荒者。他用沉着、庄重的口气同我们热情地打过招呼，然后说：

"我只是顺便来问问小夫人的情况，她什么时候回来？她有信来吗？"

"哦，是的，有一封信，你愿意听听吗，汤姆？"

"呃，如果你不介意，我想我是愿意听的，亨利！"

亨利从皮夹子里把信拿出来，说如果我们不反对的话，他将跳过一些私人用语，然后他读了起来。他读了来信的大部分——这是一件她亲手完成的妩媚优雅的作品，充溢着爱恋安详的感情。在信的附言中，还满怀深情地问候和祝福汤姆、乔、查利以及其他的好友和邻居们。

当他读完时，他瞥了一眼汤姆，叫道：

"啊哈，你又是这样！把你的双手拿开，让我看看你的眼睛。我读她的信你总是这样，我要写信告诉她。"

"啊不，你千万别这样，亨利。我老啦，你知道，任何一点小小的失望都会使我流泪。我以为她已经回来了,可现在你只收到一封信。"

"咦,你这是怎么啦?我以为大家都知道她要到星期六才回来的呀。"

"星期六!哈,想起来啦,我的确是知道的。我怀疑最近我的脑子是不是出了毛病?我当然知道啦。我们干吗不为她做好一切准备呢?好了,我现在得走了,不过她回来时我会来的,老伙计!"

星期五傍晚,又来了一个头发灰白的老淘金人,他住的小木屋离这儿差不多一英里。他说小伙子们想在星期六晚上来热闹热闹,痛痛快快地玩一玩,如果亨利认为她在旅行之后不至于疲倦得支持不住的话。

"疲倦?她会感到疲倦?哼,听他说的!乔,你知道,不管你们当中的谁,只要你们高兴,她愿意一连六个星期不睡觉的!"

当乔听说有封信时,就请求读给他听。信里对他亲切的问候使这个老伙伴控制不住自己的感情;但是他说,他老了,不中用啦,尽管她只是提到他的名字,那也使他受不了。"上帝,我们多么想念她呀!"

星期六下午,我发现自己不时地看表。亨利注意到了,他带着惊讶的神情说道:

"你认为她不会很快就到,是吗?"

我像被人发现了内心秘密似的感到有些窘迫。不过我笑着说,我等人的时候就是这么个习惯。但是他似乎不太满意;从那一刻起,他开始有点心神不安。他四次拉我沿着大路走到一处,从那儿我们可以看到很远的地方;他总是站在那儿,手搭凉棚,眺望着。好几次他这么说:

"我有些担心了,我真担心。我知道她在九点以前不会到的,可是好像有什么老是想警告我出了什么事儿。你想不会出什么事儿的,是吧?"

他就这样反反复复地说了好几遍。我开始为他的幼稚可笑感到非常害臊。终于,在他又一次乞求地问我时,我失去了耐心。我跟他讲话时态度很粗鲁。这似乎使他完全萎缩了,还把他吓唬住了。这以后他看起来是这样受伤害,态度是这样谦卑,以致我憎恨自己干了这件残酷的不必要的事。因此,当夜幕开始降临、另一个老淘金人查利到来时,我非常高兴。他紧挨着亨利身旁听他读信,商量欢迎她的准备工作。查利一句接一句地说出热情亲切的话语,尽力驱散他朋友的不祥和恐惧之感。

"她出过什么事吗?亨利,那纯粹是胡说。什么事儿也不会发生在她身上的;你就放宽心吧。信上是怎么说来着?说她很好不是吗?说她九点到家,不是吗?你见过她说话不算话吗?嗯,你从来没见过。好啦,那就别再烦恼啦;她会回来的,那是绝对肯定的,就像你的出生一样确定无疑。来吧,让我们来布置屋子吧——没有多少时间啦。"

很快汤姆和乔也来了。于是大家就动手用鲜花把屋子装饰起来。快到九点时,这三个矿工说,他们还带来了乐器,也可以奏起来了,因为小伙子们和姑娘们很快就要到了,他们都非常想跳一跳美妙的老式的"布宵克道恩"舞①。一把小提琴,一把班卓琴,还有一支单簧管——就是这些乐器。他们一起奏起了三重奏,奏的是一些轻快的舞曲,还一面用大靴子踏着节拍。

时间快到九点了。亨利站在门口,眼睛直盯着大路,内心的痛苦折磨得他有些站立不稳。伙伴们几次让他举起杯来为他妻子的健康和平安干杯。这时汤姆高声喊道:

"请大家举杯!再喝一杯,她就到家啦!"

乔用托盘端来了酒,分给大家,最后剩下两杯,我拿起了其中一杯,但是乔压低了嗓子吼道:

"别拿这一杯!拿那一杯。"

我照他说的做了。亨利接过了剩下的那杯。他刚喝完这杯酒,时钟开始敲九点。他听着钟敲完,脸色变得越来越苍白,他说:

"伙伴们,我很害怕,帮帮我——我要躺下!"

他们扶他到沙发上,他躺下去开始打起瞌睡来。可是一会儿,他

---

① 美国黑人首创的一种舞蹈。

像在睡梦中说话一样：

"我听见马蹄声了吧？是他们来了吗？"

一个老淘金人靠近他的身边说："这是吉米·帕里什，他来说他们在路上耽搁了，不过他们已经上路了，正往这里赶呢。她的马瘸了，但再过半小时她就到家了。"

"啊，谢天谢地，没出什么事儿！"

话还没说完他就几乎睡着了。这些人马上灵巧地帮他脱了衣服，把他抱到我洗手的那间卧室的床上，给他盖好了被子。他们关上门，走了回来，可是他们似乎就准备动身离开了。我说："别走呀，先生们，她不认识我呀，我是个生人。"

他们互相看了看，然后乔说：

"她？可怜的人儿，她死了十九年啦！"

"死了？"

"或许比这更糟呢。她结婚半年后回家探望她的亲人。在回来的路上，就在星期六的晚上，在离这儿五英里的地方被印第安人抢走啦。从此以后就再没听到过她的消息。"

"结果他就神经失常了吗？"

"从那时起他就一直没再清醒过。不过他只是每年到这个时候才更糟。在她要回来的前三天，我们就开始到这儿来，鼓励他打起精神，问问他是否接到她的来信；星期六我们都到这儿来，用鲜花装点屋子，为舞会做好一切准备。十九年来，我们年年都这样做。第一年的星期六我们有二十七个人，还不算姑娘们；现在只有我们三人了，姑娘们都走了。我们给他吃药让他睡觉，要不他会发疯的。于是他又会乖乖地等着来年——想着她和他在一起，直到这最后的三四天，他又开始寻找她，拿出那封可怜的旧信，我们就来请求他读给我们听。上帝啊，她是一个可爱的人啊！"

陈　颀　译

他是否还在人间

1892年3月间,我在里维耶拉区的门多涅①游玩。在这个幽静的地方,你可以单独享受几英里外的蒙特卡罗和尼斯②所能和大家共同享受的一切好处。这就是说,那儿有灿烂的阳光,清新的空气和闪耀的、蔚蓝的海,而没有煞风景的喧嚣、扰攘,以及奇装异服和浮华的炫耀。门多涅是个清静、纯朴、闲散而不讲究排场的地方,阔人和浮华的人物都不到那儿去。我是说,一般而论,阔人是不到那儿去的。偶尔也会有阔人来,我不久就结识了其中的一位。我姑且把他叫作史密斯吧——这多少是有些替他保守秘密的意思。有一天,在英格兰旅馆里,我们用第二道早餐的时候,他忽然大声喊道:

"快点!你注意看门里出去的那个人,你仔细看清楚。"

"为什么?"

"你知道他是谁吗?"

"知道。你还没有来,他就在这儿住过好几天了。听说他是里昂一个很阔的绸缎厂老板,现在年老不干了。我看他简直是孤单得很,因为他老是显得那么苦闷的样子,无精打采,从不跟谁谈谈话。他的名字叫席奥斐尔·麦格南。"

---

① 里维耶拉区,是法国东南部地中海海滨的休养和游览地区;门多涅,是那里的休养胜地之一。

② 蒙特卡罗,是摩纳哥的著名赌城;尼斯,是里维耶拉区的另一消闲地点。

我以为这下子史密斯会继续说下去,把他对这位麦格南先生所表示的绝大兴趣说出个所以然来。但是他却没有说什么,反而转入沉思,几分钟之后,显然把我和其他一切都完全忘到九霄云外去了。他时而伸手搔一搔他那轻柔的白发,以便有助他思考,早餐冷掉他也不管。后来他才说:

"哎,忘了。我怎么也想不起来了。"

"想不起什么事呀?"

"我说的是安徒生的一篇很妙的小故事。可是我把它忘了。这故事有一部分大致是这样的:有个小孩,他有一只养在笼子里的小鸟,他很爱它,可是又不知道当心招呼它。这鸟儿唱出歌来,可是没有人听,没有人理会;后来这个小把戏肚子也饿了,口也渴了,于是它的歌声就变得凄凉而微弱,最后终于停止了——鸟儿死了。小孩过来一看,简直伤心得要命,懊悔莫及;他只好含着伤心的眼泪,唉声叹气地把他的玩伴们叫来,大家怀着极深切的悲恸,给这小鸟儿举行了隆重的葬礼。可是这些小家伙可不知道并不光是孩子们让诗人饿死,然后花许多钱给他们办丧事和立纪念碑,这些钱如果花在他们生前,那是足够养活他们的,还可以让他们过舒服日子哩。那么……"

但是这时候我们的谈话被打断了。那天晚上十点钟左右,我又碰到史密斯,他邀我上楼去,到他的会客室里陪他抽烟,喝热的苏格兰威士忌。那个房间是个很惬意的地方,里面摆着舒适的椅子,装着喜气洋洋的灯,壁炉里和善可亲的火燃烧着干硬的橄榄木柴。再加上外面那低沉的海涛澎湃声,更使这里的一切达到了美满的境界。我们喝完了第二杯威士忌,谈了许多随意的、称心的闲话之后,史密斯说:

"现在我们喝得兴致很够了——我正好趁此讲一个稀奇的故事,你听我讲。这事情是个保守了多年的秘密——这秘密只有我和另外三个人知道,现在我可要拆穿这个西洋镜了。你现在兴致好吗?"

"好极了。你往下说吧。"

下面就是他说给我听的故事:

"多年以前,我是个年轻的画家——实在是个非常年轻的画家——我在法国的乡村随意漫游,到处写生,不久就和两个可爱的法国青年凑到一起了,他们也和我干着一样的事情。我们那股快活劲儿就像那股穷劲儿一样,也可以说,那股穷劲儿就像那股快活劲儿一样——你爱怎么说就怎么说吧。克劳德·弗雷尔和卡尔·包兰日尔——这就是那两个小伙子的名字;真是两个可爱的小伙子,太可爱了,老是兴致勃勃的,简直就和贫穷开玩笑,不管风霜雨雪,日子老是过得怪有劲的。

"后来我们在布勒敦的一个乡村里,简直穷得走投无路。碰巧有一个和我们一样穷的画家把我们收留下来了,这下子简直是救了我们的命——法朗斯瓦·米勒①——"

"怎么!就是那伟大的法朗斯瓦·米勒吗?"

"伟大?那时候他也并不见得比我们伟大到哪儿去哩。就连在他自己那个村子里,他也没有什么名气。他简直穷得不像话,除了萝卜,就没有什么可以给我们吃的,并且有时连萝卜也接不上气。我们四个人成了忠实可靠、互相疼爱的朋友,简直是难分难舍。我们在一起拼命地画呀画的,作品是越堆越多,越堆越多,可就是很难得卖掉一件。我们大伙儿过的日子真是痛快极了;可是,也实在可怜!我们有时候简直是活受罪!

"我们就像这样熬过了两年多的时光。最后有一天,克劳德说:

"'伙计们,我们已经山穷水尽了。你们明白不明白?——十足地山穷水尽。谁都不干了②——简直是大家联合起来跟我们过不去哩。我都跑遍了整个村子,结果就是我说的那样。他们根本不肯再赊给我们一分钱的东西了,非叫我们先还清旧账不可。'

"这可真叫我们垂头丧气。每个人都满脸发白,一副狼狈相。这

---

① 法朗斯瓦·米勒(1814—1875):法国名画家,长于描绘农村生活。

② 意思是,谁都不肯赊账。

下子我们可知道自己的处境实在是糟糕透了。大家很久没有作声。最后米勒叹了一口气说道：

"'我也想不出什么主意来——一筹莫展。伙计们，想个办法吧。'

"没有回答，除非凄惨的沉默也可以叫作回答。卡尔站起来，神经紧张地来回走了一阵，然后说道：

"'真是丢人！你看这些画：一堆一堆的，都是些好画，比得上欧洲任何一个人的作品——不管他是谁。是呀，并且还有许多闲逛的陌生人都是这么说——反正意思总差不多是这样。'

"'可就是不买。'米勒说。

"'那倒没关系，反正他们这么说了，而且这是真话。就说你那幅《晚祷》①吧！难道会有人跟我说……'

"'别提了，卡尔——我那幅《晚祷》吗！有人出过五法郎要买它。'

"'什么时候？'

"'谁出这价钱？'

"'他在哪儿？'

"'你怎么不答应他？'

"'得了——大伙儿别这么一齐说话呀。我以为他会多出几个钱——我觉得很有把握——看他那神情是要多出的——所以我就讨价八法郎。'

"'得——那么后来呢？'

"'他说他再来找我。'

"'真是糟糕透顶！哎，法朗斯瓦——'

"'啊，我知道——我知道！不该那样，我简直是个大傻瓜。伙计们，我本意是很好的，你们也会承认这一点，我……'

"'嘻，那还用说，我们也明白，老天爷保佑你这好心肠的人吧；可是下次你可千万别再这么傻呀。'

---

① 《晚祷》是米勒的名画之一。

"'我？我但愿有人拿一棵大白菜来跟我们换就好了——你瞧着吧！'

"'大白菜吗！啊，别提这个——提起来真叫我淌口水。说点儿别的不那么叫人难受的事情吧。'

"'伙计们，'卡尔说，'难道这些画没有价值吗？你们说呀。'

"'谁说没价值！'

"'难道不是有很大很高的价值吗？你们说吧。'

"'是呀。'

"'价值确实是大得很、高得很，如果能给它们安上一个鼎鼎大名的作者，那一定能卖到了不得的价钱。是不是这么回事？'

"'当然是这样的。谁也不会怀疑你这个说法。'

"'可是——我并不是开玩笑——究竟我这话对不对呀？'

"'噢，那当然是不错的——我们也并不是在开玩笑。可是那又怎么样？那又怎么样？那与我们有什么相干？'

"'我想这么办，伙计们——我们就给这些画硬安上一个鼎鼎大名的画家的名字！'

"'活跃的谈话停止了。大家怀疑地转过脸来望着卡尔。他葫芦里究竟卖的什么药呢？上哪儿去借一个鼎鼎大名呢？叫谁去借呢？

"卡尔坐下来，说道：

"'现在我要一本正经地提出一个办法来。我认为我们要想不进游民收容所，就唯有走这条路，并且我还相信这是个十分有把握的办法。我这个意见是以人类历史上各色各样的、大家早已公认的事实为根据的，我相信我这个计划一定能使我们大伙儿都发财。'

"'发财！你简直是发神经。'

"'不，我可没发神经。'

"'哼，还说没有！——你明明是发神经了。你说怎么叫作发财？'

"'每人十万法郎吧。'

"'他的确是害精神病，我早就知道了。'

"'是呀,他是有精神病。卡尔,实在也是你穷得太难受了,所以就……'

"'卡尔,你应该吃个药丸,马上到床上去躺着。'

"'先拿绷带给他捆上吧——捆上他的头,然后……'

"'不对,捆上他的脚跟才行;这几个星期,他的脑子老在往脚底下坠,直想开小差哩——我已经看出来了。'

"'住嘴!'米勒装出一副庄严的样子说,'且让这孩子把他的话说完嘛。那么,好吧——卡尔,把你的计划说出来吧。究竟是怎么个妙计?'

"'好吧,那么,我先来个开场白,请你们注意人类历史上这么一个事实:那就是有许多艺术家的才华都是一直到他们饿死了之后才被人赏识的。这种事情发生的次数太多了,我简直敢于根据它来创出一条定律。这个定律就是:每个无名的、没人理会的艺术家在他死后总会被人赏识,而且一定要等他死后才行,那时候他的画也就身价百倍了。我的计划是这样:我们一定要抽签——几个人当中有一个要死去才行。'

"他说得满不在乎,也完全出人意料,所以我们几乎忘记惊跳起来。随后,大家又大声叫嚷,纷纷提出办法——治病的办法——帮卡尔治他的脑子;可是他耐心地等着大家这一场穷开心平静下来,然后才继续说他的计划:

"'是呀,我们反正得死一个人,为的是救其余的几个——也救他自己。我们可以抽签。抽中的一个就会一举成名,我们大家都会发财。好好儿听着嘛,喂——好好儿听着嘛;别插嘴——我敢说我并不是在这儿胡说八道。我的主意是这样的:在今后这三个月里,被选定要死的那一位就拼命地画,尽量积存画稿——并不要正式的画,不用!只要画些写生的草稿就行,随便弄些习作,没有画完的习作,随便勾几笔的习作也行,每张上面用彩色画笔涂它几下——当然是毫无意义的,反正总是他画的,要题上作者的名字;每天画它五十来张,每张上面都叫它带上点儿特点或是派头,让人容易看出是他的作品……你们都知道,就是这些东西最能卖钱。在这位伟大画家去世之后,大家就会出大得叫人不相信的价钱来替世界各地的博物馆搜购这些杰作;我们就给准备一大堆这样的作品——一大堆!在这段时间里,我们其余的人就要忙着给这位将死的画家拼命鼓吹,并且在巴黎和在那些商人身上下一番功夫——这是给那桩未来的事件做的准备工作,知道吧;等到一切都布置就绪,趁着热火朝天的时候,我们就向他们突然宣布画家的死讯,举行一个热闹的葬礼。你们明白这个主意吗?'

"'不——大明白,至少是还不十分……'

"'还不十分明白?这还不懂?那个人并不要真的死去;他只要改名换姓,销声匿迹就行了;我们弄个假人一埋,大家假装哭一场,叫全世界的人也陪着哭吧。我……'

"可是大家根本没有让他把话说完。每个人都爆发出一阵欢呼,连声称妙;大家都跳起来,在屋子里蹦来蹦去,彼此互相拥抱,欢天喜地地表示感激和愉快。我们把这个伟大的计划一连谈了好几个钟头,简直连肚子都不觉得饿了。最后,一切详细办法都安排得很满意了的时候,照我们的说法,我们就举行抽签,结果选定了米勒——选定他死。于是我们大家把那些非到最后关头舍不得拿出来的小东西——作纪念的小装饰品之类——凑到一起,这些东西,只有一个人到了无可奈何的时候,才肯拿来作赌注,企图一本万利地发个财。我们把它们当掉,当来的钱勉强够我们省俭地吃一顿告别的晚餐和早餐,只留下了几个法郎作出门的用度,还给米勒买了一些萝卜之类的东西,够他吃几天的。

"第二天一清早,我们三个人刚吃完早饭就分途出发——当然是靠两条腿啰。每人都带着十几张米勒的小画,打算把它们卖掉。卡尔朝着巴黎那边走,他要到那儿去开始下一番功夫,替米勒把名声鼓吹起来,好给后来的那个伟大的日子做好准备。克劳德和我决定各走一条路，都到法国各地乱跑一场。

"这以后，我们的遭遇之顺利和痛快，真要叫你听了大吃一惊。我走了两天，才开始干起来。我在一个大城市的郊外开始给一座别墅写生——因为我看见别墅的主人站在楼上的阳台上。于是他下来看我画——我也料到了他会来。我画得很快，故意吸引他的兴趣。他偶尔不由自主地说一两句称赞的话，后来就越说越带劲了，他说我简直是一位大画家！

"我把画笔搁下，伸手到皮包里取出一张米勒的作品来，指着角上的签名，怪得意地说：

"'我想你当然认识这个啰？嗨，他就是我的老师！所以我是应该懂得这一行的！'

"这位先生好像犯了什么错似的，显得局促不安，没有作声。我很惋惜地说：

"'你想必不是说连法朗斯瓦·米勒的签名都认不出来吧！'

"他当然是不认得那个签名的；但是不管怎么样，他处在那样窘的境地，居然让我这么轻轻放过，他是感激不尽的。他说：

"'怎么会认不出来！嗨，的确是米勒的嘛，一点也不错！我刚才也不知想什么来着。现在我当然认出来了。'

"随后他就要买这张画；可是我说我虽然不怎么有钱，可也并没有穷到那个地步。不过后来我还是让他拿八百法郎买去了。'

"八百法郎！"

"是呀。米勒本来是情愿拿它换一块猪排的。不错，我用那张小东西就换来了八百法郎。现在假如能花八万法郎把它买回来，我那真是求之不得。可是这个时期早已过去了。我给那位先生的房子画了一张很漂亮的画，本想作价十法郎卖给他，可是因为我是那么一位大画家的学生，这么贱卖又不大像话，所以我就把这张画卖了一百法郎。我马上从那个城里把八百法郎汇给米勒，第二天又往别处出发。

"可是我不用再走路了——不用。我骑马。从此以后，我一直都

是骑马的。我每天只卖一张画,绝不打算卖两张。我老是对买主说:

"'我把米勒的画卖掉,根本就是个大傻瓜,因为这位画家恐怕不能再活上三个月了,他死了之后,那就随你出天大的价钱也别想买到他的画了。'

"我想方设法把这个消息尽量传播出去,预先做好准备工作,好叫大家重视后来那场大事。

"我们卖画的计划是应该归功于我的——那是我出的主意。我们那天晚上商量我们的宣传运动的时候,我就提出了这个办法,三个人都同意先好好地试一试,绝不轻易放弃这个主意,另试其他办法。结果我们三个人都干得很成功。我只走了两天路,克劳德也走了两天——我们俩都不愿意叫米勒在离家太近的地方出名,怕露马脚——可是卡尔只走了半天,这个精灵鬼,没良心的坏蛋!从那以后,他到各处旅行的派头简直就像个公爵一样。

"我们随时和各地的地方报纸记者搭上关系,在报纸上发表消息;但是我们所发表的新闻并不是宣布发现了一位新画家,而是故意装成人人都知道法朗斯瓦·米勒的口气;我们根本不提称赞他的话,光是简单报道一点关于这位'名家'的近况的消息——有时候说他病况好转,有时又说没有希望,不过老是含着凶多吉少的意味。我们每次都把这类消息圈出来,寄给那些买过画的人。

"卡尔不久就到了巴黎,他干脆就派头十足地干起来了。他结交了各报通讯记者,把米勒的情况报道到英国和整个欧洲去,连美国和世界各地都在报道米勒了。

"六个星期之后,我们三个在巴黎会了面,决定停止宣传,也不再写信叫米勒寄画来了。这时候他已经轰动一时,一切都成熟了,所以我们觉得应该趁这时候马上下手,以免错过机会。于是我们就写信给米勒,叫他到床上躺下,赶快饿瘦一点,因为我们希望他在十天之内'死去',如果来得及的话。

"我们计算了一下。成绩很不错,三个人一共卖了八十五张画和习作,得了六万九千法郎。最后一张画是卡尔卖出去的,价钱卖得最大。《晚祷》他卖了两千两百法郎。我们把他夸奖得好凶呀——可没想到后来会有一天,整个法国都抢着要把这张画据为己有,居然会有一位无名人士花了五十五万法郎的现款把它抢购去了。

"那天晚上我们预备了香槟酒,举行了庆祝胜利结束的晚餐。第二天克劳德和我就收拾行李,回去招呼米勒度过他临终的几天,一面谢绝那些探听消息的闲人,同时每天发出病况报告,寄到巴黎给卡尔拿去在几大洲的报上发表,把消息报道给全世界关怀他的人。最后终于宣布了噩耗,卡尔也及时赶回来帮忙料理最后的葬礼。

"你想必还记得吧,那次的出殡真是盛况空前,轰动全球,新旧世界①的上流人物都来参加了,大家都表示哀悼。我们四个——还是那么难分难舍的——抬着棺材,不让别人帮忙。我们这么做是很对的,因为棺材里根本就只装着一个蜡做的假人。如果让别人去抬,重量就成问题,难免要露马脚。是的,我们当初曾经相亲相爱地在一起共过患难的四个老朋友抬着棺……"

"哪四个人?"

"我们四个嘛——米勒也帮忙抬着他自己的棺材哩。不用说,是化装的。化装成一位亲戚——一位远房的亲戚。"

"妙不可言!"

"我可是说的真话,那还不是一样嘛。啊,你还记得他的画卖价怎么往上涨吧。钱吗?我们简直不知如何处置才好,现在巴黎还有一个人收藏着七十张米勒的画。他给了我们二百万法郎买去的。至于我们当初在路上那六个星期里米勒赶出来的许许多多的写生和习作呢,哈,你听听我们现在卖的价钱简直会大吃一惊——并且那还得我们愿意卖的时候才行!"

"这真是个稀奇的故事,简直稀奇透了!"

---

① 当时西方的所谓新世界是指美洲,旧世界是指欧亚等洲。

"是呀——可以那么说。"

"米勒后来究竟怎么样了呢?"

"你能保守秘密吗?"

"可以。"

"你记得今天在餐厅里我叫你注意看的那个人吗?那就是法朗斯瓦·米勒。"

"我的天哪,原来——"

"如此!是呀,总算这一次他们没有把一个天才饿死,然后把他应得的报酬装到别人的荷包里去。这一只能唱的鸟儿可没有白唱一阵,没有人听,只落得死了之后的一场无谓的盛大葬礼。我们原来是等着遭这种命运的哩。"

张友松　译

百万英镑

我二十七岁那年,在旧金山一个矿业经纪人那里当办事员,对证券交易的详情颇为精通。当时我在社会上是孤零零的,除了自己的智慧和清白的名声之外,别无依靠;但是这些长处就使我站稳了脚跟,并有可能走上幸运的路,所以我对于前途是很满意的。

每逢星期六午饭之后,我的时间就归自己支配了,我照例在海湾里把时光消磨在游艇上。有一天我冒失地把船驶出海湾,一直漂到大海里去了。傍晚,我几乎是绝望了的时候,有一艘开往伦敦的双桅帆船把我救了起来。那是远程的航行,而且风浪很大,他们叫我当了一个普通的水手,以工作代替船费。我在伦敦登岸的时候,衣服褴褛肮脏,口袋里只剩了一块钱。这点钱只供了我二十四小时的食宿。那以后的二十四小时中,我既没有东西吃,也无处容身。

第二天上午大约十点钟,我饿着肚子,狼狈不堪,正在波特兰路拖着脚步走,刚好有一个小孩子由保姆牵着走过,把一只美味的大梨扔到了阴沟里——只咬过一口。不消说,我站住了,用贪婪的目光盯住那泥泞的宝贝。我垂涎欲滴,肚子也渴望着它,全副生命都在乞求它。可是我每次刚一动手想去拿它,总是有过路人的眼睛看出了我的企图,当然我就只好再把身子站直,显出若无其事的神情,假装根本就没有想到过那只梨。这种情形老是一遍又一遍地发生,我始终无法把那只梨拿到手。后来我简直弄得无可奈何,正想不顾一切体面,硬

着头皮去拿它的时候,忽然我背后有一扇窗户打开了,一位先生从那里面喊道:

"请进来吧。"

一个穿得很神气的仆人让我进去了,他把我引到一个豪华的房间里,那儿坐着两位年长的绅士。他们把仆人打发出去,叫我坐下。他们刚吃完早饭,我一见那些残汤剩菜,几乎不能自制。我在那些食物面前,简直难以保持理智,可是人家并没有叫我尝一尝,我也就只好尽力忍住那股馋劲儿了。

在那以前不久,发生了一桩事情,但是我对这回事一点也不知道,过了许多日子以后才明白;现在我就要把一切经过告诉你。那两弟兄在前两天发生过一场颇为激烈的争辩,最后双方同意用打赌的方式来了结,那是英国人解决一切问题的办法。

你也许还记得,英格兰银行有一次为了与某国办理一项公家交易之类的特殊用途,发行过两张巨额钞票,每张一百万镑。不知什么原因,只有一张用掉和注销了,其余一张始终保存在银行的金库里。这兄弟两人在闲谈中忽然想到,如果有一个非常诚实和聪明的外方人漂泊到伦敦,毫无亲友,手头除了那张一百万镑的钞票而外,一个钱也没有,而且又无法证明他自己是这张钞票的主人,那么他的命运会是怎样。哥哥说他会饿死,弟弟说他不会。哥哥说他不能把它拿到银行或是其他任何地方去使用,因为他马上就会当场被捕。于是他们继续争辩下去,后来弟弟说他愿意拿两万镑打赌,认定那个人无论如何可以靠那一百万生活三十天,而且还不会进牢狱。哥哥同意打赌。弟弟就到银行里去,把那张钞票买了回来。你看,那是十足的英国人的作风,浑身都是胆量。然后他口授了一封信,由他的一个书记用漂亮的正楷字写出来;于是那弟兄俩就在窗口坐了一整天,守候着一个适当的人出现,好把这封信给他。

他们看见许多诚实的面孔经过,可是都不够聪明;还有许多虽然聪明,却又不够诚实;另外还有许多面孔,两样都合格,可是面孔

的主人又不够穷，再不然就是虽然够穷的，却又不是外方人。反正总有一种缺点，直到我走过来才解决了问题；他们都认为我是完全合格的，因此一致选定了我，于是我就在那儿等待着，想知道他们为什么把我叫了进去。他们开始向我提出了一些问题，探询关于我本身的事情，不久他们就知道了我的经历。最后他们告诉我说，我正合乎他们的目的。我说我由衷地高兴，并且问他们究竟是怎么回事。于是他们之中有一位交给我一个信封，说是我可以在信里找到说明，我正待打开来看，他却说不行，叫我拿回住所去，仔细看看，千万不要马马虎虎，也不要性急。我简直莫名其妙，很想再往下谈一谈这桩事情，可是他们却不干；于是我只得告辞，心里颇觉受了委屈，感到受了侮辱，因为他们分明是在干一桩什么恶作剧的事情，故意拿我来当笑料，而我却不得不容忍着，因为我在当时的处境中，是不能对有钱有势的人们的侮辱表示怨恨的。

现在我本想去拾起那只梨来，当着大家的面把它吃掉，可是梨已经不在了，因此我为了这桩倒霉的事情失去了那份食物。一想到这点，我对那两个人自然更没有好感。我刚一走到看不见那所房子的地方，就把那只信封打开，看见里面居然装着钱！说老实话，我对那两个人的印象马上就改变了！我片刻也没有耽误，把信和钞票往背心口袋里一塞，立即飞跑到最近的一个廉价饭店里去。啊，我是怎么个吃法呀！最后我吃得再也装不下去的时候，就把钞票拿出来，摊开望了一眼，我几乎晕倒了。五百万元[①]！哎，这一下子可叫我的脑子直发晕。

我在那儿坐着发愣，望着那张钞票直眨眼，大约足有一分钟，才清醒过来。然后我首先发现的是饭店老板，他的眼睛望着钞票，也给吓呆了。他以全副身心贯注着，羡慕不已，可是看他那样子，好像是手脚都不能动弹似的。我马上计上心来，采取了唯一可行的合理办法。我把那张钞票伸到他面前，满不在乎地说道：

[①] 当时一英镑等于五美元。

"请你找钱吧。"

这下子他才恢复了常态,百般告饶,说他无法换开这张钞票;我拼命塞过去,他却连碰也不敢碰它一下。他很愿意看看它,把它一直看下去,好像是无论看多久也不过瘾似的,可是却避开它,不敢碰它一下,就像是这张钞票神圣不可侵犯,可怜的凡人连摸也不能摸一摸似的。我说:

"这叫你不大方便,真是抱歉;可是我非请你想个办法不可。请你换一下吧,另外我一个钱也没有了。"

可是他说那毫无关系,他很愿意把这笔微不足道的饭钱记在账上,下次再说。我说可能很久不再到他这带地方来;他又说那也没有关系,他尽可以等,而且只要我高兴,无论要吃什么东西,尽管随时来吃,继续赊账,无论多久都行。他说他相信自己不至于只因为我的性格诙谐,在服装上有意和大家开开玩笑,就不敢信任我这样一位阔佬。这时候另外一位顾客进来了,老板暗示我把那个怪物藏起来,然后一路鞠躬地把我送到门口。我马上就一直往那所房子那边跑,去找那两弟兄,为的是要纠正刚才弄出来的错误,并叫他们帮忙解决这个问题,以免警察找到我,把我抓起来。我颇有些神经紧张。事实上,我心里极其害怕,虽然这事情当然完全不能归咎于我;可是我很了解人们的脾气,知道他们发现自己把一张一百万镑的钞票当成一镑给了一个流浪汉的时候,他们就会对他大发雷霆,而不是按理所当然的那样,去怪自己的眼睛近视。我走近那所房子的时候,我的紧张情绪渐渐平静下来了,因为那儿毫无动静,使我觉得那个错误一定还没有被发觉。我按了门铃。还是原先那个仆人出来了。我说要见那两位先生。

"他们出门了。"这句回答说得高傲而冷淡,正是他这一类角色的口吻。

"出门了?上哪儿去了?"

"旅行去了。"

"可是上什么地方呢？"

"到大陆上去了吧，我想是。"

"到大陆上去了？"

"是呀，先生。"

"走哪一边——走哪一条路？"

"那我可说不清，先生。"

"他们什么时候回来呢？"

"过一个月，他们说。"

"一个月！啊，这可糟糕！请你帮我稍微想点儿办法，我好给他们写个信去。这是非常重要的事情哩。"

"我实在没有办法可想。我根本不知道他们上哪儿去了，先生。"

"那么我一定要见见他们家里的一个什么人才行。"

"家里人也都走了，出门好几个月了——我想是到埃及和印度去了吧。"

"伙计，出了一个大大的错误哩。不等天黑他们就会回来的。请你告诉他们一声好吗？就说我到这儿来过，而且还要接连再来找他们几次，直到把那个错误纠正过来；你要他们不必着急。"

"他们要是回来，我一定告诉他们，可是我估计他们是不会回来的。他们说你在一个钟头之内会到这儿来打听什么事情，叫我务必告诉你，一切不成问题，他们会准时回来等你。"

于是我只好打消原意，离开那儿。究竟葫芦里卖的是什么药呀！我简直要发疯了。他们会"准时"回来。那是什么意思？啊，也许那封信会说明一切吧，我简直把它忘了，于是把信拿出来看。信上是这样说的：

你是个聪明和诚实的人，这可以从你的面貌上看得出的。我们猜想你很穷，而且是个异乡人。信里装着一笔款。这是借给你的，期限是三十天，不要利息。期满时到这里来交代。我拿你打了个赌。如果我赢了,你可以在我的委任权之内获得任何职务——这是说,凡是你能够证明自己确实熟悉和胜任的职务,无论什么都可以。

没有签名,没有地址,没有日期。

好家伙,这下子可惹上麻烦了!你现在是知道了这以前的原委的,可是我当时并不知道。那对我简直是个深不可测的、一团漆黑的谜。我丝毫不明白他们玩的是什么把戏,也不知道究竟是有意害我,还是好心帮忙。于是我到公园里去,坐下来想把这个谜猜透,并且考虑我应该怎么办才好。

过了一个钟头,我的推理终于形成了下面这样一个判断。

也许那两个人对我怀着好意,也许他们怀着恶意,那是无法断定的——随它去吧。他们是要了一个花招,或者玩了一个诡计,或是做了一个实验,反正总是这么回事;内容究竟怎样,无从判断——随它去吧。他们拿我打了一个赌;究竟是怎么赌的,无法猜透——也随它去吧。不能断定的部分就是这样解决了;这个问题的其余部分却是明显的、不成问题的,可以算是确实无疑的。如果我要求英格兰银行把这张钞票存入它的主人账上,他们是会照办的,因为他们认识他,虽然我还不知道他是谁;可是他们会问我是怎么把它弄到手的,我要是照实告诉他们,他们自然会把我送入游民收容所,如果我撒一下谎,他们就会把我关到牢里去。假如我打算拿这张钞票到任何地方去存入银行,或是拿它去抵押借款,那也会引起同样的结果。所以无论我是否情愿,我不得不随时随地把这个绝大的负担带在身边,直到那两个人回来的时候。它对我是毫无用处的,就像一把灰那么无用,然而我必须一面把它好好保管起来,仔细看守着,一面行乞度日。即便我打算把它白送给别人,那也送不掉,因为无论是老实的公民或是拦路行劫的强盗都绝不肯接受它,或是跟它打什么交道。那两兄弟是安全的。即便我把钞票丢掉了,或是把它烧了,他们还是安然无事,因为他们可以叫银行止兑，银行就会让他们恢复主权；可是同时我却不得不受一个月的活罪，既无工资，又无利益——除非我帮人家赢得那场赌博（不管赌的是什么），获得人家答应给我的那个职位。我当然是愿意得到那个职位的，像他们那种人，在他们的委任权之内的职务是很值得一干的。

于是我就翻来覆去地想着那个职位。我的愿望开始飞腾起来。无疑的，薪金一定很多。过一个月就要开始，以后我就万事如意了。因此顷刻之间，我就觉得兴高采烈。这时候我又在街上溜达了。一眼看到一个服装店，我起了一阵强烈的欲望，很想扔掉这身褴褛的衣服，让自己重新穿得像个样子。我置得起新衣服吗？不行，我除了那一百万镑而外，什么也没有。所以我只好强迫着自己走开。可是过了一会儿我又溜回来了。那种诱惑无情地折磨着我。在那一场激烈的斗争之中，我一定是已经在那家服装店门口来回走了五六次。最后我还是屈服了，我不得不如此。我问他们有没有做得不合身、被顾客拒绝接受的衣服。我所问的那个人一声不响，只向另外一个人点点头。我向他所指的那个人走过去，他也是一声不响，只点点头把我交代给另外一个人。我向那个人走过去，他说：

"马上就来。"

我等候着，一直等他把手头的事办完，然后他才领着我到后面的一个房间里去，取下一堆人家不肯要的衣服，选了一套最蹩脚的给我。我把它穿上。衣服并不合身，而且一点也不好看，但它是新的，我很想把它买下来；所以我丝毫没有挑剔，只是颇为胆怯地说道：

"请你们通融通融，让我过几天再来付钱吧。我身边没有带着零钱哩。"

那个家伙摆出一副非常刻薄的嘴脸，说道：

"啊，是吗？哼，当然我也料到了你没有带零钱。我看像你这样的阔人是只会带大票子的。"

这可叫我冒火了，于是我就说：

"朋友,你对一个陌生人可别单凭他的穿着来判断他的身份吧。这套衣服的钱我完全出得起,我不过是不愿意叫你们为难,怕你们换不开一张大钞票罢了。"

他一听这些话,态度稍微改了一点,但是他仍旧有点摆着架子回答我:

"我并不见得有多少恶意,可是你要开口教训人的话,那我倒要告诉你,像你这样凭空武断,认为我们换不开你身边可能带着的什么大钞票,那未免是瞎操心。恰恰相反,我们换得开!"

我把那张钞票交给他,说道:

"啊,那好极了。我向你道歉。"

他微笑着接了过去,那种笑容是遍布满脸的,里面还有褶纹,还有皱纹,还有螺旋纹,就像你往池塘里抛了一块砖那样;然后当他向那张钞票瞟了一眼的时候,这个笑容就马上牢牢地凝结起来了,变得毫无光彩,恰似你所看到的维苏威火山边那些小块平地上凝固起来的波状的、满是蛆虫似的一片一片的熔岩一般。我从来没有看见过谁的笑容陷入这样的窘况,而且继续不变。那个角色拿着钞票站在那儿,老是那副神情,老板赶紧跑过来,看看是怎么回事,他兴致勃勃地说道:

"喂,怎么回事?出了什么岔子吗?还缺什么?"

我说:"什么岔子也没有。我在等他找钱。"

"好吧,好吧。托德,快把钱找给他,快把钱找给他。"

托德回嘴说:"把钱找给他!说说倒容易哩,先生,可是请你自己看看这张钞票吧。"

老板望了一眼,吹了一声轻快的口哨,然后一下子钻进那一堆被顾客拒绝接受的衣服里,把它来回翻动,同时一直很兴奋地说着话,好像在自言自语似的:

"把那么一套不像样子的衣服卖给一位脾气特别的百万富翁!托德简直是个傻瓜——天生的傻瓜。老是干出这类事情。把每一个大阔佬都从这儿撵跑了,因为他分不清一位百万富翁和一个流浪汉,而且老是没有这个眼光。啊,我要找的那一套在这儿哩。请您把您身上那些东西脱下来吧,先生,把它丢到火里去吧。请您赏脸把这件衬衫穿上,还有这套衣服。正合适,好极了——又素净,又讲究,又雅致,简直就像个公爵穿的那么考究。这是一位外国的亲王定做的——您也许认识他哩,先生,就是哈利法克斯公国的亲王殿下;因为他母亲病得快死了,他就只好把这套衣服放在我们这儿,另外做了一套丧服——可是后来他母亲并没有死。不过那都没问题,我们不能叫一切事情老照我们……我是说,老照它们……哈!裤子没有毛病,非常合您的身,先生,真是妙不可言;再穿上背心,啊哈,又很合适!再穿上上身——我的天!您瞧吧!真是十全十美——全身都好!我一辈子还没有缝过这么得意的衣服哩。"

我也表示了满意。

"您说得很对,先生,您说得很对,这可以暂时对付着穿一穿,我敢说。可是您等着瞧我们照您自己的尺寸做出来的衣服是什么样子吧。喂,托德,把本子和笔拿来,快写。腿长三十二……"如此这般,等等。我还没有来得及插上一句嘴,他已经把我的尺寸量好了,并且吩咐赶制晚礼服、便装、衬衫,以及其他一切。后来我有了插嘴的机会,我就说:

"可是,老兄,我可不能定做这些衣服呀,除非你能无限期地等我付钱,要不然你能换开这张钞票也行。"

"无限期!这几个字还不够劲,先生,还不够劲。您得说永远永远——那才对哩,先生。托德,快把这批订货赶出来,送到这位先生公馆里去,千万别耽误。让那些小主顾们等一等吧。把这位先生的住址写下来,过几天……"

"我快搬家了。我随后再来把新住址给你们留下吧。"

"您说得很对,先生,您说得很对。您请稍等一会儿——我送您出去,先生。好吧——再见,先生,再见。"

哈，你明白从此以后会发生一些什么事情吗？我自然是顺水推舟，不由自主地到各处去买我所需要的一切东西，老是叫人家找钱。不出一个星期，我把一切需要的讲究东西和各种奢侈品都置备齐全，并且搬到汉诺威广场一家不收普通客人的豪华旅馆里去住了。我在那里吃饭，可是早餐我还是照顾哈里士小饭铺，那就是我当初靠那张一百万镑钞票吃了第一顿饭的地方。我一下给哈里士招来了财运。消息已经传遍了，大家都知道有一个背心口袋里带着一百万镑钞票的外国怪人光顾过这个地方。这就够了。原来不过是个可怜的、撑一天算一天的、勉强混口饭吃的小买卖，这一下子可出了名，顾客多得应接不暇。哈里士非常感激我，老是拼命把钱借给我花，推也推不脱。因此我虽然是个穷光蛋，可是老有钱花，就像阔佬和大人物那么过日子。我猜想迟早总会有一天西洋镜要被拆穿，可是我既已下水，就不得不泅过水去，否则就会淹死。你看，当时我的处境本来不过是一出纯粹的滑稽剧，可是就因为有了那种紧急的大祸临头的威胁，却使事情具有严重的一面和悲剧的一面。一到晚上，天黑之后，悲剧的部分就占上风，老是警告我，威胁我；所以我就只有呻吟，在床上翻来覆去，很难睡着觉。可是一到欢乐的白天，悲剧的成分就渐渐消失得无影无踪了，于是我就扬扬得意，简直可以说是快活到昏头昏脑、如痴如狂的地步。

那也是很自然的，因为我已经成为全世界最大都会的有名人物之一了，这使我颇为骄傲，并不只是稍有这种心理，而是得意忘形。你随便拿起一种报纸，无论是英国的、苏格兰的，或是爱尔兰的，总要发现里面有一两处提到那个"随身携带一百万镑钞票的角色"和他最近的行动和谈话。起初在这些提到我的地方，我总被安排在"人事杂谈"栏的最下面，后来我被排列在爵士之上，再往后又在从男爵之上，再往后又在男爵之上，由此类推，随着名声的增长，地位也步步上升，直到我达到了无可再高的高度，就继续停留在那里，居于一切王室以外的公爵之上，除了全英大主教而外，我比所有的宗教界人物都要高出一头。可是你要注意,这还算不上名誉,直到这时候为止,我还不过是闹得满城风雨而已。然后就来了登峰造极的幸运——可以说是像武士受勋那个味道——于是转瞬之间,就把那容易消灭的铁渣似的丑名声一变而为经久不灭的黄金似的好名声了:《谐趣》杂志①登了描写我的漫画!是的,现在我成名了,我的地位已经肯定了。难免仍然有人拿我开玩笑,可是玩笑之中却含着几分敬意,不那么放肆、那么粗野了;可能还有人向我微微笑一笑,却没有人向我哈哈大笑了。做出那些举动的时候已经过去了。《谐趣》把我画得满身破衣服的碎片都在飘扬,和一个伦敦塔②的卫兵做一笔小生意,正在讲价钱。啊,你可以想象得到那是个什么滋味:一个年轻小伙子,从来没有被人注意过,现在忽然之间,随便说句什么话,马上就会有人把它记住,到处传播出去;随便到哪儿走动一下,总不免经常听见人家一个个辗转相告:"那儿走着的就是他,就是他!"吃早餐的时候,也老是有一大堆人围着看;一到歌剧院的包厢,就要使得无数观众的望远镜的火力都集中到我身上。啊,我简直就一天到晚在荣耀中过日子——十足是那个味道。

你知道吗,我甚至还保留着我那套破衣服,随时穿着它出去,为的是享受享受过去那种买小东西的愉快。我一受了侮辱,就拿出那张一百万镑的钞票来,把奚落我的人吓死。但是我这套把戏玩不下去了。杂志已经把我那套服装弄得尽人皆知,以致我一穿上它跑出去,马上就被大家认出来了,而且有一群人尾随着我。如果我打算买什么东西,老板还不等我掏出我那张大票子来吓唬他,首先就会自愿把整个铺子里的东西赊给我。

大约在我的声名传播出去的第十天,我就去向美国公使致敬,借以履行我对祖国的义务。他以适合于我那种情况的热忱接待了我,责

---

① 英国著名幽默插图杂志,1841年创刊,有人把它译为《笨拙》杂志。
② 伦敦塔从前是一个囚禁重要政治犯的监狱。

备我不应那么迟才去履行这种手续,并且说那天晚上他要举行宴会,恰好有一位客人因病不能来,我唯一能够取得他的谅解的办法,就是坐上那个客人的席位,参加宴会。我同意参加,于是我们就开始谈天。从谈话中我才知道他和我父亲从小就是同学,后来又同在耶鲁大学读书,一直到我父亲去世,他们始终是很要好的。所以他叫我一有空闲,就到他家里去,这,我当然是很愿意的。

事实上,我不但愿意,我还很高兴。一旦大祸临头,他也许还有什么办法可以挽救我,免得我遭到完全的毁灭。我也不知道他能怎么办,可是他说不定能够想出办法来。现在已经过了这么久,我不敢冒失地把自己的秘密向他毫不隐讳地吐露;我在伦敦有这种奇遇,如果在开始的时候就遇见他,我是会赶快向他说明的。不行,现在我当然不敢说了,我已经陷入旋涡太深,这是说,陷入到不便冒失地向这么一位新交的朋友说老实话的深度了,虽然照我自己的看法,我还没有到完全灭顶的地步。因为,你知道吗,我虽然借了许多钱,却还是小心翼翼地使它不超过我的财产——我是说不超过我的薪金。当然我没法知道我的薪金究竟会有多少,可是有一点我是有充分的根据可以估计得到的,那就是,如果这次赌打赢了,我就可以任意选择那位大阔佬的委任权之内的任何职务,只要我能胜任——而我又一定是能胜任的;关于这一点,我毫不怀疑。至于人家打的赌呢,我也不担心,我一向是很走运的。说到薪金,我估计每年六百镑至一千镑。就算它头一年是六百镑吧,以后一年一年地往上加,一直到后来我的才干得到了证实,总可以达到那一千镑的数字。目前我负的债还只相当于我第一年的薪金。人人都想把钱借给我,可是我用种种借口谢绝了大多数人;所以我的债务只有三百镑借款,其余三百镑是赊欠的生活费和赊购的东西。我相信只要我继续保持谨慎和节省,我第二年的薪金就可以让我度过这一个月其余的日子,而我的确是打算特别注意,绝不浪费。只待我这一个月完结,我的雇主旅行归来,我就一切都不愁了,因为我马上就可以把两年的薪金约期摊还给我的债主们,并且立即开

始工作。

那天晚上的宴会非常痛快,共有十四个人参加。寿莱迪奇公爵和公爵夫人、他们的小姐安妮—格莱斯—伊莲诺—赛勒斯特等等,等等……德·波亨夫人、纽格特伯爵和伯爵夫人、奇普赛子爵、布莱特斯凯爵士和爵士夫人,还有些没有头衔的男女来宾、公使和他的夫人和小姐,还有他女儿的一位往来很密的朋友,是个二十二岁的英国姑娘,名叫波霞·郎汉姆。我在两分钟之内就爱上了她,她也爱上了我——我不用戴眼镜就看出来了。另外还有一个客人,是个美国人——可是我把故事后面的事情说到前面来了。在客厅里的客人一面吊着胃口等候用餐,一面冷淡地观察着迟到的客人们,这时候仆人又通报一位来客:

"劳埃德·赫斯丁先生。"

照例的礼节完了的时候,赫斯丁马上发现了我。他热情地伸出手,一直向我面前走来。当他正想和我握手时,突然停住,现出一副窘态说道:

"对不起,先生,我还以为认识您哩。"

"啊,你当然认识我啰,老朋友。"

"不。你莫非是——是——"

"腰缠万贯的怪物吗?就是我,一点不错。你尽管叫我的外号,无须顾忌,我已经听惯了。"

"哈,哈,哈,这可真是出人意料。有一两次我看到你的名字和这个外号连在一起,可是我从来没想到人家所说的那个亨利·亚当斯居然就是你。你在旧金山给布莱克·哈普金斯当办事员,光拿点薪水,离现在还不到半年哩,那时候你为了点额外津贴,就拼命熬夜,帮着我整理和核对高尔德和寇利扩展矿山的说明书和统计表。哪儿想得到你居然会到伦敦来,成了这么大的百万富翁,而且是个鼎鼎大名的人物!嗨,这真是'天方夜谭'的奇迹又出现了。伙计,这简直叫我无法理解,无法体会;让我歇一会儿,好叫我脑子里这一阵混乱平定下来吧。"

"可是事实上，劳埃德，你的境况也并不比我坏呀。我也不明白这是怎么回事哩。"

"哎呀，这的确是叫人大吃一惊的事情，是不是？我们俩到矿工饭店去的那一回，离今天刚好是三个月，那回我们……"

"不对，去的是迎宾楼。"

"对，确实是迎宾楼，深夜两点去的，我们拼了六个钟头把那些文件搞定，才到那儿去吃了一块排骨，喝了杯咖啡，当时我打算劝你和我一同到伦敦来，并且自告奋勇地要替你去告假，还答应给你出一切费用，只要买卖成功，我还要分点好处给你。可是你不听我的话，说我不会成功，你说你耽误不起，不能把工作的顺序打断，等到回来的时候不知要花多少时间才能接得上头。现在你却到这儿来了。这是多么稀奇的事情！你究竟是怎么来的，到底是什么原因使你交到这种不可思议的好运呢？"

"啊，那不过是一桩意外的事情。说来话长——简直可以说是一篇传奇小说。我会把一切经过告诉你，可是现在不行。"

"什么时候？"

"这个月底。"

"那还有半个多月哩。叫一个人的好奇心熬这么长一段时间，未免太令人难受了。一个星期好吧？"

"那不行。以后你会知道为什么。可是你的买卖做得怎么样呢？"

他的愉快神情马上烟消云散了，他叹了一口气，说道：

"你真是个地道的预言家，霍尔，地道的预言家。我真后悔不该来。现在我真不愿意谈这桩事情。"

"可是你非谈不可。我们离开这儿的时候，你千万跟我一道走，今晚上就住在我那儿，把你的事情谈个痛快。"

"啊，真的吗？你是认真的吗？"他的眼睛里闪着泪花。

"是呀，我要听听整个故事，原原本本的。"

"我真是感激不尽！我在这儿经历过一切人情世故之后，想不到又能在别人的声音里和别人的眼睛里发现对我和我的事情的亲切关怀——天哪！我恨不得跪在地下给你道谢！"

他使劲紧握我的手，精神焕发起来，从此就痛痛快快、兴致勃勃地准备着入席——不过酒席还没有开始哩。不行，照例，问题发生了，那就是照那缺德的、可悲的英国规矩老是要发生的事情——席次问题解决不了，所以就吃不成饭。英国人出去参加宴会的时候，照例先吃了饭再去，因为他们很知道他们所要冒的危险；可是谁也不会警告一下外行的人，因此外行人就老老实实走入圈套了。当然这一次谁也没有上当，因为我们都有过参加宴会的经验，除了赫斯丁之外，一个生手也没有，而他又在公使邀请他的时候听到公使说过，为了尊重英国人的习惯，他根本就没有预备什么酒席。每位客人都挽着一位女客，排着队走进餐厅，因为照例是要经过这个程序的，可是争执就在这儿开始了。寿莱迪奇公爵要出人头地，要在宴席上坐首位，他说他比公使地位还高，因为公使只代表一个国家，而不是一个王国；可是我坚持我的权利，不肯让步。在杂谈栏里，我的地位高于王室以外的一切公爵，我就根据这个理由，要求坐在他的席位之上。我们虽然争执得很厉害，问题始终无法解决，后来他就冒冒失失地打算拿他的家世和祖先来炫耀一番，我猜透了他的王牌是征服王①，就拿亚当②将他顶了回去，我说我是亚当的嫡系后裔，由我的姓就可以证明，而他不过是属于支系的，这可以由他的姓和晚期的诺尔曼血统看出来。于是我们大家又排着队走回客厅，在那儿吃站席——一碟沙丁鱼，一份草莓，各人自行结合，站着吃。这儿的席次问题争得并不那么厉害，两个地位最高的贵客扔了一个先令来猜，赢了的人先尝草莓，输了的人得那个先令。然后其次的两位又猜，再轮到下面两位，依次类

---

① 1066年诺曼底公爵威廉征服英国之后，号称"征服王威廉第一"，这里是说那位公爵暗示他是威廉的后裔。

② 亚当是《圣经》上所说的人类始祖。

推。吃过东西之后,桌子搬过来了,我们大家一齐打克利贝①,六个便士一局。英国人打牌从来不是为了什么消遣。如果不能赢钱或是输钱——是输是赢他们倒不在乎——他们就不玩。

  我们玩得真痛快,开心的当然是我们俩——郎汉姆小姐和我。我简直让她弄得神魂颠倒,手里的牌一到两个顺以上,我就数不清,计分到了顶也老是看不出,又从外面的一排开始。本来是每一场都会打输的,幸亏那个姑娘也是一样,她的心情正和我的相同,你明白吧,所以我们俩老是玩个没完,谁也没有输赢,也根本不去想一想那是为什么。我们只知道彼此都很快活,其他一切我们都无心过问,并且还不愿意被人打搅。我干脆就告诉她——我当真对她说了——我说我爱上了她。她呢——哈,她羞答答的,连头发都涨红了,可是她爱听我那句话,她亲自对我说的。啊,一辈子没有像那天晚上那么痛快过!我每次算分的时候,老是加上一个尾巴;她算分的时候,就表示默认我的意思,数起牌来也和我一样。我哪怕是说一声"再加两分",也要添上一句:"你长得多漂亮!"于是她就说:"十五点得两分,再十五点得四分,又一个十五点得六分,再来一对得八分,又加八分就是十六分——你真有这个感觉吗?"——她从眼睫毛下面瞟着我,你明白吗,真漂亮,真可爱。啊,那实在是妙不可言!

  可是我对她非常老实,非常诚恳。我告诉她说,我根本是一文不名,只有她听见大家说得非常热闹的那张一百万镑的钞票,而那张钞票又不是我的。这可引起了她的好奇心,于是我低声地讲下去,把全部经过从头到尾给她说了一遍,这差点儿把她笑死了。究竟她觉得有什么好笑的,我简直猜不透,可是她就老是那么笑。每过半分钟,总有某一点新的情节逗得她发笑,我就不得不停住一分半钟,好让她有机会平静下来。啊,她简直笑成残废了——真的,我从来没有见过这

---

① Dribbage 的译音,这是一种纸牌游戏。打这种牌时,用计分板计分,板上有两排小孔,用木钉插入小孔计分;插到外面一排的顶上之后,接着应由里面一排的底下往上插。

种笑法。我是说从来没有见过一个痛苦的故事——一个人的不幸、焦虑和恐惧的故事——竟会产生那样的反应。我发现她在没有什么事情可高兴的时候,居然这么高兴,因此就更加爱她了。你懂吗,照当时的情况看来,我也许不久就需要这么一位妻子哩。当然,我告诉了她,我们还得等两年,要等我的薪金还清了债之后才行;可是她对这点并不介意,她只希望我在花钱方面越小心越好,千万不要开支太多,丝毫也不能使我们第三年的薪金有受到侵害的危险。然后她又开始感到有点着急,怀疑我们是否估计错误,把第一年的薪金估计得高过我所能得到的。这倒确实很有道理,不免使我的信心减退了一些,心里不像从前那么有把握了;可是这使我想起了一个很好的主意,我就把它坦白地说了出来。

"波霞,亲爱的,到那一天我去见那两位先生的时候,你愿意陪我一道去吗?"

她稍微有点畏缩,可是她说:

"可——是——可——以,只要我陪你去能够给你壮壮胆。不过——那究竟合适不合适呢,你觉得?"

"嗯,我也不知道究竟合适不合适,——事实上,我恐怕那确实不大好;可是你要知道,你去与不去,关系是很大的,所以……"

"那么我就决定去吧,不管它合适不合适,"她流露出一股可爱和豪爽的热情,说道。"啊,我一想到我也能对你有帮助,真是高兴极了!"

"你说有帮助吗,亲爱的?啊,那是完全仗着你呀。像你这么漂亮、这么可爱、这么迷人的姑娘陪我一道去,我简直可以把薪金的要求抬得很高很高,准叫那两个好老头儿破了产还不好意思拒绝哩。"

哈!你真该看到她那通红的血色涨到脸上来,那双快活的眼睛里发着闪光的神情啊!

"你这专会捧人的调皮鬼!你说的一句老实话也没有,不过我还是陪你去。也许可以给你一个教训,叫你别指望人家也用你的眼光来看人。"

我的疑团是否消除了呢?我的信心是否恢复了呢?你可以拿这个事实来判断:我马上就暗自把第一年的薪金提高到一千二百镑了。可是我没有告诉她,我留下这一着儿,好叫她大吃一惊。

一路回家的时候,我就像腾云驾雾一般,赫斯丁说个不停,我却一个字也没有听见。他和我走进我的会客室的时候,便很热烈地赞赏我那些各色各样的舒适陈设和奢侈用品,这才使我清醒过来。

"让我在这儿站一会儿,我要看个够。好家伙!这简直是皇宫——地道的皇宫!这里面一个人所能希望得到的,真是应有尽有,包括惬意的煤炉,还有晚餐也预备好了。亨利,这不仅叫我明白你有多么阔气,还叫我深入骨髓地看透我自己穷到了什么地步——我多么穷,多么倒霉,多么泄气,多么走投无路、一败涂地!"

真该死!这些话叫我直打冷战。他这么一说,把我吓得一下子醒过来,我恍然大悟,知道自己站在一块半英寸厚的地壳上,脚底下就是一座火山的喷火口。我原来根本就不知道自己是在做大梦——这就是说,刚才我不曾让自己明了这种情形。可是现在——哎呀哈!债台高筑,一文不名,一个可爱的姑娘的命运,是福是祸,关键在我手里,而我的前途却很渺茫,只有一份薪金,还说不定能否——啊,简直是绝不可能——实现!啊,啊,啊!我简直是完了,毫无希望!毫无挽救的办法!

"亨利,你每天的收入,只要你毫不在意地漏掉一点一滴,就可以……"

"啊,我每天的收入!来,喝下这杯热威士忌,把精神振作一下吧。我和你干这一杯!啊,不行——你饿了;坐下来,请……"

"我一点也吃不下,我不知道饿了。这些天来,我简直不能吃东西;可是我愿意陪你喝酒,一直喝到醉倒。来吧!"

"酒鬼对酒鬼,我一定奉陪!准备好了吗?我们就开始吧!好,劳埃德,现在趁我调酒的时候,你把你的故事讲一讲吧。"

"我的故事？怎么，再讲一遍？"

"再讲？你这是什么意思？"

"噢，我是说你还要再听一遍吗？"

"我还要再听一遍？这可叫我莫名其妙哩。等一等，你别再喝这种酒了吧。你喝了不相宜。"

"怎么的，亨利？你把我吓坏了。我到这儿来的时候，不是在路上把整个故事都给你讲过了吗？"

"你？"

"是呀，我。"

"真糟糕，我连一个字也没听见。"

"亨利，这可是桩严重的事情。真叫我难受。你在公使那儿干什么来着？"

这下子我才恍然大悟，于是我就爽爽快快地说了实话。

"我把世界上最可爱的姑娘——俘虏到手了！"

于是他一下子跑过来，我们就互相握手，拼命地握了又握，把手都握痛了。我们走了三英里路，一路上他一直在讲他的故事，我却一个字都没有听见，他也并不见怪。他本是个有耐心的老好人，现在他乖乖地坐下，又从头到尾讲了一遍。概括起来，他的经历大致是这样：他抱着很大的希望来到英国，原以为自己有了一个难得的发财机会。他获得了"揽售权"，替高尔德和寇利扩展矿山计划的"勘测者"们出卖开采权，售价超出一百万元的部分都归他得。他曾极力推进，凡是他所知道的线索，他都没有放过，一切正当的办法他都试过了，他所有的钱差不多已经花得精光，可是始终不曾找到一个资本家相信他的宣传，而他的"揽售权"在这个月底就要满期了。总而言之，他垮台了。后来他忽然跳起来，大声喊道：

"亨利，你能挽救我！你能挽救我，而且你是世界上唯一能挽救我的人。你肯帮忙吗？你干不干？"

"你说怎么办吧。干脆说，伙计。"

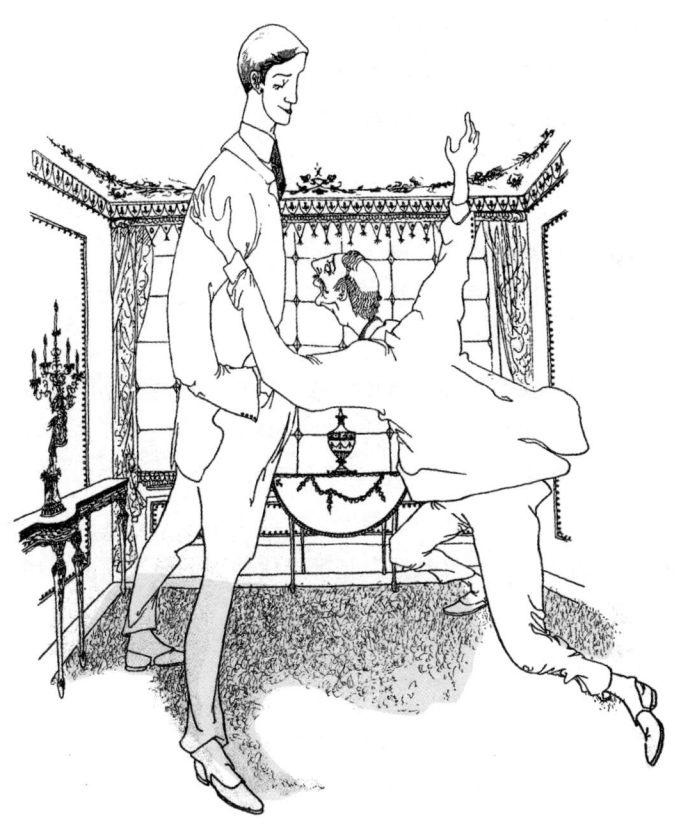

"给我一百万和我回家的旅费,我把'揽售权'转让给你!你可别拒绝,千万要答应我!"

我当时觉得很苦恼。我几乎脱口而出地想这么说:"劳埃德,我自己也是个穷光蛋呀——确实是一文不名,而且还负了债!"可是我突然灵机一动,计上心来,我拼命咬紧牙关,极力镇定下来,直到我变得像个资本家那么冷静。然后我以生意经的沉着态度说道:

"我一定救你一手,劳埃德——"

"那么我就等于已经得救了!老天爷永远保佑你!只要我有一天……"

"让我说完吧,劳埃德。我决定帮你的忙,可不是那个帮法,因为你拼命干了一场,还冒了那么多风险,那个办法对你是不公道的。我并不需要买矿山,我可以让我的资本在伦敦这么个商业中心周转,无须搞那种事业。我在这儿就经常是这么活动的。现在我有这么一个办法。那个矿山我当然知道得很清楚,我知道它的了不起的价值,随便谁叫我赌个咒我都干。你尽管用我的名义去兜揽,在两星期之内就可以作价三百万现款卖掉,赚的钱我们俩对半分好了。"

你知道吗,要不是我把他绊倒,拿绳子把他捆起来的话,他在一阵狂喜中乱蹦乱跳,简直会把家具都弄成柴火,我那儿的一切东西都会叫他捣毁了。

于是他非常快活地躺在那儿,说道:

"我可以用你的名义!你的名义——好家伙!嘿,他们会一窝蜂跑来,这些伦敦的阔佬们,他们会抢购这份股权!我已经成功了,永远成功了,我一辈子也忘不了你!"

还不到二十四小时的光景,伦敦就热闹开了!我一天天都终日无所事事,只坐在家里,对探询的来客们说:

"不错,是我叫他要你们来问我的。我知道这个人,也知道这个矿。他的人格是无可非议的,那个矿的价值比他所要求的还高得多。"

同时我每天晚上都在公使家里陪波霞玩。关于矿山的事，我对她只字不提，故意留着叫她大吃一惊。我们只谈薪金，除了薪金和爱情之外，绝口不谈别的；有时候谈爱情，有时候谈薪金，有时候连爱情带薪金一起谈。啊！公使的太太和小姐对我们的事情多么关怀，她们千方百计不叫我们受到打搅，并且让公使老闷在葫芦里，丝毫不知道这个秘密，真是煞费苦心——她们这样对待我们，真是了不起！

后来到了那个月末尾，我已经在伦敦银行立了一百万元的存折，赫斯丁也有了那么多存款。我穿上最讲究的衣服，乘着车子从波特兰路那所房子门前经过，从一切情况判断，知道我那两个角色又回来了。于是我就到公使家里去接我的宝贝，再和她一道往回转，一路拼命地谈着薪金的事。她非常兴奋和着急，这种神情简直使她漂亮得要命。我说：

"亲爱的，凭你这个漂亮的模样儿，要是我提出薪金的要求，比每年三千镑少要一个钱都是罪过。"

"亨利，亨利，你别把我们毁了吧！"

"你可别担心。你只要保持那副神情就行了，一切有我。准会万事如意。"

结果是，一路上我还不得不给她打气。她老是劝我不要太大胆，她说：

"啊，请你记住，我们要是要求得太多，那就说不定根本得不到什么薪金；结果我们弄得走投无路，无法谋生，那会遭到什么结局呢？"

又是那个仆人把我们引了进去，果然那两位老先生都在家。他们看见那个"仙女"和我一道，当然非常惊奇，可是我说：

"这没有什么，先生们，她是我未来的伴侣和内助。"

于是我把她介绍给他们，并且直呼他们的名字。这并不使他们吃惊，因为他们知道我会查姓名住址簿。他们让我们坐下，对我很客气，并且很热心地使她解除局促不安的感觉，尽力叫她感到自在。然后我说：

"先生们，我现在准备报告了。"

"我们很高兴听，"我那位先生说，"因为现在我们可以判断我哥哥亚培尔和我打的赌谁胜谁负了。你要是给我赢了，就可以得到我的委任权以内的任何职位。那张一百万镑的钞票还在吗？"

"在这儿，先生。"我马上就把它交给他。

"我赢了！"他叫喊起来，同时在亚培尔背上拍了一下，"现在你怎么说呢，哥哥？"

"我说他的确是熬过来了，我输了两万镑。我本来是绝不会相信的。"

"另外我还有些事情要报告，"我说，"话可长得很。请你们让我随后再来，把我这整个月里的经过详细地说一遍，我担保那是值得一听的。现在请你们看看这个。"

"啊，怎么！二十万镑的存单。那是你的吗？"

"是我的。这是我把您借给我的那笔小小的款子适当地运用了三十天赚来的。我只不过拿它去买过一些小东西，叫人家找钱。"

"哈，这真是了不起！简直不可思议，伙计！"

"算不了什么，我以后可以说明原委。可别把我的话当作无稽之谈。"

可是现在轮到波霞吃惊了。她的眼睛睁得大大的，说道：

"亨利，那难道真是你的钱吗？你是不是在对我撒谎呢？"

"亲爱的，一点不错，我是撒了谎。可是你会原谅我，我知道。"

她把嘴噘成个半圆形，说道：

"可别自以为太有把握了。你真是个淘气鬼——居然这么骗我！"

"哦，你回头就会把它忘了，宝贝，你回头就会把它忘了。这不过是开开玩笑，你明白吧。好，我们走吧。"

"等一会，等一会！还有那个职位呢，你记得吧。我要给你一个职位。"我那位先生说。

"啊,我真是感激不尽,"我说,"可是我现在实在不打算要一个职位了。"

"在我的委任权之内,你可以挑一个最好最好的职位。"

"多谢多谢,我从心坎里谢谢您,可是我连那么一个职位都不想要了。"

"亨利,我真替你难为情。你简直一点也不领这位老好先生的情。我替你谢谢他好吗?"

"亲爱的,当然可以,只要你能谢得更好。且看你试试你的本领吧。"

她向我那位先生走过去,坐到他怀里,伸出胳膊抱住他的脖子,对准了他的嘴唇亲吻。于是那两位老先生哈哈大笑起来,可是我却莫名其妙,简直可以说是吓呆了。波霞说:

"爸爸,他说在你的委任权之内无论什么职位他都不想要,我觉得非常委屈,就像是……"

"我的宝贝,原来他是你的爸爸呀!"

"是的,他是我的继父,世界上从来没有过的最亲爱的爸爸。那天在公使家里,你不知道我的家庭关系,对我谈起爸爸和亚培尔伯伯的把戏如何使你烦恼和着急的时候,我为什么听了居然会笑起来,现在你总该明白了吧?"

这下子我当然就把老实话说出来,不再开玩笑了,于是我就开门见山地说:

"哦,我最亲爱的先生,我现在要收回刚才那句话。您果然是有一个职位要找人担任,而这正合我的要求。"

"你说是什么吧。"

"女婿。"

"好了,好了,好了!可是你要知道,你既然从来没有干过这个差事,那你当然就没有什么特长,可以符合我们合同的条件,所以……"

175

"让我试一试吧——啊，千万答应我，我求您！只要让我试三四十年就行，如果……"

"啊，好吧，就这么办。你要求的只是一桩小事情，叫她跟你去吧。"

快活吗，我们俩？翻遍整本大辞典也找不出一个字眼来形容它。一两天之后，伦敦的人们知道了我在那一个月之中拿那张一百万镑的钞票所干的种种事情以及最后的结局，大家是否大谈特谈，非常开心呢？是的。

我的波霞的父亲把那张帮人忙的、豪爽的钞票拿回英格兰银行去兑了现。银行随后注销了那张钞票，并当作礼物送给他，他又在我们举行婚礼时转赠给我们。从此以后这张钞票就给配了镜框，一直挂在我们家里最神圣的地方，因为它给我招来了我的波霞。要不是有了它，我就不可能留在伦敦，不会在公使家里露面，也根本就不会和她相会。所以我常常说："不错，那分明是一张一百万镑的钞票，不容置疑，可是它流通以来只用过一次，而这一次我只不过花了十分之一的价钱就把它弄到手了。"

张友松　译

狗的自述

一

我的父亲是个"圣伯尔纳种",我的母亲是个"柯利种",可是我是个"长老会教友"。我母亲是这样跟我说的。这些微妙的区别我自己并不知道。在我看起来,这些名称都不过是些派头十足可是毫无意义的字眼。我母亲很爱这一套。她喜欢说这些,还喜欢看到别的狗显出惊讶和忌妒的神情,好像在惊讶她为什么受过这么多教育似的。可是这其实并不是什么真正的教育,不过是故意卖弄罢了:她是在吃饭的屋子里和会客室里有人谈话的时候在旁边听,又和孩子们到主日学校去,在那儿听,才把这些名词学会的。每逢她听到了一些深奥的字眼,她就翻来覆去地背好几遍,所以她能把它们记住,等后来在附近一带开起讲学问的会来,她就把它们搬出来唬人,叫别的狗通通吃一惊,而且不好受,从小狗儿一直到猛狗都让她唬住了,这就使她没有枉费那一番心血。要是有外人,他差不多一定要怀疑起来,他在大吃一惊、喘过气来之后,就要问她那是什么意思。她每次都答复人家。这是他决没有料得到的,原来他以为可以把她难住;所以她给他解释之后,他反而显得很难为情,虽然他原来还以为难为情的会是她。其他的狗都等着这个结局,而且很高兴,很替她得意,因为他们都有过经验,早知道结局会是怎样。她把一串深奥字眼的意思告诉人家的时候,大家都羡慕得要命,随便哪只狗也不会想到怀疑这个解释究竟对不对。这也是很自然的,因为第一呢,她回答得非常快,就好像是字典说起话来了似的,还有呢,他们上哪儿去弄得清楚这究竟对不对呀?因为有教养的狗就只有她一个。后来我长大一些的时候,有一次她把"缺乏智力"这几个字记熟了,并且在整整一个星期里的各种集会上拼命地卖弄,使人很难受、很丧气。就是那一次,我发现在那一个星期之内,她在八个不同的集会上被人问到这几个字的意思,每次她都冲口而出一个新的解释,这就使我看出了她与其说是有学问,还不如说是沉得住气,不过我当然并没有说什么。她有一个名词经常现成地挂在嘴上,像个救命圈似的,用来应付紧急关头,有时候猛不提防她有了被冲下船去的危险,她就把它套在身上——那就是"同义词"这个名词。当她碰巧搬出几个星期以前卖弄过的一串深奥的字眼来,可是她把原来准备的解释忘到九霄云外去了的时候,要是有个生客在场,那当然就要被她弄得头昏眼花,过一两分钟之后才清醒过来,这时候她可是掉转了方向,又顺着风往另外一段路程上飘出去了,料不到会有什么问题,所以客人忽然招呼她,请她解释解释的时候,我就看得出她的帆篷松了一会儿劲(我是唯一明白她那套把戏的底细的狗)——可是那也只耽搁了一会儿——然后马上就鼓起了风,鼓得满满的,她就像夏天那样平静地说道,"那是'额外工作'的同义词",或是说出与此类似的吓坏人的一长串字,说罢就逍遥自在地走开,轻飘飘地又赶另一段路程去了。她简直是非常称心如意,你知道吧,她把那位生客摔在那儿,显得土头土脑、狼狈不堪,那些内行就一致把尾巴在地板上敲,他们脸上也改变了神情,显出一副欢天喜地的样子。

  关于成语也是一样。要是有什么特别好听的成语,她就带回一整句来,卖弄六个晚上、两个白天,每次都用一种新的说法解释它——她也不得不这么办,因为她所注意的只是那句成语;至于那是什么意思,她可不大在乎,而且她也知道那些狗反正没有什么脑筋,抓不着她的错。咳,她才真是个了不起的角色哩!她这一套弄得非常拿手,所以她一点也不担心,她对于那些糊涂虫的无知无识,是有十分把握的。她甚至还把她听到这家人和吃饭的客人说得哈哈大笑的小故事也记住一些;可是照例她老是把一个笑话里面的精彩地方胡凑到另外一个里面去,而且当然是凑得并不合适,简直莫名其妙;她说到这种地方的时候,就倒在地板上打滚,大笑大叫,就像发了疯似的,可是我看得出她自己也不明白为什么她说的并不像她当初听见人家说的时候那么有趣。不过这并不要紧;别的狗也都打起滚来,并且汪汪大叫,个个心里都暗自为了没有听懂而害臊,根本就不会猜想到过错不在他们,而是谁也看不出这里面的毛病。

从这些事情,你可以知道她是个相当爱面子和不老实的角色;可是她还是有些长处,我觉得那是足以与她的缺点相抵的。她的心眼儿很好,态度也很文雅,人家有什么对不住她的事,她从来就不记恨,老是随随便便不把它放在心上,一下子就忘了;她还教她的孩子们学她那种好脾气,我们还从她那儿学会了在危急的时候表现得勇敢和敏捷,绝不逃跑,无论是朋友或是生人遭到了危险,我们都要大胆地承担下来,尽力帮助人家,根本不考虑自己要付出多大的代价。而且她教我们还不是光凭嘴说,而是自己做出榜样来,这是最好的办法,最有把握,最经得起考验。啊,她干的那些勇敢的事和漂亮的事可真了不起!她真能算是一个勇士;而且她还非常谦虚——总而言之,你不能不佩服她,你也不能不学她;哪怕是一只"查理士王种"的长耳狗和她在一起,也不能老是完全瞧不起她。所以,您也知道,她除了有教养而外,还是有些别的长处哩。

二

后来我长大了的时候,我就被人卖了,让别人带走,从此以后就再也没有看见过她了。她很伤心,我也是一样,我们俩都哭了;可是她极力安慰我,说是我们生到这个世界上来是为了一个聪明和高尚的目的,必须好好地尽我们的责任,绝不要发牢骚,我们碰到什么日子就过什么日子,要尽量顾到别人的利益,不管结果怎样,那不是归我们管的事情。她说凡是喜欢这么办的人将来在另外一个世界里一定会得到光荣和漂亮的报酬,我们禽兽虽然不到那儿去,可是规规矩矩过日子,多做些好事情,不图报酬,还是可以使我们短短的生命很体面和有价值,这本身就可以算是一种报酬。这些道理是她和孩子们到主日学校去的时候偶尔听到的,她很用心地通通记在心里,比她记那些字和成语都更加认真;而且她还下了很深的功夫研究过这些道理,为的是对她自己和对我们都有好处。你可以从这儿看得出她脑子里虽然有些轻浮和虚荣的成分,究竟还是聪明和肯用心思的。

于是我们就互相告别,含着眼泪彼此最后看了一眼。她最后嘱咐我的一句话——我想她是特意留在最后说的,好叫我记得清楚一些——是这样的:"为了纪念我,如果别人遇到危险的时候,你就不要想到自己,你要想到你的母亲,照她的办法行事。"

你想我会忘记这句话吗?不会的。

三

那真是个有趣的家呀!——我那新的家。房子又好又大,还有许多图画和精巧的装饰、讲究的家具,根本没有阴暗的地方,处处美丽的色彩都被充分的阳光照得鲜亮;周围还有很宽敞的空地,还有个大花园——啊,那一大片草坪,那些高大的树,那些花,说不完!我在那儿就好像是这一家人里面的一分子,他们都爱我,把我当成宝贝,而且并没有给我取个新名字,还是用我原来的名字叫我,这个名字是我母亲给我取的——爱莲·麦弗宁——所以我觉得它特别亲切。她是从一首歌里找出来的。格莱夫妇也知道这首歌,他们说这个名字很漂亮。

格莱太太有三十岁，她非常漂亮、非常可爱，那样子你简直想象不出；莎第十岁，正像她妈妈一样，简直是照她的模样做出来的一份娇小可爱的仿制品，背上垂着赭色的辫子，身上穿着短短的上衣；娃娃才一周岁，长得胖胖的，脸上有酒窝，他很喜欢我，老爱拉我的尾巴，抱我，并且还哈哈大笑地表示他那天真烂漫的快乐，简直没有个够；格莱先生三十八岁，高个子，细长身材，长得很漂亮：头前面有点秃，人很机警，动作灵活，一本正经，办事迅速果断，不感情用事，他那副收拾得整整齐齐的脸简直就像是闪耀着冷冰冰的智慧的光！他是一位有名的科学家。我不知道科学家是什么意思，可是我母亲一定知道这个名词怎么用法，知道怎么去卖弄它，叫别人佩服。她会知道怎么去拿它叫一只捉耗子的小狗听了垂头丧气，把一只哈巴狗吓得后悔它不该来。可是这个名词还不是最好的，最好的名词是实验室。要有一个实验室肯把所有的狗脖子上拴着缴税牌的颈圈都取下来，我母亲就可以组织一个托拉斯来办这么一个实验室。实验室并不是一本书，也不是一张图画，也不是洗手的地方——大学校长的狗说是这么回事，可是不对，那叫作盥洗室；实验室是大有区别的，那里面搁满了罐子、瓶子、电器、五金丝和稀奇古怪的机器；每个星期都有别的科学家到那儿来，坐在那地方，用那些机器，大家还讨论，还做他们所谓什么试验和发现；我也常常到那儿来，站在旁边听，很想学点东西，为了我母亲，为了好好地纪念她，虽然这对我是件痛苦的事，因为我体会到她一辈子耗费了多少精神，而我可一点也学不到什么；无论我怎么努力，我听来听去，根本就一点也听不出所以然来。

平时我躺在女主人工作室的地板上睡觉，她温柔地把我用来当作一只垫脚凳，知道这是使我高兴的，因为这也是一种抚爱；有时候我在育儿室里待上个把钟头，让孩子们把我的头发弄得乱蓬蓬的，使我很快活；有时候娃娃睡着了，保姆为了娃娃的事情出去几分钟，我就在娃娃的小床旁边看守一会儿；有时候我在空地上和花园里跟莎第乱跳乱跑一阵，一直玩到我们都筋疲力尽，然后我就在树荫底下的草地上舒舒服服地睡觉,同时她在那儿看书;有时候我到邻居的狗那儿去拜访拜访他们——因为有几只非常好玩的狗离我们不远,其中有一只很漂亮、很客气、很文雅的狗,他是一只卷毛的"爱尔兰种"猎狗,名字叫作罗宾·阿代尔,他也和我一样,是个"长老会教友",他的主人是个当牧师的苏格兰人。

我们那个人家的仆人都对我很和气,而且很喜欢我,所以,你也看得出,我的生活是很愉快的。天下再不会有比我更快活、更知道感恩图报的狗了。我要给自己说这种话,因为这不过是说的事实:我极力循规蹈矩,多做正经事,不辜负我母亲的慈爱和教训,尽量换取我所得到的快乐。

不久我就生了小狗娃,这下子我的幸福可到了极点,我的快乐简直是齐天了。它是一个最可爱的小家伙,走起路来一摇一摆的,身上的毛长得又光滑、又柔软,就像天鹅绒似的,小脚爪长得非常特别、非常好玩,眼睛显得非常有感情,小脸儿天真活泼,非常可爱;我看见孩子们和他们的母亲把它爱得要命,拿它当个活宝贝,无论它做出一种什么绝妙的小动作,他们都要大声欢呼,这真使我非常得意。我好像觉得生活实在是太痛快了,一天到晚老是……

随后就到了冬天。有一天我在育儿室里担任守卫。这就是说,我在床上睡着了。娃娃也在小床上睡着了,小床和大床是并排的,在靠近壁炉那一边。这种小床上挂着一顶很高的罗纱尖顶帐子,里外都看得透。保姆出去了,只剩下我们这两个瞌睡虫。燃烧的柴火迸出了一颗火星,掉在帐子的斜面上。我猜这以后大概是过了一阵没有动静,然后娃娃才大叫一声,把我惊醒过来,这时候帐子已经烧着了,直向天花板上冒火焰!我还没有来得及想一想,就吓得跳到地下来,一秒钟之内就快要跑到门口了;可是在这后面的半秒钟里,我母亲临别的教训就在我耳朵里响起来了,于是我又回到床上。我把头伸进火焰里去,衔住娃娃的腰带把他拉出来,拖着他往外跑,我们俩在一片烟雾里跌倒在地下;我又换个地方把他衔着,拖着那尖叫的小家伙往外跑，一直跑出门口。跑过过道里拐弯的地方，还在不停地拖，我觉得非常兴奋、快活和得意，可是这时候主人的声音大嚷起来：

"快滚开，你这该死的畜生！"我就跳开来逃避，可是他快得出奇，一下就追上了我，拿他的手杖狠狠地打我，我这边躲一下，那边躲一下，吓得要命，后来很重的一棍打在我的前左腿上，打得我直叫唤，一下子倒在地下，不知怎么办；手杖又举起来要再打，可是没有打下来，因为保姆的声音拼命地嚷起来了："育儿室着火啦！"主人就往那边飞跑过去，这样我才保住了别的骨头。

真是痛得难受，不过没有关系，我一会儿也不能耽搁；他随时都可能回来；所以我应用三条腿一瘸一瘸地走到过道的那一头，那儿有一道漆黑的小楼梯，通到顶楼上去，我听说那上面放着一些旧箱子之类的东西，很少有人上那儿去。我勉强爬上楼，然后在黑暗中摸索着往前走，穿过一堆一堆的东西，钻到我所能找到的一个最秘密的地方藏起来。在那儿还害怕，真是太傻，可是我还是害怕；我简直怕得要命，只好拼命忍住，连小声叫唤都不敢叫一声，虽然叫唤叫唤是很舒服的，因为，您也知道，那可以解解痛。不过我可以舔一舔我的腿，这也是有点好处的。

楼下乱哄哄的，一直持续半个钟头的工夫，有人大声嚷，也有飞快跑的脚步声，然后又没有动静了。总算清静了几分钟，这对我的精神上是很安慰的，因为这时候我的恐惧心理渐渐平静下来了；恐惧比痛苦还难受哩——啊，难受得多。然后又听到一阵声音，把我吓得浑身发抖。他们在叫我——叫我的名字——还在找我哩！

这阵喊声因为离得远，不大听得清楚，可是这并没有消除那里面的恐怖成分，这是我从来没有听到过的最可怕的声音。楼下的喊声处处都跑到了：经过所有的过道，到过所有的房间，两层楼和底下那一层以及地窖通通跑遍了；然后又到外面，越跑越远——然后又跑回来，在整幢房子里再跑过一遍，我想大概是永远永远不会停止的。可是后来总归还是停止了，那时候顶楼上模模糊糊的光线早已被漆黑的暗影完全遮住，过了好几个钟头了。

然后在那可喜的清静之中，我的恐惧心理慢慢地消除了，我才安心睡了觉。我休息得很痛快，可是曚昽的光线还没有再出来的时候，我就醒了：我觉得相当舒服，这时候我可以想出一个主意来了。我的主意是很好的；那就是，走后面的楼梯悄悄地爬下去，藏在地窖的门背后，天亮的时候送冰的人一来，我就趁他进来把冰往冰箱里装的时候溜出去逃跑；然后我就整天藏着，到了晚上再往前走；我要到……唉，随便到什么地方吧，只要是人家不认识我，不会把我出卖给我的主人就行。这时候我几乎觉得很高兴了；随后我忽然想起：咳，要是丢掉了我的小仔仔，活下去还有什么意思呀！

这可叫人大失所望。简直没有办法；我明白这个情形；只好待在原来的地方；待下去，等待着，听天由命——那是不归我管的事情；生活就是这样——我母亲早就这样说过了。后来——唉，后来喊声又起来了。于是我一切的忧愁又回到心头。我心里想，主人是绝不会饶我的。我不知道究竟是干了什么事情，使他这么痛恨、这么不饶我，不过我猜那大概是狗所不能理解的什么事情，人总该看得清楚，反正是很糟糕的事吧。

他们老在叫了又叫——我好像觉得叫了好几天好几夜似的。时间拖得太久，我又饿又渴，简直难受得要发疯，我知道我已经很没有劲了。你到了这种情形的时候，就睡得很多，我也就大睡特睡起来。有一次我吓得要命地醒过来——我好像觉得喊声就在那顶楼里！果然是这样；那是莎第的声音，她一面还在哭；可怜的孩子，她嘴里叫出我的名字来，老是夹杂着哭声，后来我听见她说：

"回我们这儿来吧——啊，回我们这儿来吧，别生气——你不回来，我们真是太……"这使我非常高兴，简直不敢相信自己的耳朵。

我感激得什么似的，突然汪汪地叫了一声，莎第马上就从黑暗中和废物堆里一颠一颠地钻出去，大声嚷着让她家里的人听见，"找到她啦，找到她啦！"

以后的那些日子——哈，那才真是了不得哩。莎第和她母亲和仆人们——咳，他们简直就像是崇拜我呀。他们似乎是无论给我铺一个多好的床，也嫌不够讲究；至于吃的东西呢，他们不给我弄些还不到时令的稀罕野味和讲究的食品，就觉得不满意；每天都有朋友和邻居们成群地到这儿来听他们说我的"英勇行为"——这是他们给我所干的那桩事情取的名称，意思就和"农业"一样。我记得有一次我母亲把这个名词带到一个狗窝里去卖弄，她就是这么解释的，可是她没有说"农业"是怎么回事，只说那和"壁间热"是同义词。格莱太太和莎第给新来的客人说这个故事，每天要说十几遍，她们说我冒了性命的危险救了娃娃的命，我们俩都有火伤可以证明，于是客人们就抱着我一个一个地传过去，把我摸一摸、拍一拍，大声称赞我，您可以看得出莎第和她母亲的眼睛里那种得意的神情；人家要是问起我为什么瘸了腿，她们就显得不好意思，赶快转换话题，有时候人家把这桩事情问来问去，老不放松她们，我就觉得她们简直好像是要哭似的。

这还不是全部的光荣哩；不，主人的朋友们来了，整整二十个最出色的人物，他们把我带到实验室里，大家讨论我，好像我是一种新发现的东西似的；其中有几个人说一只畜生居然有这种表现真是了不起，他们说这是他们所能想得起的最妙的本能的表现；可是主人劲头十足地说："这比本能高得多；这是理智，有许多人虽然是因为有了理智，可以得天主的拯救，和你我一同升天，可是他们的理智还不及命中注定不能升天的小畜生这么个可怜的傻东西哩。"他说罢就大笑起来，然后又说："咳，你看看我吧——我真是可笑！好家伙，我有了那么了不起的聪明才智，可是我所推想得到的不过是认为这只狗发了疯，要把孩子弄死，其实要不是这个小家伙的智力——这是理智，实在的！——要是没有它的理智，那孩子早就完蛋啦！"

他们翻来覆去地争论，我就是争论的中心和主题，我希望我母亲能够知道我已经得到了这种了不起的荣誉；那一定会使她很得意的。

然后他们又讨论光学，这也是他们取的名词，他们讨论到脑子受了某种伤是不是会把眼睛弄瞎这个问题，可是大家的意见不一致，他们就说一定要用实验来证明才行;其次他们又谈到植物,这使我很感兴趣,因为莎第和我在夏天种过一些种子——你要知道,我还帮她挖了些坑哩——过了许多天,就有一棵小树或是一朵花长出来,真不知怎么会有这种事情;可是竟有这么回事,我很希望我能说话——那我就要把这个告诉那些人,让他们看看我懂得多少事情,我对这个问题一定会兴头很大;可是我对于光学并不感兴趣;这玩意儿怪没有意思,后来他们又谈到这上面的时候,我就觉得很讨厌,所以就睡着了。

不久就到了春天,天气很晴朗,又爽快,又可爱,那位漂亮的母亲和她的孩子们拍拍我和小狗娃,跟我们告别,他们出远门到亲戚家去了。男主人没有工夫陪我们,可是我们俩在一起玩,日子还是过得很痛快,仆人们都很和气,和我们很要好,所以我们一直都很快活,老是计算着日子,等着女主人和孩子们回来。

后来有一天,那些人又来了,他们说,现在要实验,于是他们就把狗娃带到实验室里去,我也就用三条腿瘸着走过去,心里觉得很得意,因为人家看得起小狗娃当然是使我高兴的事。他们讨论一阵之后就开始实验了,后来小狗娃忽然惨叫了一声,他们把它放在地下,它就一歪一倒地乱转,满头都是血,主人拍着手大声嚷道:

"你看,我赢啦——果然不错吧!他简直瞎得什么也看不见啦!"

他们大家都说:

"果然是这样——你证明你的理论了,从今以后,受苦的人类应该感谢你的大功劳。"他们把他包围起来,热烈地和他握手,表示感谢,并且还称赞他。

可是这些话我差不多都没有听见,因为我马上就往我的小宝贝那儿跑过去,到它所在的地方和它挨得紧紧的,舐着它的血,它把它的头靠着我的头,小声地哀叫着,我心里很明白,它虽然看不见我,可是在它那一阵痛苦和烦恼之中,能够感觉到它的母亲在挨着它,那对它也还是一种安慰。随后不久它就倒下去了,它那柔软的鼻子放在地板上，它安安静静的，再也不动了。

　　一会儿主人停止了讨论，按按铃把仆人叫进来，吩咐他说："把它埋在花园里远远的那个犄角里。"说罢又继续讨论，我就跟在仆人后面赶快走，心里很痛快、很轻松，因为我知道小狗娃这时候已经睡着了，所以就不痛了。我们一直走到花园里最远的那一头，那是孩子们和保姆跟小狗娃和我夏天常在大榆树的树荫底下玩的地方，仆人就在那儿挖了一个坑，我看见他打算把小狗娃栽在地下，心里很高兴，因为它会长出来，长成一个很好玩、很漂亮的狗，就像罗宾·阿代尔那样，等女主人和孩子们回家来的时候，还要妙不可言地叫他们喜出望外；所以我就帮他挖，可是我那只瘸腿是僵的，不中用，您知道吧，您得使两条腿才行，要不然就没有用。仆人挖好了坑，把小罗宾埋起来之后，就拍拍我的头，他眼睛里含着泪，说道：

　　"可怜的小狗儿，你可救过他的娃娃的命哪。"

　　我已经守了整整两个星期，可是他并没有长出来！后一个星期里，有一种恐惧不知不觉地钻到我心里来了。我觉得这事情有些可怕。我也不知道究竟是怎么回事，可是这种恐惧叫我心里发毛，仆人们尽管拿些最好的东西给我吃，可是我吃不下；他们很心疼地抚爱我，甚至晚上还过来，哭着说："可怜的小狗儿——千万不要再守在这儿，回家去吧，可别叫我们心都碎啦！"这些话更把我吓坏了，我准知道是出了什么毛病。我简直没有劲了，从昨天起，我再也站不起来了。最后这个钟头里，仆人们望着正在落山的太阳，夜里的寒气正在开始，他们说了一些话，我都听不懂，可是他们的话有一股使我心里发冷的味道。

　　"那几个可怜的人啊！他们可不会想到这个。明天早上他们就要回家来，一定会关心地问起这个干过勇敢事情的狗儿，那时候我们几个谁有那么硬的心肠，能把事实告诉他们呢：'这位无足轻重的小朋友到了那不能升天的畜生们所去的地方去啦。'"

张友松　译

三万元的遗产

一

湖滨镇是一个有五六千居民的可爱的小市镇，照西部边远地区的市镇标准来说，还算是相当漂亮的。这个镇上的教堂很多，足够容纳三万五千人，西部边区和南部的市镇都是这样。那儿的人个个都信教，新教的每个教派都有它的信徒，而且各有自己的设备。湖滨镇的人是没有等级观念的——反正人们都不承认有这种观念；人人都相识，连别人的狗都认得，到处弥漫着亲善友好的气氛。

赛拉丁·福斯特是镇上最大的商店的簿记员，在湖滨镇干他这一行的人中，他是唯一领高薪的。他现年三十五岁，在那个商店里服务已经有十四年了。他新婚的时候年薪只有四百元，后来他的待遇逐步提高，每年加一百元，连续加了四年；从那以后，他的工资就始终保持着八百元——这个数字实在是可观的，人人都承认他应得这样的报酬。

他的妻子爱勒克特拉是个能干的内助，不过她也像他一样，很爱幻想，并且还喜欢悄悄地看看小说。她结婚之后——当时她只有十九岁，还有些孩子气——头一桩事情就是在这个市镇的边上买了一英亩地，用现款付清了地价——二十五元，那是她的全部财产。赛拉丁的存款比她还少十五元。她在那儿经营了一个菜园，租给一个住得最近的邻居种，作为合伙，她每年从这个菜园获得对半的利润。她从赛拉丁第一年的工资里提出三十元来，存在储蓄银行里，第二年存了六十元，第三年一百元，第四年一百五十元。这时候他的工资涨到了八百元一年，同时他们已经有了两个孩子，开支增加了，可是尽管如此，她从那以后还是从丈夫的薪金里每年存了二百元在银行里。在她婚后七年的时候，她便在她那一英亩地的菜园里盖了一所漂亮而舒适的房子，还置备了家具，一共花了两千元，先付了一半现款，全家就搬进去住上了。七年之后，她还清了债务，还剩下了几百元，用来投资生息。

她是靠地产涨价赚钱的，因为她早就另外买进了一两英亩地，大部分卖给一些愿意盖房子的人。那些人可以做她的好邻居，对她本人和她那人口渐多的家庭来说有友好往来和互相照顾的好处。她自己还靠某些稳妥可靠的投资，每年单独有一百元的收入。她的孩子们越长越大，而且越来越漂亮了。她成了一个心满意足、快快活活的女人。她因她的丈夫而快乐，也因她的孩子们而快乐，丈夫和孩子们也因她而快乐。这个故事就是从这个时候开始的。

年龄较小的女儿克莱腾内斯特拉——简称为克莱迪——十一岁了，她的姐姐格温多伦——简称为格温——十三岁了；她们是两个很乖的姑娘，长得相当标致。她们的名字表示她们的父母都有一种潜在的爱好传奇小说的色彩，父母的名字又表示那种色彩是继承下来的。这是个和睦的家庭，所以全家四口都有爱称。赛拉丁的爱称叫赛利，很奇特，看不出性别。爱勒克特拉的爱称是爱勒克，也是看不出性别的。赛利一天到晚勤勤恳恳地当一个好簿记员和售货员；爱勒克始终是一个贤妻良母，好好地操持家务，同时她还是个肯动脑筋、精打细算、熟悉生意经的女人。但是一到晚上，他们就在那间整洁而舒适的屋子里摆脱了熙熙攘攘的尘俗世界，沉醉在另一个美好的境界里，夫妻俩轮流读一读传奇小说，做一做大梦，在富丽堂皇的宫殿和阴森而古老的堡邸里那种热闹而豪华的气氛中，与国王和王子以及身份很高的贵族男女相亲近。

二

后来终于传来了一个了不起的消息！这个消息真是使人吃惊、使人欢喜啊。那是从邻近的一州传来的，这家人唯一的一个活着的亲属住在那里。他是赛利的本家——大概是个远房的伯父，也许是隔两三房的堂兄，名叫提尔贝利·福斯特，他是个独身老汉，已经七十岁了，据说家境相当富裕，性情也相当古怪和执拗。以前赛利曾经给他写过一封信，希望和他搭上关系，可是后来再也不干这种傻事了。现在提尔贝利却给赛利写信来，说他不久就会死了，打算把三万元现款的遗产给他。他说这并不是为了表示感情，而是因为他一生的晦气和懊恼多半都是由金钱而来的，现在他希望把这笔钱转让给一个适当的对象，使它继续干那害人的勾当，满足他的心愿。这笔遗产将在他的遗嘱里交代清楚，如数照付。但是有一个条件：赛利必须能向遗嘱执行人证明三件事：一是他没有在口头上或是书信里表示关心这笔遗产；二是他没有探听过这位将死的人向地狱前进的过程；三是他没有参加葬礼。

这封信引起了爱勒克剧烈的感情波动。她刚从这种兴奋的情绪中清醒了几分，立刻就写信到这位本家居住的地方去，订了一份当地的报纸。

夫妻两人订了一个庄严的契约，在这位本家还活着的时候，决不向任何人透露这个重大的消息，以免哪个糊涂蛋把这件事情说给临死的人听，并且加以歪曲，使他感觉到他们似乎是偏不听话，曾经对这笔遗产怀着感激的心情，而且还公然违反事先的禁止，承认这个事实，把它声张出去了。

在这一天其余的时间里，赛利记账记得一塌糊涂、错误百出，爱勒克也不能专心干她的事情，甚至拿起一个花盆或是一本书或是一根木头时,老是忘记自己打算干什么。因为他们两个都在想入非非了。

"三——万——元钱!"

从早到晚,这几个令人神往的字像美妙的音乐似的,在这两个人的脑子里响个不停。

自从结婚那一天起,爱勒克就把钱管得很紧,赛利从来没有机会在不必要的用途上浪费一个钱,他简直就不知道那是个什么滋味。

"三——万——元钱!"这个悦耳的声音始终响个不停。这是一笔绝大的巨款,不可思议的巨款。

从早到晚,爱勒克老在盘算着如何拿这笔钱投资,赛利老在考虑怎样把它花掉。

那天夜里,他们不读小说了。孩子们老早就走开了,因为她们的父母都不说话,显出心神不宁、毫无风趣的样子。她们亲吻父母、在临睡之前向他们道晚安的时候,所得的反应非常冷淡,仿佛她们是向空气亲吻似的。她们的父母根本没有察觉到她们的亲吻,孩子们离开了一个钟头之后,他们才注意到她们已经不在了。那一个钟头里,两支铅笔一直在忙个不停——各人拟订各人的计划。最后还是赛利首先打破了沉寂。他兴高采烈地说:

"啊,那可真是了不起,爱勒克!我们首先开支一千块钱,买一匹马和一辆轻便马车夏天用,买一架雪橇和一件皮子的膝围冬天用。"

爱勒克果断而沉着地回答说:

"动用本钱吗?那可不行。哪怕有一百万也不能动!"

赛利感到深深的失望,脸上的喜色消失了。

"啊,爱勒克!"他以责备的口气说,"我们一向都在拼命工作,日子过得很紧,现在既然阔起来了,似乎应该——"

他的话没有说完,因为他看见她的眼色变得柔和一些了,他的恳求触动了她的心。她以富有说服力的口气温柔地说:

"亲爱的,我们千万不能动用这笔本钱,那么做是不妥当的。拿这笔钱赚出来的钱,那倒可以——"

"那也行,那也行,爱勒克!你多么可爱、多么好心啊!这笔收入一定不少,只要我们能把它拿来花——"

"那也不能全部花掉,不能全部花掉,亲爱的,不过你可以花一部分。我是说,可以合理地花一部分。可是全部的本钱——每一个铜板——必须马上叫它生利,并且还要不断生利才行。你懂得这个道理吧,是不是?"

"噢,我——懂得。是呀,当然懂。可是我们得等很久呀,第一期结算利息就在六个月以后。"

"是的——也许还要久一点。"

"还要久一点呀,爱勒克?为什么?他们不是半年付一次利钱吗?"

"那种投资吗——是的,可是我不会采取那种投资方式。"

"那么,你打算怎么办?"

"要赚大钱。"

"赚大钱。那太好了。往下说吧,爱勒克。什么办法?"

"煤,新开的矿,烛煤。我打算投资一万元,买优先股。我们把公司成立起来之后,一股的钱就可以算作三股。"

"天哪,那可是好极了,爱勒克!那么,我们的股票就值——值多少?什么时候?"

"大概要一年。他们半年付一分息,总值是三万元。一切我都很清楚,这份辛辛那提的报纸上登着广告哩。"

"天哪,一万块钱变成三万——只要一年!我们把这笔钱整个儿投进去吧,那就可以有九万元到手了!我马上写信去认股——明天也许就太晚了。"

他往写字台那边飞跑,可是爱勒克制止了他,叫他回到椅子上坐下。她说:

"别这么发疯吧。我们非等钱到了手,决不能先去认股,这你难道不明白吗?"

赛利的劲头冷掉了一两度,可是他并没有完全平静下来。

"噢,爱勒克,钱反正是会到手的,你也知道——而且快得很。说不定他现在已经一命呜呼了;简直可以说,百分之百,他现在正在赶紧打扮,准备见阎王哩,噢,我估计——"

爱勒克打了个冷战,说道:

"你怎么说这种话呀,赛利!千万别这么说,这实在太不像话了。"

"啊,好吧,只要你愿意,那就让他戴上灵光升天堂吧,反正他怎么打扮、上哪儿去,都与我不相干,我不过随便说说罢了。难道你连说话都不许人家说吗?"

"可是你为什么偏要说那种吓死人的话呢?假如是你,尸体还没冷掉,人家就这么说你,那你高兴不高兴?"

"如果我最后干的一桩事情就是把钱送给别人,叫他遭殃,那我也许不高兴,但一会儿也就过去了。可是,爱勒克,先别管提尔贝利吧,我们还是谈谈现实的问题。我觉得我们最好是把那三万元全都投资到那个煤矿里。有什么不妥当吗?"

"那是把全部赌注押一个宝——不妥当的就在这一点。"

"既然你这么说,那就行了。其余那两万怎么办?你打算拿去怎么安排?"

"别着急,我在打定主意干什么之前,总得多方考虑一下才行。"

"好吧,你既然一定要那么办,我没意见。"赛利叹了一口气。他沉思了一会儿,然后说:

"一年以后,那一万元就可以得两万利润。这笔钱我们可以花,是不是,爱勒克?"

爱勒克摇摇头。

"不行,亲爱的,"她说,"非等我们领到头半年股息的时候,股票是不会涨价的。那笔钱你只能花一部分。"

"哎,只有这么一点儿——并且还得等整整一年!真见鬼,那我——"

"啊，千万要耐心点儿！说不定三个月之内就发股息了——这是完全有可能的。"

"啊，好极了！啊，谢天谢地！"赛利跳起来，满怀感激地亲吻他的妻子。"那就是三千元——整整的三千元呀！这笔钱我们可以花多少呢，爱勒克？大方一点吧——千万千万，亲爱的，好人儿。"

爱勒克高兴了，她因为太高兴，居然经不住丈夫的恳求，一口气答应了一个很大的数字——一千元——其实照她的想法，这简直是荒唐的浪费。赛利亲吻了她五六次，尽管这样，他还是不能表达他全部的快乐和谢意。这一阵重新迸发的感激和柔情使爱勒克大大地越出了谨慎的常轨，她还没有来得及约束自己，就另外答应了她的宝贝一笔钱——那笔遗产还剩下两万元，她打算在一年之内，拿它赚出五六万元来，现在她答应从这笔收入里再给他两千元。快乐的眼泪涌到赛利的眼眶里来了，他说：

"啊，我要搂着你才行！"于是他就这么做了。随后他拿起杂记本子来，开始核算第一次购置东西的钱数，这次所要买的是他希望尽早弄到手的那些享乐用品。"马——马车——雪橇——膝围——漆皮——狗——高筒礼帽——教堂里的专席——转柄表——镶新牙——嘿，爱勒克！"

"怎么？"

"老在计算，是不是？这就对了。你把那两万元投资出去了吗？"

"还没有，那用不着忙，我得先调查调查各方面的情况，再考虑一下。"

"可是你在计算呀，那是算的什么账？"

"噢，我得给煤矿上赚来的那三万元找出路，是不是？"

"天哪，多么灵活的脑筋！我根本就没想到这个。你算得怎么样了？算到什么时候了？"

"还不太远——两三年。我把它派了两次用场，一次做油生意，一次做麦子生意。"

"啊，爱勒克，这太妙了！总共赚了多少？"

"我想——噢，算得稳当一点，大约可以净赚十八万，也许还可以多一些。"

"哎呀呀！这岂不太妙？谢天谢地！我们拼命苦干了多年，终于交上好运了。爱勒克！"

"嗯？"

"我打算给教会捐整整三百元——我们还有什么道理怕花钱！"

"你这一着儿做得再漂亮不过了，亲爱的；你这毫无私心的人，这种举动正合你那慷慨的性格。"

这种赞扬使赛利高兴得不得了，可是他是个公公道道的人，所以他就说这番功德应该归爱勒克，不能算在他自己账上，因为如果不是她会经营，他根本就不会有这笔钱。

然后他们就上楼去睡觉，可是因为高兴得昏头昏脑，竟至忘记了熄掉蜡烛，让它在客厅里点着。他们脱了衣服之后才想起这桩事情。赛利主张让它点着算了，他说即令是值一千元，他们也不在乎。可是爱勒克还是下去把它吹熄了。

这一着儿倒是做得正好，因为她往回走的时候，又想出了一个好主意，趁着那十八万元还没有冷掉的时候，把它变成了五十万元。

三

爱勒克订阅的那份小报是每逢星期四出版的一种单张周刊，它要从提尔贝利那个村镇做五百英里的旅行，星期六才能到手。提尔贝利的信是星期五寄出的，这位施主的死期迟了一天多，没有来得及在那一星期的报纸上发表消息，可是他的死讯在下一期报纸上出现，那是有充分时间的。因此福斯特夫妇差不多还要整整地等一个星期，才能知道提尔贝利方面是否发生了令人满意的事情。这个星期实在太长、太长,叫人等得太着急了。这两口子如果不是心里想着一些高兴的事情,一定会受不了。我们在前面已经看出,他们的确是想着一些开心事的。女的不断地积累着一笔又一笔的财产,男的却在忙着把这些钱花掉——至少他的妻子所能容许他支配的钱,他是要花掉的。

  星期六终于来到了,他们收到了《萨格摩尔周刊》。当时有爱菲斯里·本奈特太太来访。她是长老会牧师的妻子,正在劝福斯特夫妇出一笔慈善捐款。这时候谈话突然中断了——在福斯特这方面。本奈特太太随即就发现男女主人根本没有听她说的话,于是她就站起来,又惊奇又气愤地走开了。她刚走出这所房子,爱勒克就迫不及待地把报纸外面包的纸撕开,她和赛利的两双眼睛立刻就扫视着广告栏。结果却大失所望!哪儿也没有提到提尔贝利。爱勒克从小是个基督教徒,宗教的心理和习惯的力量使她不得不做出一套照例的表示。她定一定心,以虔诚的态度装出百分之二百的愉快神情说道:

  "谢天谢地,上帝还没有把他收去哩,也许——"

  "这个老不死的家伙,我恨不得——"

  "赛利!不害羞吗?"

  "我不管那些!"愤怒的丈夫回嘴说,"你心里不也是这么想吗,如果你不是那么假仁假义地信教,那你也会老老实实地说这种话。"

  爱勒克的自尊心受了伤害,她说道:

  "我不知道你怎么居然说出这种无情无义和不公道的话来,信教哪有什么假仁假义的呀。"

  赛利感到很懊悔,但是他还想改变一下说话方式,用搪塞的方法自圆自说,借此掩饰他内心的不安——他以为只要改变改变方式,仍旧保留原来的内容,就可以把他所要和解的行家敷衍过去了。他说:

  "爱勒克,我的意思并不是那么坏,我并不是真的说假仁假义地信教,我只是说——只是说——呃,老一套的信教,你知道吧;呃——我是说,买卖人的信教——是说——是说——哎,你反正懂得我的意思。爱勒克——我是说——呃,比如说你把包金的东西摆出来，冒充真金的，你知道吧，那本不是有意骗人，不过是照生意经行事，这是自古以来的老规矩，天经地义的老习惯，这是忠于——忠于——他妈的我简直找不出适当的字眼，可是爱勒克，你反正懂得我的意思，也知道我没什么恶意。我再试一试，换个别的说法吧，你瞧，是这么的。如果有个人——"

"你的话已经说得很够了，"爱勒克冷淡地说道，"这个问题就别再谈了吧。"

"我当然愿意喽。"赛利擦擦额角上的汗，显出一副无法表达的感激神情，热烈地回答说。然后，他又沉吟着暗自辩解道："我当然是估计得很准——我明明知道——可是我收回了自己的赌注，没有赌赢。我打起赌来总有这个弱点。假如我坚持下来——可是我没有坚持。我老是做不到。我的见识还不够。"

他认定自己打了败仗，因此就老老实实、服服帖帖了。爱勒克用眼光对他表示了原谅。

他们最感兴趣、最关心的问题马上又占了上风，任何事情也不能一连几分钟把这个问题掩盖起来。他们夫妻俩又猜起报上没有登提尔贝利的死讯这个谜来了。他们东猜西想地谈论着，老是怀着几分希望，可是猜来猜去，终于还是回到老地方，承认报上没有登他去世的消息，唯一分明的原因一定是提尔贝利还没有死——毫无疑问。这事情实在有点令人懊丧，甚至还有点令人不平，可是事实明明是这样，也就只好耐心一点。这是他们一致的看法。在赛利看来，这似乎是特别不可思议的天意，他认为这是异乎寻常的不可思议的事情；事实上，他所想得起来的最不可思议的事情，要算这次最没有道理了——他也就相当激动地说出了这种意思。不过他如果希望引出爱勒克的话来，那可是落空了；她如果有什么打算，也把它保留在自己心里。她没有在任何市场上傻头傻脑地采取冒险行动的习惯，无论是在人间或是在别的市场上，她都是同样稳重。

他们夫妻俩只好等着下星期的报纸——提尔贝利显然是推迟了日

期。这就是他们的想法和他们的决定。于是他们就把这个问题搁下不谈,极力打起精神,干他们各自的事情。

在这段时间里,他们一直都冤枉了提尔贝利,可惜他们自己不知道。提尔贝利很讲信用,毫不含糊,他已经死了——如期死了。现在他已经死了四天,而且是心安理得地死了。他死得很彻底,死得一成不假,正如公墓里任何一个新埋葬的死人一样。他死后已经过了不少日子,尽可以来得及在这个星期的《萨格摩尔周刊》上发表讣告,只不过是被一件偶然的事情排挤掉了;这种事情在大都会的报纸是不会发生的,可是在《萨格摩尔周刊》这种可怜的村镇小报却是司空见惯、毫不稀奇。这一次是登载社论那一版正在拼版的时候,霍斯特拉冰淇淋厂送来了一夸脱免费的草莓冰糕,因此编辑先生为了表示狂热的谢意,连忙写了一段捧场的话,结果就把他为提尔贝利去世所写的几行冷冰冰的悼词挤掉了。

排字工人把提尔贝利的讣告送上备用架去的时候,偏巧又把字盘搞乱了,否则这条消息还是可以在后来的某一期上登出。因为《萨格摩尔周刊》这类的报纸是不肯糟蹋"备用"材料的,在它们的字架上,只要不发生搞乱字盘的事故,"备用"材料是长生不老的。凡是搞乱了铅字的材料,都算是完事大吉,再也不会复活,这种材料付印的机会是一去不复返了。所以不管提尔贝利是否愿意,尽管他在坟墓里大发脾气、闹个不休,那也不要紧——反正《萨格摩尔周刊》上永远不会发表他去世的消息了。

四

五个星期闷沉沉地过去了。《萨格摩尔周刊》每星期六都按时来到,可是一次也没有提到提尔贝利·福斯特。这时候赛利的耐性再也支持不住了,他痛恨地说:

"这个该死的家伙,他大概是永远不死了!"

爱勒克很严厉地责备了他一下,接着还用冷冰冰的严肃态度说道:

"假如你这句糟糕的话刚说出口,就得了急病忽然死去,那你会做何感想?"

赛利没有经过细想,便回答说:

"那我就会因为临死的时候没有把那句话憋在心里,感到幸运。"

自尊心迫使他说出一句话来,而他又想不出什么合理的话可说,于是他就这么说了。随后他悄悄地找到一个藏身之地——这是他的说法——这就是说,从爱勒克面前溜掉,免得他妻子那些接连不断的责难使他招架不住。

六个月来而复去,《萨格摩尔周刊》仍旧没有提尔贝利的消息。在这一期间里,赛利已经几次提出了试探性的问题,暗示他想要了解具体情况。爱勒克对他的试探都没有理睬。赛利终于决定鼓起勇气,大胆来一个正面进攻。于是他就索性提议自己化装一下,混到提尔贝利的那个村镇去,暗中把情况探听清楚。爱勒克果断地制止了这个危险的计划。她说:

"你是怎么想的?你真把我搞得手忙脚乱!你简直像个小孩子,老是要人看守着,不让你走到火里去。你还是老老实实地在老地方待着吧!"

"哎,爱勒克,我可以这么做,不会叫人发觉——我准有把握。"

"赛利·福斯特,你不能不到处打听,这你难道还不知道吗?"

"当然喽,可是那有什么关系?谁也不会猜到我是什么人。"

"啊,你听这个人说的话妙不妙!将来有一天,你必须向遗嘱执行人证明你没有探听过消息。那时候你怎么办?"

这一点他忘记了。他没有回答,也没有什么话可说。爱勒克接着又说:

"那么,你就别再转这个念头了吧,从此以后,你再也不要管这桩事情了。提尔贝利给你布置了这个圈套。难道你不知道这是个圈套吗？他随时都在盯着你，一心指望你上他的当。哼，他会落空的——至少有我在守着，那就没问题。赛利！"

"怎么？"

"无论你活多久，哪怕是一百年，你也别打听消息。答应我吧！"

"好吧。"他叹了一口气，很不情愿地说。

然后爱勒克又缓和下来，说道：

"别性急嘛。我们搞得很顺当，等一等不要紧，用不着忙。我们确有把握的小小收入随时都在增加。至少将来的话，我还没有一次估计错了——我们的财富老是成千成万地往上堆。这一州里还没有哪一家的境况像我们这样顺当哩。我们已经开始有过阔气生活的希望了。这你也知道，是不是？"

"我知道，爱勒克，当然是这样。"

"那么你就感谢上帝对我们的安排，别再发愁了吧。你总不会相信没有他的帮助和指引，我们能够获得这些惊人的结果吧，是不是？"

赛利吞吞吐吐地说："是——是呀，我想那是不行的。"然后他带着热情和赞赏的口气说，"可是，谈到买进涨价股票或是想个办法占占华尔街的便宜这类花头，要论脑子灵活，我看谁也赛不过你；我可不相信你还需要什么外场人帮忙，哪怕我希望我——"

"啊，快住嘴！可怜的孩子，我知道你并没什么恶意，也不是对上帝不敬，可是你似乎只要一张嘴，就免不了说出一些吓死人的话来，叫人听了发抖。你老叫我提心吊胆，我老得为你担心，也为全家人担心。从前我是不怕打雷的，现在我听见你说这种话，我就——"

她的声音发颤，开始哭起来，她说不下去了。赛利一看这种情形，心里非常难受，于是把她抱在怀里，抚爱着她，安慰着她，答应改正自己的行为，还责备自己，怪懊悔地请求她原谅。他是诚心诚意的，他因自己说了那种话而感到遗憾，现在只要能弥补自己的过失，任何牺牲他都情愿承担。

于是他暗自把那桩事情深深地思量了很久，决计以后尽量注意自己的行为。答应改过是容易的，事实上他已经答应过了。可是这能有什么真正的好处，有什么长久的好处吗？不，这只能暂时有点效——他知道自己的弱点，并且还很痛心地暗自承认了——他不能实践诺言。必须想出一个比较有把握的更好的办法才行，这个办法他总算想出来了。他忍痛从他长期以来一个先令一个先令节省下来的存款里，花了一笔钱，在房子上安装了一个避雷针。

后来有一次，他的老毛病果然又发作了。

习惯创造的奇迹多么惊人啊！习惯的养成又是多么快和多么容易啊——无论是那些无关紧要的习惯和那些使我们起根本变化的习惯，都是一样。如果我们偶然连续两夜在清早两点钟醒过来，我们就必须担心了，因为再出现这种现象，就可能使这种偶然的事情变成一种习惯；喝上一个月的酒——可是这些普遍的事实，我们都知道，不用多说了。

那个盖空中楼阁的习惯、做白日梦的习惯——它发展得多快啊！这种习惯成为一种享乐。我们一有空闲，就赶快去受它的迷惑、沉溺在它的魔力之中，使它浸透我们的心灵，让我们自己陶醉于那些诱人的狂想。那种作用多么惊人啊——可不是吗，我们的梦想生活和实际生活居然会互相混合、融化在一起，使人分不清哪是真、哪是假，这种变化发生得多么快、多么容易！

不久爱勒克就订阅了一份芝加哥的日报和《华尔街指南报》。她整个星期很用心地研究这两种报纸，特别着眼的是金融事业，她的专心程度和她在礼拜天读《圣经》一样。赛利发现她迈着迅速而稳重的大步，发展和扩大着她的天才和判断力，对预测和掌握实际市场和精神市场两方面的证券行情越来越内行了。他对她经营实际的股票生意所表现的胆量和勇气感到得意，对她进行精神上交易所采取的保守的谨慎态度也同样引以为豪。他发觉她无论在哪一方面都从来不会丧失理智。她运用她那非凡的勇气，对于现世的股票交易是喜欢投机的，可是她慎重地到此为止——她对其他的股票交易总是做长久打算。她对他解释说,她的策略是相当稳健而简单的:她在现世的股票生意方面所下的本钱是以投机为目的,而对精神上的股票交易却是以投资为宗旨;她对前者情愿冒点风险、碰碰运气,对后者却要做到"十拿九稳"——她要让每块钱赚到对本的利,并且要把股票在股权登记簿上过户。

只过了几个月的工夫,爱勒克和赛利的想象力就有了进步。每天的锻炼都使这两部机器扩大了活动范围,提高了效能。因此爱勒克赚到想象中的钱,比她起初梦想赚到的时候快得多了,赛利花掉多余的钱的本领也一直迎头赶上,决不落后。开始的时候,爱勒克预计煤矿的投机事业在一年内成功,并不愿意设想这个期限可能缩短九个月。但是那只是没有指导、没有经验、没有练习过的金融事业的幻想所干出来的不高明的事情,未免太幼稚了。不久她就得到了指导,经过了练习,有了经验,于是那九个月无影无踪了,想象中的一万元投资驮着百分之三百的利润回到老家来了。

这是福斯特夫妇的一个大喜的日子,他们高兴得连话都说不出来。另外还有一个使他们高兴得说不出话来的原因:爱勒克新近对市场情况经过仔细观察之后,提心吊胆、战战兢兢地把那笔遗产中剩下的两万元做了一笔冒险交易,第一次买了一些"看涨"的股票。她在心中暗自看到这些股票的行情节节上涨——老是有行情暴跌的危险——直到后来,她终于担心到了极点,实在不能再支持下去了——她做股票投机生意还是一个生手,沉不住气——于是她就在想象中打了一个电话,给了她那想象中的经纪人一个想象中的通知,叫他抛出。她说只要四万元的利润就够了。这笔生意成交,偏巧在煤矿事业给他们带来了大量财富的同一天。我刚才说过,这夫妻俩都欢喜得说不出话来。那天晚上,他们神魂颠倒、欢天喜地地坐着,一心想要体会一个了不起的、惊人的事实:他们实际上已经有想象中的整整十万元现金的财产了。他们的情况分明是这样。

爱勒克担心股票投机生意,这是最后一次了。她第一次尝试这种交易的时候,曾经因担心过度而失眠,急得脸色苍白,现在即便还有点担心,至少没有那么厉害了。

那实在是个难忘的夜晚。这夫妇俩自认为发了财的真实感渐渐在他们的心灵上生了根,然后他们就开始安排那些钱。如果我们能以这两个梦想家的眼光展望外面的景色,我们就会发现他们那所整洁的小木头房子不见了,代替它的是一所前面有一道铸铁栅栏的两层砖砌楼房;并可以看见客厅的天花板上垂着一盏三个灯泡的枝形煤气灯架;可以看见原来那朴素的布条地毯变成了一元半一码的布鲁塞尔华贵地毯;可以看见那一般人家的壁炉无影无踪了,在它原来的位置上出现了一个讲究的大型新式煤炉,装着云母片炉门,显出一副威风凛凛的样子;我们还可以看见一些别的东西,其中有那辆轻便马车和膝围,还有大礼帽,等等。

从此以后,虽然女儿和邻居们都只看见原来那所旧木头房子,在爱勒克和赛利心目中它却是一所两层楼房。每到晚上,爱勒克照例要为那些想象中的煤气账单而伤脑筋,赛利那种满不在乎的回答却给她很大的安慰:"那怕什么?我们花得起呀!"

他们发了财的头一天晚上,这对夫妇在上床睡觉之前打定了主意,要庆祝一番。他们一定要举行一次宴会才行——这是他们的计划。可是怎么向人说明呢——怎么对女儿和邻居们说呢?他们不能把发了财的事实泄露出来,赛利倒是很愿意,甚至是迫切地想要透露这个消息;可是爱勒克却沉住了气,不许他这么做。她说这些钱虽然是等于已经到手,最好还是等到真正到手的时候再说。她坚持这个主张,决不动摇。她说,他们那个大秘密必须保守着——不让两个女儿和其他所有的人知道。

这对夫妇感到很为难。他们必须庆祝,并且已经决定了要庆祝,可是既然不能不保守秘密,他们还有什么可庆祝的呢?三个月之内,没有谁的生日要来到。提尔贝利的遗产又不能到手,他显然是要永远活下去的;那么,他们到底有什么事可庆祝呢?赛利心里是这么提出问题的,他渐渐有些着急,也有些为难。可是后来他终于想出了一个妙计——他似乎是灵机一动，计上心来——于是片刻之间，他们的烦恼就无影无踪了，他们可以庆祝发现美洲纪念日呀。这个主意可是妙极了！

爱勒克因赛利的妙计而感到非常得意，几乎无法用言语表达出来——她说她都永远想不出这个主意。但是赛利得到这种赞赏，虽然高兴得不知如何是好，对自己也惊叹不已，却极力不流露出来，只说那其实不算什么，谁都想得出那个主意。爱勒克一听他这么说，就扬扬得意地摇摇她那快活的头，说道：

"啊，真是！谁都想得出——啊，不管是谁都行！比如说，霍散纳·狄尔金斯吧！或者说阿德尔柏特·皮纳特吧——哎呀呀——真是！我倒要叫他们试试看，没别的。我的天哪，只要他们想得到发现一个四十英亩的岛，我就会觉得那是超出了他们的想象力；至于整个州，噢，赛利·福斯特，你也分明知道，那会使他们搜尽枯肠，也还是想不出！"

这个亲爱的女人，她是知道他有天才的。即令她因感情作用，把他的天才稍高估了一点，那当然也是一种可爱的、温柔的罪过，就它的来源说，当然是情有可原的。

五

庆祝的集会举行得很顺利。朋友们无论老少，都到齐了。年轻人当中有弗露西和格蕾西·皮纳特和她们的哥哥阿德尔柏特，他是一个出了师的补锅匠，还有小霍散纳·狄尔金斯，他是个刚出师的泥水匠。阿德尔柏特和霍散纳对格温多伦和克莱腾内斯特拉·福斯特表示好感，已经有好几个月了；她们的父母看出了这一点，暗自感到高兴。但是现在他们却忽然觉得那种情绪已成过去了。他们感觉到经济情况的改变已经在他们的女儿和这两个年轻的工匠之间划了一道社会地位的鸿沟。他们的女儿现在可以把眼光放高一些——而且必须这样才行。是的，必须这样。她们决不能嫁给律师和商人这一级以下的人。爸爸和妈妈会照管这件事，决不许女儿和下等的人家通婚。

但是他们这些念头和计划都只是憋在心里，还没有在表面上透露出来，因此对这次庆祝的集会并没有产生什么煞风景的影响。表面上显出来的一种沉着而高傲的得意神情，还有气派十足的举止和庄严的风度，这都使客人们不由得不感到惊叹和诧异。大家都察觉了这一点，议论纷纷，可是谁也猜不出其中的秘密。这真是个奇迹，真是件神秘的事情。有三个人各自说道：

"好像是他们发了财似的。"他们根本没有想到自己猜得多么聪明。

一点也不错，他们完全猜对了。

一般的母亲多半都会按照老规矩，干涉女儿的婚事，她们会给女儿一番教训，说一大套严肃而不投机的大道理——这套教训的话徒然引起女儿的眼泪和暗中的反抗，那注定是要碰壁的；那些母亲还会要求那两位年轻的工匠不要再追求她们的女儿，那也无非是把事情弄得更糟罢了。可是这位母亲却与众不同，她是实事求是的。她什么话也不对那两个有关的年轻人说，除了赛利之外，她也不对任何人提这件事情。他听了她的话，明白了她的意思；不但明白，还很佩服她。他说：

"我懂得你的办法。不挑眼前的货色的毛病，免得无缘无故地伤感情，妨害生意；只给眼前的货款提供一种较好的货色，听其自然发展。这真是聪明的办法，爱勒克，你实在聪明透了，简直是呱呱叫。你心目中的对象是谁，你已经选定了吗？"

不，她还没有选定。他们必须调查一下市场上的情况——他们也就这么做了。首先考虑和讨论到的是布拉迪施，他是个很有前途的年轻律师；还有富尔顿，他是个大有希望的牙科医生。赛利必须邀请他们来吃饭才行。可是并不要马上就请他们，爱勒克说，用不着忙。注意这两个小伙子，暂时等着好了。这种重要事情，尽管慢慢地进行，反正吃不了亏。

果然这一着也是很聪明的,因为在三个星期之内,爱勒克又发了一笔惊人的横财,使她那想象中的十万元变成了四十万元同样的货币。那天晚上,她和赛利欢天喜地,简直像腾云驾雾一般。他们吃晚饭的时候,第一次喝起香槟酒来了。并不是真正的香槟酒,不过他们在它身上运用了充分的想象力,因此使它很像真的。这是赛利提议的,爱勒克软弱地顺从了。他们俩内心都感到不安和惭愧,因为他是个有名的戒酒会会员,每逢有丧事,他总是穿着戒酒会的罩衣,使狗都不敢瞧一眼。他是始终保持理智、坚持主张的。她是基督教妇女戒酒会的会员,具有一切坚定不移和圣洁非凡的品德。但是无可奈何,财富的荣誉感已经开始起了破坏的作用。他们的生活经验又一次证明了一个可悲的真理——那是已经在这世界上证明过多次的了——那就是:信念对于防止浮华、堕落的虚荣和败德,固然是一种伟大而高尚的力量,贫穷却有它六倍那么大的功效。有了四十万元以上的财产,那还了得!于是他们重新考虑女儿的婚事。这一回再也不提那位牙医和那位律师了,再提他们是没有道理的,他们都不在挑选之列了,竞选的资格已经被取消了。夫妇俩考虑了肉类罐头食品批发商的儿子和村镇上的银行老板的儿子。但是最后还是像前一次那样,他们决定等一等,再想一想,力求稳重。

他们又走运了。爱勒克随时都在留心,她看到一个冒险的大好机会,就大胆地干了一次投机买卖。随后是一个战战兢兢、疑虑重重、心神极度不安的时期,因为假如不成功就等于完全破产,毫不含糊。后来终于有了结果,爱勒克欢喜得发晕,她说话的时候,很难抑制声音的激动:

"提心吊胆的阶段已经过去了,赛利——现在我们足足有一百万的产业了!"

赛利感激得掉下泪来,说道:

"啊,爱勒克特拉,宝贝女人,我的心肝,现在我们终于自由了。我们财运亨通,从此再也不会紧巴巴的了。这下子可以喝克利戈牌的名酒了!"于是他取出一品脱针枞酒,不惜代价地喝起来,一面说:"贵就贵吧,管他妈的!"同时她以欢喜得有些湿润的眼睛,略带几分责备的神情,温柔地谴责着他。

他们又放弃了肉类罐头批发商的儿子和银行老板的儿子,坐下来考虑州长的儿子和众议员的儿子了。

六

从此以后,福斯特夫妇幻想中的钱财飞快地增长着,如果详细地继续叙述这种过程,那未免太乏味了。他们的财运真是惊人,真是令人头脑发晕、眼花缭乱。无论什么东西,只要爱勒克伸手摸它一下,马上就变成神妙的黄金,一直堆上天去。千百万元的财富滚滚而来,那条宽大的金河汹涌地畅流,它那巨大的流量还在继续上涨。五百万——一千万——两千万——三千万——难道永远没有止境吗?

两年的时光在一场狂热的大梦里匆匆地过去了,如醉如痴的福斯特夫妇几乎没有注意到时间的飞逝。现在他们已经有三亿元的财产了,在全国每个庞大的联营企业里,他们都是董事。随着时间的推移,成亿的财富还在不断地增长,一次五百万,一次一千万,几乎是随心所欲,迅速地涌过来。那三亿又翻了一番—再翻一番—又翻一番—再翻一番。

二十四亿元了!

这事情有点头绪不清了。必须把资产的账目清理一下才行。福斯特夫妇知道这个,他们感觉到有这种必要,明白那是相当紧急的事情。但是他们也知道,要把这项工作做得十分圆满,那就只要一起了头,就不得不一口气把它做完。这是一连十小时的工作,他们哪能找到一连十小时的闲空呢?赛利每天都是一天忙到晚,老在卖别针、糖和花布；爱勒克也是一天忙到晚，天天不得空，老在做饭、洗盘子、扫地、铺床，没有人帮她的忙，因为她那两位小姐是要养尊处优、准备进入上流社会的。福斯特夫妇知道有一个办法可以得到那十小时的空闲，而且那是唯一的办法。他们俩都不好意思提出来，各人都等着对方先开口。最后还是赛利说：

"反正得有人让步才行，那就让我来说吧。既然我已经动了这个念头，那就不妨把它大声说出来。"

爱勒克涨红了脸，可是心里很感激。他们二话不说，决定破戒。破戒——不守安息日不做工作的戒律。因为只有那一天，他们才有一连十小时的闲空。他们在堕落的路上又前进了一步，以后还会继续堕落的。巨大的财富具有充分的诱惑力，足以稳稳当当地起致命的作用，把那些道德基础并不牢固的人引入歧途。

他们拉下窗帘，留在家里，不守安息日的戒律。他们耐心地苦干了一场，仔细检查了一下他们的股权，开列了清单。那一长串吓死人的名称，可真是了不起啊！开始是那些铁路系统、轮船公司、美孚石油公司、远洋电报公司、微音电报机公司，以及其他许多企业，最后是克隆代克金矿、德比尔斯钻石矿、塔马尼的赃款和邮政部的不清不楚的特权。

二十四亿元，全部稳稳当当地安置在一些有出息的事业里，都是非常可靠、准能生息的。每年收入一亿二千万元。爱勒克以轻松愉快的心情从喉头发出一阵很长的颤音，说道：

"够了吗？"

"足够了，爱勒克。"

"我们怎么办？"

"守住。"

"不做生意了吧？"

"对了，对了。"

"我同意。这桩好事干完了，我们要长期休息，享受这些钱财。"

"好！爱勒克！"

"怎么样，亲爱的？"

"全部收入我们可以花多少？"

"全都花掉。"

她的丈夫仿佛觉得一吨重的锁链从他身上卸掉了。他一句话也不说，他快活得说不出话来了。

从此以后，每到安息日，他们总是破戒。这是开始迈入歧途的重大的一步。每个星期日，他们做过早晨的祷告之后，就把整天的工夫用于幻想——幻想花钱的方法。他们老是把这种惬意的消遣继续到半夜。在每次商量的时候，爱勒克都要慷慨地花几百万在大规模的慈善事业和宗教事业上，赛利只要大大方方地花同样数目的巨款，作某些用途。他对这些开支，起初还取了一定的名目。只是起初这样，后来这些名目渐渐失去了鲜明的轮廓，终于变成了简简单单的"杂项开支"，于是就成为完全不能说明问题的空名目了——不过这倒是妥当的，因为赛利开始胡闹了。他花掉这许多百万的钱，大大增加了家庭开支——买蜡烛的钱花得太多了，这是很严重的、太伤脑筋的事情。爱勒克发了一个星期的愁。然后过了不久，她就不再发愁，因为发愁的原因已经不存在了。她很痛心，她很难受，她很害羞，可是她却没有说什么，因此也就成为同谋犯了。赛利开始偷店里的蜡烛，这是意料中的事情。巨大的财富对于一个不惯于掌握钱财的人，是一种毒害，它侵入他的品德的血肉和骨髓。福斯特夫妇穷困的时候，人家把无数的蜡烛托付给他们，都不成问题。可是现在他们却——我们还是不谈这个吧。从蜡烛到苹果只相隔一步：赛利又偷起苹果来了；然后又偷肥皂，偷蜂蜜，偷罐头，偷陶器。我们只要一开始走下坡路，那就多么容易越变越坏啊！

同时，在福斯特夫妇那种辉煌的经济发展过程中，还有一些别的事情标志着它的里程。那所臆想的砖房子又让位于一所想象中的花岗石房子了，这所房子的屋顶是棋盘形的法国曼索式的。过些时候，这所房子又不见了，变成了一所史堂皇的住宅——一步一步，越来越讲究了。一所又一所用空气盖成的大厅，越盖越高、越盖越宽大、越盖越讲究,而且每一所都依次消失了。直到后来,在这些盛大的日子里,我们这两位梦想家终于在幻想中搬到了一个遥远的地区,住进了一所豪华的宫殿式大厅。这所房子建筑在一个树木茂盛的山顶上,俯临着一片壮丽的景色,有山谷、河流和浅色雾霭中笼罩着的、逐渐低下去的山峦——这一切都归这两位梦想家私人所有,都是他们的产业。这所宫殿式的大厅里拥挤着许多穿号衣的仆人,还有许多有名有势的贵客济济一堂,他们是来自全世界各大都会的,国外和国内的都有。

这所豪华的宅邸在罗得岛的新港,那是上流社会的圣地,美国贵族阶级不可言状的神圣领域。它高耸入云,直指太阳,与人间相隔很远,像天文距离那么遥远。每逢安息日,做过早祷之后,这家人照例在这个豪华的家里度过一部分时间,其余的时间他们就在欧洲度假,或是乘私人游艇到处闲逛。一个星期里,他们总有六天在湖滨镇外边那个破烂地区的家里过着卑微而艰苦的生活,经济情况也是很困窘的,一到第七天,他们就在神仙世界了——这已经成了他们的生活规律和习惯。

在那受着严格限制的实际生活中,他们还是像往常一样——艰苦、勤劳、谨慎、节俭、实事求是。他们始终忠实于那小小的长老会教堂,忠心地为它的利益而服务,竭尽全部心理和精神的力量,坚持它那崇高而严格的建议。但是在他们的梦想生活中,他们却顺从幻想的诱惑,无论那些诱惑的性质怎样,也不管那些幻想如何变化。爱勒克的幻想并不十分反复无常,赛利的却非常混乱。爱勒克在她的梦想生活中改入了主教派教会,因为那里面担任职务的人头衔比较大;其次她又改入了高教派,因为那里的蜡烛点得多,排场也比较讲究;然后她自然又改入了罗马教会,因为那里有红衣主教,蜡烛也更多一些。但是这些变动在赛利看来是毫无意义的。他的梦境生活是一幅光辉的、持久不断的热闹景象,他不断地改变它的内容,连宗教部分和其他一切都经常变化,借此使生活的每一部分都能保持新鲜活泼和光芒四射的境界。他对宗教事业很努力,像换衬衫似的随时变更活动的对象。

福斯特夫妇从他们开始走运的时候起,就在他们幻想中的许多事业上慷慨花钱；随着财富的增长，他们花钱也越来越豪爽了。后来他们花费的钱数实在是大得惊人。爱勒克每个星期日都要创办一两所大学，办一两个医院，还要在罗顿开一两家旅馆，盖一批小教堂，有时候还要盖一座大教堂。有一次，赛利不适时地开了一句不得体的玩笑，说道："要不是赶上了冷天，她都会装一船传教士去说服那些顽固的中国人，叫他们把24k纯金的孔教拿出来交换假造的基督教哩。"

这句粗鲁无情的话伤透了爱勒克的心，于是她哭哭啼啼地从他面前走开了。这种情景使他心里也很难受，他在痛苦和羞愧之中，宁肯不惜任何牺牲，也想把那句伤人的话收回来。她连半句责备的话也没有说——这使他最难堪。她根本就不暗示一下，叫他检查检查自己的行为——其实她可以说许多挖苦他的话，而且还可以说得那么刻薄啊！她那宽容大度的沉默产生了迅速的报复作用，因为这么一来，就使他把心思转到自己身上，唤起他对自己生活的一连串可怕的回忆，这几年来他在无穷的财运中所过的日子，活生生地呈现在他眼前。他坐在那里回顾着这一切，不由得脸上发烧，心中充满了羞愧。试看她的生活吧——多么光明正大，而且一直都是向上的；再看看他自己的生活吧——多么轻浮，充满了多少无聊的虚荣心，多么自私、多么空虚、多么卑鄙啊！而且它的倾向——从来就不是向上，而是堕落，越来越堕落了！

他把她的行为和他自己的行为做了一番比较。他挑过她的错——他这么沉思着——他呀！他能为自己说些什么呢？当初她盖第一所教堂的时候，他在干什么？邀集了其他的一些花天酒地、玩得发腻的亿万富翁，组织了一个扑克俱乐部，在他的大公馆里胡闹，每一场牌都要输掉好几十万，并且还傻头傻脑地因为人家夸他豪爽而感到扬扬得意哩。她盖第一所大学的时候，他又在干什么！正在和另一些花花公子混在一起，那些家伙尽管有亿万家财，论品德却是一无所有，当时他就和这些人鬼混，偷偷地过着花天酒地、荒淫无耻的生活。她盖起第一个弃儿收容所的时候，他在干什么？哎呀呀！她筹备那个高尚的妇女道德会的时候，他在干什么？啊，干什么，真糟糕！

211

她和基督教妇女戒酒会和妇女禁酒战斗团以不折不挠的精神扫除全国的酒祸的时候,他在干什么?每天喝醉三次。她盖成了一百所大教堂,受到罗马教皇的感谢和欢迎,教皇还祝福她,发给她金玫瑰奖章,那是她受之无愧的,这时候他在干什么?在蒙特卡罗抢劫银行!

他不往下想了。他再也不能继续想下去,其余的事情实在叫他想起来受不了。于是他站起来,下了最大的决心,要把嘴里的话说出来:他必须暴露他的秘密生活,坦白承认一切,他再也不能暗中过这种日子了,他要去把一切都告诉她。

他果然这么做了。他把一切告诉了她,在她怀里痛哭,一面哭,一面呻吟,求她原谅。这使她大为惊骇,她在这个打击之下,几乎支持不住了。可是他毕竟是她的亲人,是她的心肝宝贝,是她眼中的幸福源泉,是她一切的一切,她对他什么也不能拒绝,于是她就原谅他了。她觉得他对她再也不能像从前一样了。她知道他只会懊悔,而不会改过自新;但是他尽管道德败坏、堕落不堪,难道他就不是她的亲人了吗?难道不是她最亲爱的,不是她所死心塌地崇拜的偶像吗!她说她是和他一体的,是他的奴隶,她敞开她那热爱的心,把他收容下来了。

七

这件事情过去之后,在一个星期天的下午,他们乘着那梦想的游艇在夏天的海上游玩,悠闲自在地斜倚在后甲板的凉篷底下。他们都沉默着,因为各人都在忙着想各人的心事。近来这种沉默的局面不知不觉地越来越常见了,过去的亲近和热情已经在衰退。赛利那次可怕的招供产生了后果,爱勒克极力要把对那些事情的回忆从心中赶出去,可是它偏偏赖着不走,于是羞耻和苦恼的心情毒害了她那美妙的梦幻生活。现在她看得出(在星期日),她的丈夫成了一个放纵无比、令人生厌的家伙。她对这种情况不能闭上眼睛装作没有看见。近来每逢星期日，她要是能不看他，就再也不望他一眼了。

但是她自己呢——难道她就毫无过失吗？哎，她知道并不是那样。她对他保守了一个秘密，她对他不忠实，这使她多次受到良心的谴责。她违背了他们的契约，还隐瞒着他。她在强烈的诱惑之下，又做起生意来了。她冒险投机，把他们的全部家财作保证金，买下了全国所有的铁路系统和煤矿、钢铁公司。现在每到安息日，她就时时刻刻都在战战兢兢，唯恐偶尔漏了口风，使他发觉这个秘密。她因为做了这件不忠实的事情，心里非常苦恼和懊悔，在这种情况下，她的心老是平静不下来，不由得不对他感到怜恤。她看见他躺在那儿，喝得烂醉、心满意足、从不怀疑，心中就不免充满了惭愧的情绪。他从不怀疑——满腔热情地完全信任她，而她却在他头上悬着千钧一发随时可能降临的——

"嘿——爱勒克，你看怎么样？"

这样突如其来的一句话使她忽然清醒过来。她从心中摆脱了那个伤脑筋的问题，觉得很高兴，于是她的声调里带着许多像往日那样的柔情，回答道：

"你说吧，亲爱的。"

"你知道吗，爱勒克，我觉得我们做错了——也就是说，你做错了，我说的是女儿的婚事。"他坐起来，胖得像个蛤蟆似的，满脸慈祥的神色，活像一尊青铜的佛像，说话的口气认真起来了。"你想想看——已经五年多了。你从头起就始终抱定一个宗旨：每次走了运，身价高了一层，你老是要坚持把行情再抬高五档。我每回认为该举行婚礼的时候，你总是发现更大的机会，我也就再遭到一次失望。我觉得你这个人未免太难满足了。迟早有一天，我们会落空的。起初我们甩下了那个牙医和律师。那倒是做得对——那是很妥当的。接着我们又甩下了那个银行家的儿子和屠宰商的少爷——这也做得对，而且很有道理。这之后又甩下了众议员和州长的儿子——我承认这也毫无错误。然后又甩下了参议员和美国副总统的儿子——这也完全做对了，因为那些小小的头衔并不能保持永久。然后你就打贵族的主意，我记得那是我们的油矿终于开采成功的时候——对。我们打算找一找'四百大家'的门路，和那些世家拉拉关系。那些人家门第高贵、神圣非凡、难以言状，有一百五十年的纯正血统，早已消除了一世纪以前的祖先身上所带的咸鳕鱼和生羊皮袄的气味，从那以后，世世代代从来没有人做过一天工，玷污他们的门第。这总该行了！哎，当然该结婚啊，可是又不行，偏巧从欧洲来了两个真正的贵族，于是你马上又把那些冒牌货甩掉。这实在太令人扫兴了，爱勒克！从那以后，又经过多么长的一连串变化啊！你甩掉了两个从男爵，换了两个男爵；甩掉两个男爵，又换了两个子爵；子爵又换了伯爵，伯爵又换了侯爵，侯爵又换了公爵。现在总该行了，爱勒克，兑现吧！——你已经赌到最大限额了。你找到了四个公爵，随意挑选；他们属于四个不同的国籍，个个都名声很好、身体健康、血统纯正；个个都破了产、负了满身的债。他们的身价很高，可是我们有的是钱，对付得了。喂，爱勒克，别再拖延了，别再让这事情悬着了，把整副的牌都拿过来，让两位小姐自己挑选吧？！"

在赛利对爱勒克的婚姻政策提出这一大堆责难的时候，她始终温和而自得地微笑着；她的眼睛里闪出一股愉快的光彩，似乎是得意之中透出一丝微妙的惊讶神色。她极力镇静地说：

"赛利，干脆找王族，你看怎么样？"

妙极了！可怜的人啊，这个主意使他欢天喜地，他猛一下跌倒在船上的龙骨外板上，在吊锚架上蹭掉了胫骨的皮。他一时高兴得头昏眼花，然后才定定神，瘸着腿走到妻子身边坐下，睁开他那双惺忪的醉眼，像往日一样，闪出一股一股的赞赏和柔情的光彩，望着她出神。

"我的天哪！"他热情地说，"爱勒克，你真是伟大——简直是全世界最伟大的女人！我永远也猜不透你有多大本领。你真是莫测高深啊。我刚才还自以为有资格批评你的计划哩。我呀！哎，假如我冷静地想一想，我就会知道你心中自有妙计。喂，宝贝儿，我简直性急得要命——快给我说说你的主意吧！"

这个受了奉承、扬扬得意的女人把她的嘴唇靠拢他的耳朵，悄悄地说出这个王子的名字。这使他高兴得连气都透不过来，脸上放出狂喜的神采。

"天哪！"他说，"这可是选得太好了，你的眼光真令人惊叹！他开着一个赌场，有一块墓地，还有一个主教和一所大教堂——全是他自己的。他的股票利润全是百分之五百的，张张可靠，真是呱呱叫，他这份产业是全欧洲最靠得住的。那块墓地——那是全世界最讲究的：除了自杀的人，谁也不能埋在那儿；真的，免费的优待办法经常都不实行。那个小王国的土地并不多，可是那就够了：墓地占八百英亩，外面还有四十二英亩。那是个王国——这一点最重要，土地算不了什么。要土地有的是，撒哈拉大沙漠只嫌土地太多了。"

爱勒克满脸喜色，她快活极了。她说：

"赛利，你想想看——这个王族从来没有和欧洲的王族和王族以外的人家通过婚：我们的外孙子可以登宝座了！"

"千真万确，爱勒克——还可以手执权标，并且把那玩意儿拿在手里，自由自在，满不在乎，就像我拿着一根尺一样。爱勒克，这可选得太好了。你已经把他捉到手了吧，是不是？不会跑掉？你没有留下活动余地吧？"

"没有。你尽管相信我吧。他不是一份债务，而是一份资产。另外那个也是一样。"

"那是谁，爱勒克？"

"西吉士满·赛格弗莱德·劳恩费尔德·丁克尔斯配尔·史瓦曾伯格·布鲁特沃尔斯特王子殿下，卡曾雅马世袭大公。"

"哪会有的事！你是开玩笑吧？"

"千真万确，我保证。"她回答说。

他高兴到极点，狂喜地把她搂在怀里，说道：

"这多么神奇，多么美！那是德国的三百六十四个古老的小王国之一，而且是俾斯麦取缔那些王国之后容许保留王族地位的少数王国当中的一个。我知道那个农场,我到那儿去过。那儿有一个制绳厂、一个蜡烛厂和一支军队。那是一支常备军,步兵和骑兵都有。三个兵,一匹马。爱勒克,我们等待得很久了,这件事情一直拖延下来,一时叫人非常伤心,一时又叫人存着希望,可是天知道,现在我终于快活了。不但快活,也感谢你,亲爱的,这全是你的功劳。定了日期吗?"

"下礼拜天。"

"好。我们得把他们的婚礼搞得很讲究,一切都要按照现在最时兴的王家气派才行。为了男方的王家身份,应该讲究这些排场才行。据我所知,只有一种婚姻才是王族的最高荣誉,也只有王族才能享受这种荣誉:那就是'贵人下娶'。"

"为什么要叫这个名称,赛利?"

"我也不知道,不过反正这是王家的作风,也只有王家才能这么办。"

"那么我们就要坚持这个办法。不但这样——我还非想法子做得到不可。要不就是贵人下娶,要不就干脆不结婚。"

"这就把一切都解决了!"赛利高高兴兴地搓着手,说道。"这在美国还是破天荒的事情。爱勒克,这可不免使新港的人大吃其醋了。"

于是他们又沉默下来,拍着幻想的翅膀,飘到世界的远方去,邀请所有的王家首领和他们的家属,并且还白送他们旅费,要他们来参加婚礼。

八

三天之中,这对夫妇昂首阔步、扬扬得意。他们对于周围的一切,只有一点模模糊糊的感觉,所有的东西在他们眼中都只是一些隐隐约约的影子,仿佛是透过了一层薄纱似的。他们沉浸在梦境中,人家和他们说话,他们每每听不见;即便听见了,也好像不明白人家的意思。他们回答人家的话,每每是牛头不对马嘴、乱七八糟。赛利卖糖蜜用秤来称,卖糖用尺来量,人家要买蜡烛,他把肥皂拿给人家;爱勒克把猫放在洗衣盆里,拿牛奶给脏衣服喝。大家都很吃惊,觉得莫名其妙,于是到处窃窃私议:"福斯特夫妇究竟是怎么回事?"

三天过去了。然后出现了惊人的事情。情况变得很顺利,在四十八小时内,爱勒克想象中的投机生意的行情一直在上涨。涨呀——涨呀——涨了又涨!比原价超出了五档——然后又超出了十档——十五档、二十档!现在这个庞大的投机事业获得了二十档的净利,爱勒克想象中的经纪人从想象的长途电话里疯狂地嚷道:"抛吧!抛吧!看老天爷的面子,快抛吧!"

她把这个惊人的消息透露给赛利,他也说:"抛吧!快抛——啊,现在可别错过机会,整个世界都是你的了!——抛呀!抛呀!"可是她偏要把她那铁一般的意志坚定下来,让它直往前冲,她说她还要坚持一下,且等再升五档,即便因此牺牲性命,也在所不惜。

这是个不幸的决定。就在第二天,市场上发生了空前的崩溃,那是打破纪录的崩溃,摧毁性的崩溃。这一下华尔街彻底垮台了,全部的金边证券都在五小时内跌了九十五档,亿万富翁穷得在包华利街①上讨饭吃。爱勒克还是沉住气,不肯撒手,极力坚持着要"赌到底"。可是后来终于来了一次催卖的请求,使她无力应付,于是她那些想象中的经纪人就把她出卖了。她是不会轻易死心的,直到这时候,她才丧失了她的男子气概,女人的本色又占了上风。她伸出手去抱住丈夫的脖子,哭哭啼啼地说:

"这是我的错,你不要原谅我吧,我受不了!我们成了叫花子了!叫花子,我真晦气啊。结婚的事永远不会出现了,那一切都成了过去的事,现在我们连那个牙医都买不起了。"

---

① 纽约的一条大街,一向以当铺和发售廉价货品的商店多而著名。

一句严厉的责难溜到赛利嘴边上来了："我央求你抛掉，可是你——"他没有说出口来；他知道她已经伤心透顶、悔恨交加，也就不忍心再增加她的痛苦。他心中起了一个比较高尚的念头，于是他就说：

"别灰心，我的爱勒克，现在并没有一切都完蛋！其实我伯父那笔遗产，你连一个钱也没拿去投资，你所投的不过是还没兑现的未来的钱财；我们所损失的只是你凭着那无比的经济眼光和智慧，从那未来的钱财获得的增值罢了。别泄气，摆脱你的苦恼吧，我们那三万元还原封未动哩。现在你既然得到了那么多的经验，你想想一两年内你可以干出多大的成就啊！女儿的婚事并没有告吹，不过是延期罢了。"

他的话是令人欣慰的。爱勒克看出了这多有理，于是这番话便产生了电流一般的作用，她止住了眼泪，她那勃勃的雄心又高涨到顶点了。她的眼睛里闪着喜悦的光彩，心里满怀感激。她举起手来发誓保证，预言未来的事情，说道：

"现在我在这儿声明——"

但是她的话被一个客人打断了，那是《萨格摩尔周刊》的编辑和老板。他碰巧到湖滨镇来看望他的一位即将去世的默默无闻的祖母，了却一番心愿。为了兼顾这桩难受的事情和自己的业务，他特地来拜访福斯特夫妇，因为他们在过去四年中，一心一意地忙于别的事情，居然把他们的订报费忘却了，欠款共计六元。再没有比这位客人更受欢迎的了。他对提尔贝利伯父的情况一定很熟悉，想必知道他什么时候有进坟墓的希望。他们当然不能正面提出问题来，因为那就会使那笔遗产落空，可是他们可以用旁敲侧击的方法来试探，希望能获得结果。但是这个主意偏不灵，这位脑筋迟钝的编辑并不知道人家是在向他试探消息。可是煞费苦心没有做到的事情，后来居然在无意中如愿以偿了。这位编辑为了说明他所谈的一桩事情，需要用个比喻的说法，便说了这么一句话：

"天哪，这可真难对付，像提尔贝利·福斯特一样！——这是我们那儿的一句俗话。"

这句突如其来的话使福斯特夫妇不由得惊跳了一下。那位编辑看出来了,于是他抱歉地说:

"没什么恶意,我保证。这只是一句俗话,只是一句笑话,你知道吧——没什么意思。他是你们的本家吗?"

赛利抑制住他那火热的渴望,极力装出一副满不在乎的神情回答道:

"我——呢,我倒不知道是不是本家,可是我们听见人家说到过他。"那位编辑很高兴,于是又恢复了镇静的态度。赛利接着又说:"他——他——身体还好吗?"

"他身体还好?哦,天哪,他到阴间去已经五年了!"

福斯特夫妇浑身都因伤心而发抖,虽然内心的感觉好像是高兴。赛利不动声色地——以试探的口吻说:

"啊,真是,人生就是这样,谁也不免一死——连阔人也免不了这一关。"

那位编辑哈哈大笑起来。

"如果你这话也包括提尔贝利,"他说道,"那可不恰当。他是一文不名的,镇上的人不得不凑钱来埋葬他。"

福斯特夫妇呆若木鸡地坐了两分来钟,又发呆、又发冷。然后赛利脸色苍白、低声低气地问道:

"真的吗?你知道这是真的吗?"

"哎,那还用说!我是遗嘱执行人之一。他死后什么也没有留下,只有一部手推车,他把它留给了我。那部车子没有轱辘,根本没有什么用处。可是也总算聊胜于无,所以为了答谢他这番好意,我就随便写了几句悼词,准备发表,可是让别的材料挤掉了。"

福特斯夫妇根本没有听见——他们的杯里已经盛满了苦酒,再也装不下了。他们垂头丧气地坐着,除了心痛而外,对一切都失去感觉了。

一个钟头以后,他们仍旧低着头坐在那儿,一动不动,无声无息，客人早已走了，他们却没有发觉。

然后他们才动了一动，无精打采地抬起头来，沉思地瞪着眼睛互相望着，心神恍惚，像做梦一般。随后他们像小孩子似的，迷迷糊糊地互相说起梦话来。他们间或又转入沉默，一句话只说到半截，似乎是不知不觉，或是想不起该怎么往下说了。有时候他们从这种沉默状态中醒来，便有一种模模糊糊的、片刻的感觉，知道他们心里想过一些事情。然后他们就以一种无言的、热切的关怀，温柔地互相紧握着手，同病相怜地彼此支持着，似乎是想要说：“我是和你相亲的，我决不会抛弃你，我们要有祸同当。迟早总有个解脱的时候，总会忘掉一切，坟墓和安静的世界在等着我们，耐心点吧，不会太久了。"

他们继续活了两年，度过了许多心神不安的夜晚，老是沉思默想，沉浸在模糊的悔恨和悲伤的梦境里，老是一声不响。后来终于在同一天，他们夫妻俩都得到了解脱。

临死的时候，笼罩在赛利那颗伤透了的心上的暗影暂时散开了一会儿，他说道：

"暴发的、不正当的巨大财富是一个陷阱。它对我们毫无好处，疯狂的欢乐只是暂时的；可是我们为了这种意外横财，却抛弃了甜蜜而单纯的幸福生活——让别人以我们为戒吧。"

他闭上眼睛，静默地躺了一会儿；然后一股临死的冷气向他的心脏蹿上来，他的脑子渐渐失去了知觉，这时候他发出喃喃的呓语：

"金钱给他带来了苦恼，他却报复到我们头上，其实我们并没害过他呀。他如愿以偿了：他用卑鄙而狡猾的诡计，不过留给我们三万元，他知道我们会想法子多赚一些钱，毁掉我们的一生，伤透我们的心。他用不着多花代价，本可以使我们不起增加财产的欲望，不受投机的诱惑。如果是个心肠较好的人，一定会这么做，可是他却没有宽厚的精神，没有同情心，没有——"

张友松　译

败坏了赫德莱堡的人

一

那是多年以前的事情。当时赫德莱堡是邻近一带地方最诚实、最清高的一个市镇。它一直把这个名声保持了三代之久,从没有被玷污过,并且把这种荣誉看得比它所拥有的其他一切都更加宝贵。它非常以此自豪,迫切地希望保持这种光荣万世不朽,因此它对摇篮里的婴儿就开始教以诚实行为的原则,并在以后对他们施行教育时,把这一类的训诲作为教养他们的主要内容。同时还在青年人的发育时期,不叫他们与一切诱惑相接触,为的是让他们的诚实有充分的机会变得坚定而巩固,成为深入骨髓的品质。邻近的那些市镇都忌妒这种崇高的权威,假装着讥笑赫德莱堡以此为荣的得意心理,偏说那是虚荣。不过虽然如此,他们还是不得不承认赫德莱堡实在是一个不可败坏的市镇;假如有人追问,他们还会承认,一个青年只要是从赫德莱堡出去的,想在外面找一个地位较高的职业,那除了他的籍贯而外,无须任何其他保证。

然而曾几何时,赫德莱堡终于很不幸地得罪了一位过往的异乡人——也许是无意的,当然也不在乎,因为赫德莱堡是无求于人的,很可以自满的,对于异乡人和他们的意见,当然毫不在意。不过当初如果把这个人当作例外,那就要妥当一些,因为他是个很不好惹的人，记下了冤仇就不饶的人。在他漫游各地的整整一年之中，他老把他的委屈记在心上，每有闲暇，就翻来覆去地想，总要想出一个办法来，心满意足地报复一番。他想出了许多主意，都很不错，但是没有一个是十分彻底的。最不中用的办法只能损害许多个别的人，而他所需要的却是使整个市镇都受影响的主意，连一个人也不能漏网。最后他想出一个巧妙的办法，当这个念头在他脑海中出现的时候，他感到一种恶毒的快意，觉得心头豁然开朗起来。他立刻就开始拟出具体的计划，一面自言自语地说："这个办法才好哩——我要败坏这个市镇！"

六个月之后，他又到赫德莱堡去，他乘着一辆小马车，大约在晚上十点钟停在银行老出纳员的家门口。他从车上取下一只口袋，扛在肩上，踉踉跄跄地穿过院落，走到里面敲门。一个女人的声音说了一声"请进"，他就进去了。他把那只口袋放在客厅里的火炉背后，很客气地向那正在灯下坐着看《福音导报》的老太婆说：

"您请坐着，夫人，我不打搅您。好——现在可把它藏得很妥当了，谁都不易发现它在哪儿。夫人，我可以见见您的先生吗？"

"不行，他到布利克斯敦去了，恐怕要到后半夜才会回来。"

"好吧，夫人，那没有关系。我只是要把那只口袋托他保管一下，等找到了合法的物主，就请他转交给他。我是一个外方人，他并不认识我。我今晚上不过是从这个镇上经过，特地来了却一桩长久放在心上的事情。现在我的事儿已经办完了，我很高兴地离开，心里还有点儿得意。以后您永远也不会再见到我了。口袋上系着一张纸条子，那上面说明了原委。再见吧，夫人。"

这位老太婆害怕这个神秘的大个子陌生人，后来看见他走了倒很高兴。但是她的好奇心被勾引起来了，于是就一直往口袋那边跑过去，把那张纸条子拿过来看。那上面写着：

请予公布，或者用私访的办法把合法的物主找出来——两种办法随便采取哪一种都可以。这个口袋里装的是金元,计重一百六十磅零四盎司——

"天哪,连门都没锁哩!"

理查兹太太浑身颤抖地飞跑过去把门锁上,然后把窗帘拉下来,惊魂不定地站着,心里发愁,不知究竟还有什么办法可以使她自己和那些钱财更加安稳一些。她听了一会儿,担心外面有小偷,然后又被好奇心战胜了,于是再回到灯光底下,看完那张纸条上写的话:

我是个外国人,马上就要回本国去,以后就永远在那里住下了。我在美国住了很久,多蒙贵国优待,心中非常感激,尤其是感谢贵国的一位公民——赫德莱堡的一位公民——他在一两年前曾经给过我一个很大的恩惠。实际上是两个很大的恩惠。让我说明经过吧。我从前是个赌徒。我是说我从前是。我是个输得倾家荡产的赌徒。我在晚上来到这个镇子里,饿着肚子,一文不名。我向人求助——在黑暗中,我不好意思在有亮光的地方讨钱。这回幸好找对了人。他给了我二十块钱——换句话说,照我当时的想法,他实在是救了我的命。同时他也给了我财运:因为有了那笔钱,我又到赌场里发了大财。后来我把他对我说过的一句话老记在心上,直到今天还没有忘记。他这句话终于把我制服了,一经制服,我的品格才没有完全毁掉:我从此再也不赌博了。现在我也不知道那位恩人是谁,可是我要把他寻访出来,我要让他得到这笔钱,由他施舍出去,或者把它抛弃,或者保存下来,随便他怎么处置都行。这只不过是我向他表明感激之意而已。假如我可以在这里住些时候,我就会亲自去寻访他;但是那没有关系,他一定会被寻访出来的。这是个诚实的市镇,不可败坏的市镇,我知道我尽可以信托它,无须担心。谁能说出那位先生当初对我说的那句话,就可以证明他是我的恩人,我相信他一定还记得那句话。

现在我的办法是这样：如果你觉得私访较为妥当，那就请你私访。如果遇到可能是那位先生的人，就请你把这张纸上写的话告诉他。假使他回答说，"我就是那个人：我当初说过的那句话是如何如何……"就请予以对证——那就是：打开口袋，那里面有一只密封的信封，装着那句话。如果那位申请人所说的话与此相符，那就把这笔钱给他，别的话都无须再问了，因为他一定就是那位先生。

但是你如果愿意公开寻访，那就请你把这张东西拿到本地报纸上去发表——另外加上几句说明，即：自本日起三十天内，请申请人于星期五晚八时驾临镇公所，将他当初所说的话密封交与柏杰士牧师（如果他肯帮助处理的话）；然后请柏杰士先生当场将钱袋启封，核对那句话是否相符。如果相符，就将这笔钱点交我这位业经证实的恩人，并请代致诚挚的谢意。

理查兹太太坐下来，兴奋得微微颤抖，不久就转入沉思了——她是这样想的："这事情多么奇怪！……那位善心人随意施舍一下，现在善有善报，发的财可真不小呀！……假如做那桩好事的是我的丈夫，那该多好！——因为我们实在穷透了，又老又穷！……"然后她叹了一口气——"可是这并不是我的爱德华，不是的，拿二十块钱给一个外方人的不是他。这实在可惜得很，真是；现在我明白了……"然后她打了个冷战——"可是这是一个赌鬼的钱哪！罪恶的收获；我们可不能要这种钱，连碰也不能碰它一下。我可不愿意靠近这种钱，这好像是很肮脏的东西。"于是她到离得远一点的一把椅子上坐下……"我希望爱德华快点回来，把它拿到银行里去；说不定什么时候就可能有小偷来，一个人在这儿守着真的可怕得很哩。"

十一点的时候，理查兹先生回来了，他的妻子说："你回来了，我真高兴啊！"他却说："我可真累坏了——简直累得要命。人就怕穷,像我这么一大把年纪,还要干这种倒霉的跑腿差事。老是熬呀、熬呀、熬呀,只不过为了那点儿薪水——当别人的奴隶,他可穿着睡衣坐在家里,又阔气、又舒服。"

"我很替你难受,爱德华,你知道的,可是你得自宽自解才行:我们总算能维持生活,我们还有很好的名声哩——"

"是呀,玛丽,这比什么都强。我刚才说的话你可别介意——那只是一时的烦躁,根本不算一回事。你跟我亲亲嘴吧——好,现在一切都忘掉了,我再也没有什么可埋怨的了。口袋里是什么?那是哪儿弄来的东西?"

于是他的妻子把那桩大秘密告诉了他。这使他感到一阵心神恍惚,随后他就说:

"有一百六十磅重吗?啊,玛丽,那等于四——万——块钱哪——你想想——真是一笔大财产!我们这镇里有这么大家当的还不到十个人哩。把那张纸条子给我看看。"

他一目十行地看了一遍,说道:

"这岂不是奇谈!啊,简直是传奇小说嘛,就像我们在书本里看到的那些不可能的事情一样,在实际生活中哪会有。"他现在大为兴奋起来,他很愉快,甚至是兴高采烈。他把手指轻轻点一点他的老婆的脸蛋儿,开着玩笑说:"哈,我们发财了,玛丽,发财了。我们只要把这些钱埋藏起来,把纸条子烧掉就行了。那个赌鬼如果再来问起这桩事情,我们就白起眼睛望着他,说,'你说的是什么鬼话呀?我们从来就没听说过你,也不知道你有一袋什么金子。'这就使他哭笑不得,而……"

"而现在,你在这儿大开玩笑的时候,钱可还在这儿,现在很快就要到小偷活动的时候了。"

"真是。那么,我们怎么办——私自寻访吗?不,那可不行:那未免要破坏神妙的味儿。还是公开的方法较好。你想这桩事情岂不要传得满城风雨!还要使所有其他的市镇忌妒哪,因为除了赫德莱堡,一个外方人决不会把这么一桩事情信托给任何其他市镇,这他们是知道的。这简直等于给我们大登宣传广告哩。现在我要赶快到报馆的印刷所去,否则就太晚了。"

"别走——别走——别把我一个人留在这儿守着,爱德华!"

可是他已经走了。不过只去了一会儿的工夫,在离他家不远的地方,他遇见报馆的主笔兼东家,就把那张纸条子交给了他,说道:"我这儿有一条好新闻给你,柯克斯——拿去发表吧。"

"可能来不及了,理查兹先生,不过我看情形吧。"

回到家里,他和妻子又坐下来把这个有趣的神秘事情再谈一遍,他们简直不想睡觉。第一个问题是,那位拿二十块钱给那个异乡人的公民究竟是谁呢?这似乎是个简单的问题,他们俩同声回答——

"巴克莱·固德逊。"

"不错,"理查兹说,"他很可能干这种事情,这也正是他的作风,除了他之外我们这镇上就不会再有别人了。"

"这话谁也会承认的,爱德华——无论如何,私地里是会承认的。这六个月以来,我们这镇子又是和从前一样了——诚实、狭隘、自以为是、一毛不拔。"

"对此他向来就是这么批评的,一直到他死的时候——而且还是毫不客气地当众那么说。"

"是呀,可是他就为了这个,遭人痛恨哩。"

"啊,当然,可是他倒不在乎。我看除了柏杰士牧师而外,他在我们这些人当中是最遭人嫉恨的了。"

"噢,柏杰士可是罪有应得——在这儿再也别想有人听他讲道了。这个市镇固然是算不了什么,对他可是知道应该怎么估量。爱德华,你看这岂不是有点奇怪,怎么这位外方人竟指定柏杰士经手发这笔钱呢?"

"呃,是呀——是有点奇怪。那是说……那是说……"

"哪来的那么多'那是说'呀?要是你的话,你会选他吗?"

"玛丽,也许那个外方人比这个镇里的人对他知道得更清楚哩。"

"净说这种话,难道就对伯杰士有什么好处!"

丈夫似乎有点为难,不知如何回答才好。妻子凝神注视着他,等着他答复。后来理查兹终于说话了,他那迟疑的神情好像是表示他预先知道他的话可能要遭到怀疑似的——

"玛丽,柏杰士并不是个坏人哩。"

他妻子当然大吃一惊。

"瞎说!"他大声说道。

"他不是个坏人。我知道。他之所以被大家看不起,就是因为那一桩事情——就是闹得满城风雨的那一桩事情。"

"那一桩事情,真是!好像单只那一桩事情还不够似的。"

"足够了,足够了。可是那事情罪不在他哩。"

"你说的什么话!罪不在他!谁都知道那就是他干的。"

"玛丽,我敢担保——他是无罪的。"

"我没法儿相信,我也不信。你怎么知道的?"

"我得坦白。我很惭愧,可是我要坦白出来。只有我一个人才知道他是无罪的。我本来是可以挽救他的,可是……可是……呃,当时整个镇上那种愤激的情况你是知道的——我简直就没有胆量说实话。一说出来大家就都会对我进攻了。我也觉得那很卑鄙,真是卑鄙透了,可是我不敢,我没有勇气担当。"

玛丽显出了惶惑的神情,过了一阵没有作声。然后她才吞吞吐吐地说:

"我……我想你当初如果……如果……那是不行的。决不能……呃……舆论要紧——不得不特别小心——特别……"这是一条难行的路,她陷入泥潭了。可是过了一会儿,她又说开了:"这是很对不起人的事,可是……哎,我们担当不起呀,爱德华——实在担当不起。啊,无论如何我也是不会主张你说实话的!"

"那会使得我们失去许许多多人的好感哩,玛丽,结果就……结果就……"

"现在我所担心的是他对我们的看法怎么样,爱德华。"

"他吗?他可想不到我当初是可以挽救他的。"

"啊,"妻子以快慰的口吻大声说道,"这可叫我高兴了。只要他不知道你当初可以挽救他,那么他……他……呃,那就强得多了。哎,我本就应该看得出他是不知道的,因为他老是讨好我们,虽然我们对他很冷淡。人家拿这桩事情挖苦我可不止一次了。比如威尔逊夫妇吧,还有威尔科克斯夫妇和哈克尼斯夫妇,他们都不怀好意地拿我来开心,说什么'你们的朋友柏杰士',因为他们明知这会使我难为情的。我希望他不要老是这么一个劲儿对我们表示好感,我就不明白他为什么始终要这样。"

"我可以向你解释。我又得坦白,那桩事情闹得正欢、闹得火热,镇上决定叫他'坐木杠'的时候,我的良心上受到谴责,简直受不了,于是我就暗地里跑去给他报了个信,他就离开了这个镇,在外面住了一阵,直到风平浪静才回来。"

"爱德华!假如镇上当初追究这桩事情——"

"别提了!现在回想起来,还叫我心惊胆战哩。我这么做了之后,马上就觉得后悔,我甚至跟你都不敢说,就怕你脸上神色不对,让人家看出毛病来。那天晚上,我一点也没睡着,老在发愁。可是过了几天,我一看谁也没有怀疑我,从此以后我就渐渐觉得我幸而来了那么一着儿。至今我还是高兴哩,玛丽——真是高兴透了。"

"现在我也高兴哩,因为那么对付他未免太可怕了。是呀,我很高兴,因为你实在应该那么办才对得起他,你要知道。可是,爱德华,万一现在还是有那么一天,这事情终归弄个水落石出,那可怎么好!"

"不会的。"

"为什么?"

"因为大家都以为是固德逊干的。"

"当然他们会这么想！"

"不错。可是他当然是满不在乎的。大家劝萨斯伯雷那可怜的老头儿去找他，把这个罪名加到他头上，这老头儿也就怒冲冲地跑去对他说了。固德逊把他浑身上下打量了一番，好像是要在他身上寻找一处能够叫他特别鄙视的地方似的，然后他就说：'原来你是代表调查委员会的呀，是不是？'萨斯伯雷说那差不多就是他的身份。'哼，你是需要知道详细情形呢，还是认为一个简单的答复就够了呢？''如果他们需要了解详细情形，我就再来一趟吧，固德逊先生，你先给我一个简单的答复好了。''好极了，那么，你告诉他们滚他妈的蛋——我看这总算够简单的了。我还要给你一番忠告，萨斯伯雷，你再来打听详细情形的话，就请你带个筐子来，好把你那几根老骨头提回家去。'"

"固德逊就是这样，十足表现出他的特点。他老是认为他提出的意见比谁都强：只有这一点他是自命不凡的。"

"他这么一来，就把这桩事情了结了，而且也就救了我们，玛丽，以后就没有人再提这个问题了。"

"谢天谢地，这点我倒并不怀疑。"

于是他们又兴致勃勃地再谈那一袋金子的秘密。随后他们的谈话有时停顿下来——中断的原因是由于沉思。停顿的次数越来越多了。最后理查兹竟至完全想得入神了。他想了很久，一双眼睛茫然地盯着地板，后来他的两只手渐渐做出一些显得神经紧张的动作，配合着他的心理活动，这些动作似乎是表示烦乱的心情。同时他的妻子也转入了沉思，默不作声，她的举动也渐渐露出困惑的烦恼。理查兹终于站起来，一面无目的地在屋里走来走去，一面伸手搔他的头发，活像一个梦游患者做噩梦时的举动一般。然后他似乎是打定了一个明确的主意，一声不响地戴上帽子，迅速地从屋里走出去了。他的妻子还是坐在那里皱眉蹙额地沉思不已，似乎还没有感觉到只剩下她一人了。她时而低声自语道："可别叫我们受到诱……可是……可是……我们实在太穷了,太穷了!……可别叫我们受到……呵,这难道会对谁有什么损害吗?——而且谁也不会知道……可别叫我们……"她这么咕哝着,声音渐渐低微得听不见了。过了一会,她抬头望了一眼,马上以半似惊骇、半似欣慰的神情喃喃地说——

"他走了!可是,哎呀,他也许来不及了——来不及了……也许还不太晚——也许还来得及。"她站起来,呆立着想,神经紧张地一时把双手扭在一起,一时松开,一阵轻微的冷战侵袭着她的全身,她从干哑的嗓子里说道:"上帝饶恕我吧——起了这种念头真是太可怕了——可是……主啊,你是怎么把我们造成的——造得多么奇怪呀!"

她把灯光拧小一点,悄悄地溜过去,在那只口袋旁边跪下,伸手去摸它那鼓鼓囊囊的四周,恋恋地爱抚着,那双可怜的老花眼睛里闪出一种贪婪的光芒。她一阵一阵地发呆,有时候又半似清醒、自言自语地说:"早知道我们该等一等就好了!——啊,假如我们稍微等一等,不那么性急就好了!"

同时柯克斯也从办公的地方回到了家里,把那桩奇怪的事情告诉了他的妻子,他们也很热烈地谈论了一阵,并且猜想着整个镇上唯有已故的固德逊才会那么慷慨地拿出二十块钱这么大一笔款子去救济一个遭难的异乡人。后来他们的谈话中断了,两人都不作声,转入沉思了。他们渐渐地神经紧张和烦躁起来。最后妻子说话了,好像是自言自语似的:

"这桩秘密谁也不知道,除了理查兹夫妻俩……还有我们……此外再没有什么人了。"

丈夫微微地惊动了一下,由沉思中醒过来;他凝神注视着他那脸色发白的妻子,然后犹豫不决地站起来,偷偷地向他的帽子望了一眼,又望着他的妻子——无言的询问。柯克斯太太有一两次想说话又没有说出来,她把手按住嗓子,然后点点头代替回答。随即就只剩下她一个人,在那里自言自语。

于是理查兹和柯克斯都在更深夜静的街头,由相对的方向急急忙

忙地走着。他们在印刷所的楼梯底下彼此碰头了,两人都喘着气,他们借着夜间的灯光互相察看着对方的脸色。柯克斯悄悄地问道:

"除了我们,没有别人知道这桩事吗?"

悄悄的回答是:

"谁也不知道——我担保,谁也不知道!"

"如果还来得及——"

他们两人往楼上走。但是正在这时候,有一个小伙子赶上来了,于是柯克斯问道:

"是你吗,江尼?"

"是的,先生。"

"你别忙去发那些早班邮件吧——什么邮件都不要发,等我吩咐你的时候再说。"

"都已经寄出去了,先生。"

"寄出了?"这声音里流露出一股说不出的失望。

"是的,先生。到布利克斯敦和往下所有的市镇的火车时间表今天都改了,先生——要寄出的东西比平常早二十分钟就得送到才行。我只好赶快跑,要是去晚了两分钟的话……"

这两位先生不等听完他说的话,就转过身来,慢慢地走开。过了十分钟,两人都没有作声,然后柯克斯以生气的声调说道:

"什么鬼催着你这么着急呀,真是莫名其妙。"

回答是颇为恭敬的:

"现在我明白了,可是不知怎么的,您瞧,我老是不动脑筋,把事情弄得无法挽救。不过下一次……"

"他妈的,哪有什么下一次!再过一千年,也不会有什么下一次了。"

于是这两位朋友连告别的话都没有说一声,就分手了,各自拖着苦恼得要命的脚步,无精打采地走回家去。回到家里,他们的妻子都马上跳起来,迫切地问一声"怎么样?"——然后她们用眼睛就看出了答案,于是不等对方用言语表达出来,就丧气地坐下了。在这两户人家里,随即发生了激烈的争论——这是一种新现象,从前也曾有过争论,可是并不激烈,都是不伤和气的。今天晚上的争论,两家人却好像是互相抄袭似的。理查兹太太说:

"你要是等一等多好呀,爱德华——你该从从容容地想一想呀;可是你不,你非得一个劲儿跑到报馆的印刷所去,把消息传遍天下。"

"那上面明明说了要发表呀。"

"那不相干,那上面也说了可以私自访问,随你的便。哼,你说吧——是不是这么说的?"

"噢,不错——不错,是这么说的。可是我一想到一个外方人竟会这么信托赫德莱堡,这样一个消息会如何轰动一时,这对赫德莱堡是多大的……"

"啊,当然,这些我全知道。可是你要是仔细想一想,你应该是想得到应得这笔钱财的人是找不到的,因为他已经进了坟墓,而且身后无儿无女,也没有任何家属。这笔钱只要是让一个迫切需要钱的人得到了,谁也不会因此受什么损害,而且……而且……"

她伤心地痛哭起来了。她的丈夫想要找两句话来安慰她,随即这么说道:

"可是归根到底,玛丽,这样的结局一定是最妥当的——一定是,我们是知道的。而且我们还应该记住,这是命中注定的——"

"命中注定!啊,一个人干出了傻事情,要替自己找理由,那就什么都是命中注定!不管怎样,这笔钱在这种特殊情况之下落到我们手里,这就叫命中注定,可是你偏要自作主张,干预老天爷的意旨——是谁给了你这种权力?这叫作不知好歹,就是这么回事——无非是冒犯神明的大胆妄为,根本就和你装出的那副温和谦让的神情不相称,亏你还假惺惺地自命为……"

"可是,玛丽,你也知道我们这一辈子是怎么教养出来的,就像全镇的人一样，每逢什么诚实的事情要做的时候，就不会有片刻的迟疑，这种作风已经完全成了我们的第二天性——"

"啊，我知道。我知道——一辈子老在受诚实的教养、教养、教养，教个没完——从摇篮里就教起，要诚实呀，不要受一切诱惑呀，所以这全是虚伪的诚实，一旦受到诱惑，就经不起考验，今晚上我们已经看清楚了。老天有眼，我对自己那种像石头一样结实的、无法败坏的诚实从来没有丝毫怀疑过，可是现在……现在，只受到这第一次真正的大诱惑，我就……爱德华，我相信这个镇上的诚实都是像我的一样，糟透了，也像你一样糟。这是个卑鄙的市镇，是个冷酷和吝啬的市镇，除了远近闻名和自命不凡的诚实而外，根本就没有丝毫美德。我敢发誓，我确实相信如果有那么一天，这种诚实受到大诱惑的时候，它那堂皇的声誉就会垮台，好像一座纸房子一样。哎，这下子我可把老实话说出来了，心里倒觉得痛快一点。我是个骗子，向来如此，可就是自己不知道。以后谁也别说我诚实吧——我可担当不起。"

"我……哎，玛丽，我也是和你一样的感觉，的确是这么想的。这好像有些奇怪，真的，太奇怪了。从前我是决不会相信这种说法的——决不会。"

随后是一阵长时间的沉默，他们俩都转入沉思了。后来妻子抬起头来说：

"我知道你在想什么，爱德华。"

理查兹脸上显出一个被看透了心事的人的窘态。

"说出来真是丢人，玛丽，可是……"

"那没什么关系，爱德华，我自己也正在想着这同一个问题哩。"

"但愿如此。你说出来吧。"

"你想的是，如果有人能猜得出固德逊对那个外方人说的是句什么话，那该多好。"

"一点也不错。我觉得有罪，而且难为情。你呢？"

"这种感觉已经过去了。我们在这儿搭个临时铺吧,我们非得好好看守着,等明天早上银行的金库开了,收进这只口袋才行……哎呀,哎呀——要是我们没做错那一着儿,那该多好!"

临时铺搭好了,玛丽说:

"那句开门咒——究竟是怎么说的呢?我实在猜不透,那句话是怎么说的呢?可是,你过来吧,我们该上床了。"

"上床睡觉吗?"

"不,是想。"

"是呀,想。"

这时候柯克斯夫妇也吵完了嘴,言归于好了,现在正要上床——去想、想,在床上翻来滚去,心里烦,老猜不透固德逊当初向那个倾家荡产的流浪汉说的是一句什么话,那句宝贵的箴言、价值四万元现金的箴言。

那天晚上村里的电报局办公时间比平日延迟了,原因是这样的:柯克斯的报馆里的领班是美联社的地方通讯员,他可以算是一位挂名的通讯员,因为他供给的稿件一年之中难得有四次在报上登出三十个字。这一次可不同了。他打电报去报告他所得到的消息,立即接到了复电:

详述一切——巨细勿遗——一千二百字。

多么长的一篇约稿呀!领班如约完成了这篇报道。他是全州最得意的人了。第二天早餐的时候,"不可败坏的赫德莱堡"这个名称挂上了全美国每个人的嘴上,从蒙特利尔到墨西哥湾,从阿拉斯加的冰河到佛罗里达的柑子园,千百万人都在谈论着那个异乡人和他的钱袋,大家都在关心着那位得主是否可以找得到,都希望再得到关于这桩事情的消息——越快越好。

二

　　赫德莱堡镇一觉睡醒来，已经是举世闻名——惊异——快乐——扬扬得意，得意到不可想象的地步。十九位重要公民和他们的太太都来来往往，互相握手，笑逐颜开，彼此道贺，大家都说这桩事情给字典上增加了一个新名词——赫德莱堡，"不可败坏"的同义词——这个词注定要在字典里永垂不朽！次要的、无声无息的公民们和他们的妻子也到处跑来跑去，举动也大致相同。人人都跑到银行去看那只装着黄金的口袋；还没到中午，就有许多郁郁不乐的、忌妒的人成群结队地从布利克斯敦和邻近的市镇蜂拥而来。当天下午和第二天就有四面八方的记者来采访这只钱袋和它的来历，又把整个故事重新报道一下，并且随意渲染描绘了一番钱袋；理查兹的家、银行、长老会教堂、浸礼会教堂、公众广场，以及将要举行对证和交付那笔钱财的镇公所，也都一一做了描绘了。此外还刻画了几个人物糟糕的肖像，其中有理查兹夫妇，有银行家宾克顿，有柯克斯，有报馆的领班，还有伯杰士牧师和邮政局长——甚至还有杰克·哈里代，他是个游手好闲、和蔼可亲、无足轻重、放荡不羁的渔夫和猎人，孩子们的朋友，丧家之犬的朋友，是这镇上典型的"山姆·劳生"①。平庸的、假笑的、油滑的小个子宾克顿把钱袋给所有参观的人看，他高高兴兴地搓着一双光滑的手掌，极力吹嘘这个市镇由于诚实而享有的久远的好名声，以及这次惊人的证明，并且希望和相信这个榜样将要扬名全美洲，对于挽回世道人心会起划时代的作用。还有诸如此类的话。

　　一个星期终了时，一切又平静下来了，如醉如狂的自豪和欢欣的

---

① 山姆·劳生，美国作家斯陀夫人（1812—1896）小说中一个富于风趣、爱讽刺人的、乐天派的懒汉。

心理已经清醒过来,变为一种柔和的、甜蜜的、沉默的快感——好像是一种意味深长、无以名之、不可言喻的自得心理。人人脸上都现出一种平和圣洁的快乐。

然后发生了一种变化。那是一种逐渐的变化,非常迟缓,以致开始几乎无人发觉。也许根本就没有人发觉,除了杰克·哈里代。他是经常把每件事情都看清楚的,而且无论是什么事情,他是老爱拿来开玩笑的。他发现有些人一两天以前还很快活,现在却不那么高兴,于是他就说些拿他们取笑的话。随后他发现这种新现象越来越厉害,简直成了一副晦气相。然后他又看出人家现出了苦恼不堪的神情。最后他觉得人人都变得那么郁郁不乐、若有所思、心不在焉,如果他伸手到全镇最悭吝的人裤袋底去扒他一分钱,也不会惊醒他的幻想。

在这个阶段——也许是大约在这个阶段——那十九户重要人家的家长在临睡的时候说出大致像这样的一句话——差不多都是叹一口气说的:

"哎,固德逊说的究竟是一句什么话呢?"

他的妻子马上就这样回答——话里带着颤声:

"啊,别提了!你心里在胡思乱想些什么鬼事儿?千万把它丢开吧,我求你!"

可是第二天晚上,这些人又不由得发出这个问题来——而且所受的斥责也是一样,不过声音却小了一些。

第三天晚上,男人们又发出这同一问题——语气是苦闷的,而且是茫然的。这一次——还有次日晚上——妻子们稍有不知所措的表现,她们心里都有话想要说,可是并没有说出来。

再往后的那天晚上,她们终于开了口,急切地回答道:

"啊,假如我们猜得着多好!"

哈里代的俏皮话一天比一天说得有声有色,极尽挖苦之能事,令人十分难堪。他劲头十足地蹿来蹿去,拿这个市镇开心,有时讥笑个别的人,有时讥笑大家。可是他的笑声在全镇中已经是绝无仅有:这笑声落在空虚而凄凉的荒漠中了。无论何时何地这个市镇上连一点笑容都找不到。哈里代把一只雪茄烟盒子装在一个三脚架上，拿着它到处跑，假装那是个照相机；他拦住所有的过路人，把这东西对准他们说："预备！——请您笑一点儿。"但是连这样绝妙的玩笑也不能在那些阴沉的面孔上引起反应，使它们轻松一点。

这样过了三个星期——还剩下一个星期。那是星期六晚上——大家已吃过晚饭了，但没有往常星期六那种熙熙攘攘、大家到处买东西和开玩笑的热闹场面，街上是空虚寂寞的。理查兹和他的老伴独自坐在他们那间小客厅里——神情沮丧，都在想心事。这种情形现在已经成为他们晚间的习惯了：他们过去一向的老习惯——看书、编织和称心如意地闲谈，或是和邻居们互相串门，这一切都老早就成为过去，被他们忘掉了很久很久——两三个星期了。现在谁也不谈话，谁也不看书，谁也不串门——全镇的人都坐在家里，唉声叹气，愁眉苦脸，沉默不言，都想猜出那一句话。

邮递员送来了一封信。理查兹无精打采地望了一眼信封上写的字和邮戳——两样都是陌生的——他把信丢在桌子上，又恢复了刚才被打断的东猜西想和绝望的、沉闷的烦恼。两三个钟头之后，他的妻子疲惫地站起来，正准备不道晚安就去睡觉——现在这已经成为习惯了——可是她在靠近那封信的地方停了一下，以冷漠的神情望了它一会，然后把它拆开，约略地看了一遍。理查兹还在坐着，椅背翘起靠着墙，下巴垂在两膝之间。他忽然听见有什么东西倒在地下了，一看，原来是他的妻子。他赶紧跑到她身边，可是她却大声喊道：

"别管我，我太快活了。你快看信——快看！"

他接过信来看，贪婪地读着，脑子不禁眩晕起来。那封信是从很远的一个州寄来的，信里说：

> 我和你素不相识，但是这没有关系：我有一桩事情要告诉你。我刚从墨西哥回家来，听到了那件新闻。当然你不知道那句

话是谁说的,可是我知道,而且知道这个秘密的,世间只有我一人。那人是固德逊。多年以前,我和他很熟识。我就在那天晚上走过你们这个镇子,并且在夜半的火车未到之前,一直在他家做客。我在旁边听见他对那个站在黑暗地方的外方人说了那句话——地点是赫尔巷。他和我继续往他家里走的时候,一路就谈这件事情,后来在他家一面抽烟,还一面在谈。他在谈话之中提到了你们镇上的许多人——差不多都说得很不客气,只对两三个人的批评较客气,这两三人之中有一个就是你。我说的是"批评较客气"——也就是如此而已。我还记得他说过这个镇上的人,实际上没有一个是他喜欢的——一个也没有;不过他说你——我想他是说的你——大致没有记错吧——曾经有一次帮过他一个大忙,也许你自己还不知道帮了这个忙究竟于他有多大好处,他说他希望有一笔财产,临死的时候就要把它留给你,而对镇上其余的居民每人都奉送一顿咒骂。那么,只要你是当初帮过他的忙,你就是他的合法继承人,应得那一袋金子。我知道我尽可以相信你的廉洁和诚实,因为这些美德在一个赫德莱堡的公民身上是万无一失的天性,所以我现在就要把那句话告诉你,深信你如果不是应得这笔钱财的人,一定会去把应得的人寻访出来,使固德逊得以报答他所说的那番恩惠,表达他的感激之情。他说的那句话是这样的:"你决不是一个坏人:快去改过自新吧。"

霍华德·里·史蒂文森

"啊,爱德华,这笔钱是我们的了,我真是太高兴了,啊,太高兴了——亲我一下吧,亲爱的,我们多久多久没有亲过嘴了——我们正是需要哩——这笔钱——这下子你也可以摆脱宾克顿和他的银行了,再也不当谁的奴隶。我简直好像是高兴得要飞了。"

这两口子在长靠椅上互相拥抱和亲吻,快快活活地消磨了半小时。他们又恢复了过去的美好时光——这种时光原是从他们恋爱时就

开始了,直到那外方人带来这笔害死人的钱财以前,一直继续着、没有中断过的。过了一阵,妻子说道:

"啊,爱德华,你真幸运,当初亏得给他帮了那个大忙,可怜的固德逊!我向来是不喜欢他的,可是现在我觉得他很可爱。你倒真是了不起,真漂亮,从来就没提过这桩事情,没夸过嘴。"然后她略带责备的语气说:"可是你对我总该提一提呀,爱德华,你自己的妻子,总该告诉一声哪,你要知道。"

"嗯,我……呃……嗯,玛丽,你瞧——"

"别老是这么吞吞吐吐吧,快告诉我,爱德华。我向来是爱你的,现在我真以你自豪哩。谁都相信全镇只有一个慷慨的好人,原来你也……爱德华,你怎么不告诉我?"

"嗯——呃——呃——嗯,玛丽,我不能说!"

"你不能说?为什么不能说?"

"你要知道,他……哎,他……他叫我保证不说。"

妻子把他打量一番,很慢很慢地说:

"叫——你——保——证?爱德华,你怎么对我说这种话?"

"玛丽,你难道以为我会撒谎吗?"

她颇为惶惑,一时说不出话来,然后她把她的手放在他的手里,说道:

"不是……不是。我们未免说得离题太远了——上帝饶恕我们吧!你一辈子没撒过一次谎。可是现在——现在我们脚底下一切的根基好像要垮掉的时候,我们就……我们就……"她一时说不下去了,然后又断断续续地说,"不要叫我们受到诱惑吧……我想你是对人家保证过的,爱德华。这话就到此为止吧。我们不要再谈这个问题了,那么——这就算不提往事了,我们还是要快快活活才行,这不是自寻烦恼的时候。"

爱德华感觉到听从妻子的话颇有几分吃力,因为他心里老在东想西想——极力要想起他曾经帮过固德逊什么忙。

两口子几乎通宵没有合眼,玛丽是快活而又想个不停,爱德华却只忙着用心思,而并不十分快活。玛丽老在盘算着如何处理这笔钱财,爱德华搜肠刮肚地要回想起那个恩惠。起初他为了对玛丽撒了那个谎——如果说那是谎话——良心上感到不安。后来他反复思考了一阵——假定那确实是撒谎吧,那又怎么样?难道有什么大不了吗?我难道不是经常在行为上干撒谎的勾当?那又为什么连说谎都不行呢?你看玛丽——看她所干出来的事情。当他正在赶紧去做那桩老老实实的事情的时候,她在干什么?悔恨没有把那张字条子毁掉,把钱留下!难道盗窃比撒谎还强吗?

于是这个问题就不那么使他难受了——撒谎的事落到了背后,并且还使他觉得差堪自慰。其次一个问题又占了上风:他究竟是否帮过人家的忙呢?你看,这儿分明有固德逊本人的证明,史蒂文森的来信说得很清楚;没有比这更好的证明了——这简直可以作为法律上的证件,证明他确曾帮过人家的忙。当然。所以这一点算是解决了……可是不行,还不见得完全解决了。他微微吃惊地想起这位不相识的史蒂文森先生就说得并不十分肯定,他记不清帮这个忙的人究竟是理查兹,还是另外某一个人——而且,哎呀,他还说信任理查兹的人格哩!所以理查兹不得不由他自己决定这笔钱应该归谁——史蒂文森先生相信他如果不是应得的人,就一定会毫不苟且地把应得的人寻访出来。啊,把人家安排到这种地步,真是可恶——哎,史蒂文森怎么就不兴把这种疑问去掉呢!他为什么要拖上这么个尾巴?

又是一阵思索。究竟是怎么回事呢,偏巧是理查兹的名字,而不是别人的名字,在史蒂文森心里留下了印象,使他觉得他是应得这笔钱财的人?这倒像是很不错。是的,这实在像是大有希望。事实上,他一个劲儿往下想,希望也就似乎越来越大——直到后来,这个理由终于变成了铁证。于是理查兹马上不把这个问题放在心上,因为他有一种内心的直觉,认为一个证据既经肯定,就以不再追究为妥。

这时候他心安理得地感到愉快,可是另外还有一个小小的问题,却老在逼着他注意：当然他是帮过人家的忙——这是肯定了的。可是究竟帮的是什么忙呢？他必须回忆出来——非等想起了这桩事情，他才能睡觉；因为这才能使他心境安宁，毫无挂虑。于是他想了又想。他想到许多件事情——可能帮过的忙，甚至是大致肯定帮过的忙——可是没有一件显得够重要，没有一件显得够分量，没有一件显得值这笔钱财——值得固德逊希望他能在遗嘱中留下的那笔财产。不但如此，他根本就想不起曾经做过这些事情。那么，哎——那么，哎——那究竟应该是帮一个什么忙，竟会使得一个人这么了不得地感激呢？啊——拯救了他的灵魂！一定是这么回事。不错，现在他想起了当初曾有一次自告奋勇去劝固德逊入教，并且苦口婆心地劝了他——他打算说是劝了三个月之久；可是仔细一想，三个月缩成了一个月，又缩成了一星期，又缩成了一天，然后缩得毫无踪影了。是的，他现在记得很清楚，而且是非他所愿地那么鲜明，固德逊当初的回答是叫他滚他妈的蛋，少管闲事——他可不希望跟着赫德莱堡升天堂！

所以这个答案是失败了——他并不曾拯救过固德逊的灵魂。理查兹不免有些气馁。然后过了片刻工夫，又出现了一个念头：他曾经挽救过固德逊的财产吗？不行，这是说不通的——他根本就一无所有。他的性命呢？一点也不错。当然。哎，他早就该想到这个了。这一次他总算走对了路，毫无疑问。于是片刻之间，他那想象的风车就大转特转起来了。

此后，在精疲力竭的整整两个钟头之中，他一直在忙着救固德逊的命。他以各种困难和冒险的方式干这桩事情。每一次他都很圆满地把这个救命的举动做到了某一个地步；然后正当他开始确信这桩事情是当真发生过的时候，偏巧就有一个恼人的枝节问题出现，使得整个事情变得荒唐无稽。比如拿泅水救命这种方式来说吧，他曾经泅出去把淹得不省人事的固德逊拖上岸来，还有一堆人旁观赞许，但是他把整个经过完全编好，开始回忆一切的时候，却又生出了许许多多起破坏作用的枝节问题：镇上的人们是不会不知道这桩事情的，玛丽也不会不知道，在他自己的脑子里,这桩事情也会像镁光灯似的放出耀眼的光芒,而不至于是一件他可能做了而"不知道究竟对人家有多大益处"的、并不显著的好事。而且想到这里,他又记起了他自己根本就不会游泳。

啊——原来又有一点,他从头起就忽略掉了:这桩事情必须是他做了之后却"可能还不知道究竟对人家有多大益处"的好事。哎,真是,那应该是容易寻思出来的——比其他那些事情简单得多了。果然不错,他不久就想出来了。多年以前,固德逊几乎和一个名叫南赛·休维特的很可爱、很漂亮的姑娘订了婚,但是为了某种原因,这桩婚事还是作罢了。那个姑娘死了,后来固德逊就一直是个独身汉,并且渐渐变得性情孤僻,干脆就成了一个愤世嫉俗的角色。这个姑娘死后不久,镇上的人就发现了,或者自以为发现了,她的血管里含有一点点黑人的血液。理查兹把这个问题思量了许久,后来终于觉得他想起了一些与此有关的事情,那些事情一定是由于日久不曾理会,在他脑子里弄得无影无踪了。他似乎是隐隐约约地想起了当初发现那黑人血液的就是他自己,把这个消息告诉镇上人的也是他,还想起了镇上人告诉了固德逊,并说明了消息的来源。他就是这样挽救了固德逊,使他免于和这个有黑色混血的姑娘结婚。他帮了他这个忙,却"不知道对他有多大好处",事实上根本还不知道他是在帮人家的忙。可是固德逊却知道他帮这个忙的价值,也知道他是如何千钧一发地获得了幸免,所以他才在临终时对他的恩人感激不尽,恨不得自己有一笔财产留给他。现在一切都简单明了了,他越回想就越觉得这事情非常明显,毫无疑问;最后,当他舒舒服服地躺下睡觉的时候,心里颇为满意而快乐,他回忆着一切经过,就像是昨天的事一般。事实上,他仿佛还记得固德逊曾经有一次亲自对他说过感激的话。在这段时间里,玛丽已经花了六千元给自己购置了一所新房子,还买了一双睡鞋送她的牧师,然后就安安静静地睡着了。

在那同一个星期六晚上,邮递员给其他的重要居民每人送去了一封信——一共送了十九封。每个信封都不相同,笔迹也不一样,可是信的内容却一样,除了一点而外,分毫不差。每封信都是完全照理查兹所收到的那一封抄下来的——笔迹都是一模一样——而且都是史蒂文森签名的,只是理查兹的名字换上了各个收信人的名字罢了。

一夜到天明,十八位重要公民都在同一时间内和他们的同样身份的弟兄理查兹干了同样的事情——他们用尽了全副精力,要想起他们曾在无意中给巴克莱·固德逊帮过一次什么了不起的忙。无论对于哪一位,这番功夫都不见得轻松愉快,然而他们都成功了。

在他们很吃力地干着这项工作的同时,他们的妻子却轻易地把这一夜工夫都消磨在花钱上了。这一夜之间,那十九位太太平均每人从那口袋里的四万元中花掉了七千元——总共是十三万三千元。

第二天,杰克·哈里代大吃一惊,他看出那十九位主要的公民和他们的妻子脸上都重新现出了那种平和圣洁的快乐神情。他简直莫名其妙,也想不出什么取笑的话来,足以破坏或是扰乱这种气氛。所以现在就轮到他对生活感到不满了。他对这种快乐的原因私自作了许多揣测,但一经考察,通通都猜错了。他遇到威尔科克斯太太,发现她脸上那副平静的心醉神迷的神态时,他心里想道:"她的猫生猫仔了。"——于是他就去问她家的厨娘:结果并没有这回事,厨娘也看出了那种喜色,却不知原因何在。在哈里代发现"老实人"①(他的绰号)毕尔逊脸上也有那种狂喜神情时,他就断定毕尔逊有一位邻居摔断了腿。但调查的结果,这事情也不曾发生。格里戈利·耶次脸上那副抑制住的狂喜神色只能有一种原因——他的丈母娘死了:这次又没有猜对。"那么宾克顿——宾克顿——他一定是讨回了本来以为要落空的一角钱的债。"诸如此类,东猜西猜。他所猜测的事情,有些只好存疑,有些却已证明了是分明的错误。最后哈里代自言自语道:"反正归结起来,今天赫德莱堡有十九家人暂时登了天堂:我不知道这是怎么个来由,我只知道老天爷今天一定是休假了。"

---

① 原文"shadbelly"的意思是"教友派教徒",其特征为循规蹈矩、朴素平和。

有一个邻州的建筑师兼营造商新近到这个前途有限的镇上大胆地开办了一个小小的企业,现在他的招牌已经挂了一个星期了,始终还没有一个主顾,他很沮丧,懊悔不该来。可是现在他的运气忽然好转起来了。那些重要的公民的太太一个又一个地私自对他说:

"下星期一到我家里来吧——不过请你暂时不要声张。我们打算盖房子。"

那一天有十一家来邀请他。当天晚上他就给他的女儿写信,毁了她和一个学生的婚约。他说她可以找一个比他身价高一万丈的对象。

银行家宾克顿和其他两三位富裕的人物计划着盖乡村别墅——可是他们从容地等待着。这类人物在小鸡还没有出壳的时候是不把它们作数的。

威尔逊夫妇筹划了一个新的盛举——开一个化装舞会。他们并没有正式邀请客人,只是亲密地对他们所有的亲友们说,他们正在考虑这桩事情,并且觉得他们应该举行这个舞会——"如果我们举行的话,那当然会请你参加。"大家都觉得很惊奇,于是互相议论道:"哎,他们简直是发疯了,威尔逊他们这对穷骨头,他们哪儿请得起呀。"十九家的主妇之中有几位私自向她们的丈夫说:"这倒是个好主意:我们一直不声不响,且等他们把那个寒碜的把戏演过之后,我们再来举行一个像样的,准叫他们出洋相。"

时光如流,那些未来的挥霍的预算越来越庞大、越来越任性、越来越愚蠢和胡闹了。照情形看来,这十九家似乎是不仅是在领款的日子以前把这四万元全部花光,还要在这笔款到手的时候当真负债才行。有几家的人轻举妄动,不以计划如何花钱为足,竟真的花起来了——用赊账的办法。他们买地、接受典当的产业、购置农庄、买投机的股票、买讲究的衣服、买马,还有各种其他的东西,先拿现款付清利息,其余由他们负责清偿——以十天为期。随即这些人清醒过来,就知道事情不妙,于是哈里代就看出许多人脸上开始流露出一种可怕的焦虑。他又弄得莫名其妙,不知究竟是怎么回事。"威尔科克斯家里的小猫并没有死,因为根本还没有生出来,谁也没有把腿摔断,丈母娘也没有减少,什么事也没有发生——这真是个猜不透的谜。"

另外还有一个满脑子疑团的人——柏杰士牧师。一连好几天,无论他走到什么地方,似乎总有人跟踪,或是东张西望地寻找他。如果他到了一个僻静的地方,那十九家的人当中就一定有一位出现,鬼头鬼脑地把一只信封塞到他手里,悄悄说一声"礼拜五晚上在镇公所拆开",然后就像犯了罪似的溜开了。他原来猜想着或许会有一个人申请领取那只钱袋——但这还是靠不住的,因为固德逊已经死了——可是他怎么也想不到居然会有这么一大堆人来申请。最后到了礼拜五那个盛大的日子,他一共收到了十九封信。

三

镇公所从来没有比这一天更漂亮过。大厅尽头的讲台后面挂满了耀眼的旗子,墙上每隔一个相当距离都有旗子结成的花彩,楼座的前面也蒙上了旗帜,支柱上也裹着旗帜,这一切都是为了给外来的客人留下深刻的印象,因为来宾颇多,而且多半是与新闻界有关系的。全场坐满了人。四百一十二个固定的座位都坐满了,另外还在过道里临时放了六十八个座位,也坐满了;讲台的阶梯上也坐上了人,有几位显要的来宾被安排在讲台上,讲台前面和两侧的边缘摆成马蹄形的那些桌子后面坐着一大批来自各地的特派记者。全场的装束之讲究在这个镇上是空前的。有些服装价格颇高,有几位穿着这种华贵衣裳的妇女显得有点不大习惯的样子。至少本镇的人觉得她们有这种表情,之所以产生这种看法,也许是由于本镇的人知道这些妇女以前从来没有穿过这种衣服吧。

那一袋黄金放在讲台前面的一张小桌子上,全场都可以看得见。在场的人绝大多数都瞪着眼睛望着它,心里感到一种强烈的兴趣,垂涎欲滴的兴趣、渴望而又感伤的兴趣。占少数的十九对夫妇却以亲切、抚爱和物主的眼光定睛望着这份宝贝,而这少数人中的男性的一半则在一遍又一遍地暗自背诵着为答谢会众的喝彩和祝贺而发表的简短的即席致辞,这番话是他们准备马上就要站起来说的。这些先生们之中随时都有某一位从衣袋里拿出一张纸条子来,悄悄地瞟它一眼,以便帮助记忆。

会场中当然不断地有叽叽喳喳的谈话声——这是照例免不了的。可是后来牧师柏杰士先生站起来,把手按在那只口袋上的时候,全场肃静到了极点,他简直可以听得见身上的细菌咬啮的声音。他叙述了钱袋的稀奇来历,然后以热情的词句继续说到赫德莱堡因无疵的诚实而获得的那种悠久的应得的声誉,又说到全镇的人对这种声誉所感到的于心无愧的光荣。他说这种声誉是一份无价之宝,叨天之佑,它的价值现在更加无可计量地提高了,因为新近这桩事情已经把这种名声传播得很广,以致全美洲的人都把眼光集中到这个镇上来了,而且——他希望、他相信——结果使这个镇的名字成了"不可败坏"的同义字。(掌声)"那么让谁来充当这个贵重的珍宝的监护人呢——全镇共同负责吗?不!这个责任是个人的,而不是整个社会的。从今以后,你们诸位个个都要亲自担任它的特殊监护人,各人都要负责不叫它受到任何伤害。请问你们——请问你们每一位——是不是接受这个重托呢?(台下纷纷表示同意)那好极了。还要把这种责任流传给诸位的子子孙孙,世代无穷。今天你们的纯洁是无可指摘的——千万要注意把它永久保持住。今天你们整个社会里没有一个人会受到诱惑去拿别人的钱,不属于自己的,连一个钱也不会摸一摸——千万要保住这种美德。('一定会这样!一定会这样!')我不便在这里拿我们自己和别的镇来比较——有些镇对我们心存偏见;他们有他们的作风,我们有我们的作风:我们就心满意足吧。(掌声)我的话完了。朋友们,我手底下放着的,是一个陌生人对我们的品德有力的表扬,由他的举动,从今以后全世界也会永远知道我们是些什么人。我们不知道他是谁,可是我代表诸位向他表示感谢,并且请大家高声欢呼,表示同意。"

在场会众全体起立,发出雷鸣般的致谢的呼声,经久不息,连墙壁都震动了。然后大家又坐下来,柏杰士先生就从衣袋里取出一个信封。当他拆开信封,从那里面抽出一张纸条子的时候,全场鸦雀无声。他把这张字条的内容念出来——慢慢地、动听的——听众如醉如痴地凝神静听这个神奇的文件,这上面的字每一个都代表着一锭黄金:

"'我对那位遭难的外方人说的那句话是这样的:"你绝对不是一个坏人;快去改过自新吧。"'"然后他继续说道:

"我们马上就会知道,这儿所写出的这句话是否与钱袋里封藏的词句相符合,如果是相符——我看毫无疑问是会符合的——那么这一袋黄金就属于我们的一位同胞,他从以后就在全国的面前成为使我们这个小镇远近闻名的那种特殊的美德的象征——毕尔逊先生!"

全场的人本来都准备着爆发出风暴似的一阵应有的喝彩声,可是大家没有这样做,反而好像是中风似的发呆;一时简直毫无声息,然后有一阵耳语的浪潮卷过全场——大意是这样:"毕尔逊!哈,算了吧,那未免太难叫人相信了!拿二十块钱给一个陌生人——无论给谁吧——毕尔逊!这只好说给水手们听![①]"这时候全场又因另一阵惊奇,突然肃静下来了,因为大家发觉毕尔逊执事在会场中的一处站着,谦逊地低着头,同时在另一处,威尔逊律师也一模一样地站着。大家满怀疑惑地沉默了一阵。

人人都莫名其妙,十九对夫妇显出惊骇和愤慨的神情。

毕尔逊和威尔逊转过脸来,瞪着眼睛互相望着。毕尔逊讥刺地问道:

"威尔逊先生,请问你站起来干什么?"

[①] 从前航海的水手们爱说荒唐无稽的故事,所以英文里"mariners"(水手)这个词,有时候就代表信口开河、乱编荒唐故事的人。

"因为我有这个权利。也许你不嫌麻烦,可以向大家说明说明你为什么站起来吧?"

"我很愿意。因为那张字条是我写的。"

"这简直是无耻的谎话!我亲自写的呀!"

这下轮到柏杰士目瞪口呆了。他在台上站着,茫然地对着这两位先生,先望望这个,又望望那个,似乎是不知如何是好。全场都茫然失措。后来威尔逊律师开口了,他说:

"我请求主席再念念那张字条上的签名。"

这使主席清醒过来,他大声念出了那个名字:

"约翰·华顿·毕尔逊。"

"怎么样!"毕尔逊大声嚷道,"现在你还有什么可说的?居然打算在这儿骗人,你现在准备怎么向我道歉,怎么向在座的受了侮辱的听众道歉?"

"我无歉可道,先生。另一方面,我还要公开地控诉你是从柏杰士先生那儿偷走了我写的那张字条子,抄了一份,签上你的名字,把它换了。此外你不会有什么其他的办法能得到这句对证词,全世界的人,只有我一个掌握着这个措辞的秘密。"

照这样争吵下去,难免不闹成丑恶不堪的局面。人人都很难受地注意到那些记者在那儿拼命地速记。有许多人大声喊着:"主席!主席!秩序!秩序!"柏杰士使劲敲着主席的小木槌说道:

"我们不要忘记应有的礼貌吧。这事情显然是哪儿出了一点差错,可是想必也不过是这样。如果威尔逊先生曾交给我一封信——我现在想起了,他确实是交过——我还保存着哩。"

他从衣袋里拿出一只信封来,把它撕开,瞟了一眼,露出惊讶和困惑的神气,站了几分钟没有作声。然后他以恍惚和机械的姿势挥一挥手,一再要想说句什么话,终于泄了气,没有说出来。有几个人的声音大声喊道:

"念呀!念呀!是怎么写的?"

于是他以茫然的梦游病者的声调念起来：

"'我向那位不幸的外方人说的那句话是这样的："你决不是一个坏人：（全场瞪着眼睛望着他，大为惊奇。）快去改过自新吧。"'"（台下纷纷议论："真奇怪！这是怎么回事？"）主席说，"这一份是赛鲁·威尔逊签名的。"

"怎么样！"威尔逊大声喊道，"我看这就把问题解决了！我分明知道我那张条子是被人偷看了。"

"偷看！"毕尔逊回嘴骂道，"我要叫你知道，不管是你，或是其他像你这样的浑蛋，都不许这么大胆地……"

主席："秩序，先生们，请守秩序！请坐下，你们两位都坐下。"

他们听从了主席的话，可是还摇晃着脑袋，愤怒地咕噜着。全场弄得完全莫名其妙，大家对于这个稀奇的紧张局面，简直不知如何是好。随即汤普生站起来。汤普生是个帽商，他本来很想列入十九家，可是他不够资格：他的帽子存货不多，够不上那个地位。他说：

"主席先生，如果可以让我发表意见的话，我请问这两位先生难道会都不错吗？我请问你，先生，难道他们俩都恰好对那位外方人说了同样的话吗？我觉得……"

硝皮商站起来，打断了他的话。硝皮商是个满腹牢骚的人，他自信是够得上列入十九家的，可是他没有获得大家的公认。这使他在举动和言辞方面都有点儿带刺。他说：

"呸，问题不在那上面！那是可能有的事——一百年里说不定能有两次——另外那桩事情可不会有，他们俩谁也没有给过那二十块钱！"

（一阵喝彩的声音。）

毕尔逊："我给过！"

威尔逊："我给过！"

于是他们两人又互相控诉对方有偷窃行为。

主席："秩序！请坐下，对不起——你们两位。这两张条子无论哪一张都没有片刻离开过我身边。"

某人的声音:"好——那就没什么问题了!"

硝皮商:"主席先生,现在有一点是明白了:这两位先生之中反正有一个曾经藏在另一个的床底下,偷听人家的家庭秘密。如果我的话并不违反会场规则,我就要说一句:两位都干得出。(主席:'秩序!秩序!')我收回这句话,先生,现在我只提出一个意见:假使他们两人之中有一个偷听了对方告诉他的太太的那句对证词,我们就可以把他查出来。"

某人的声音:"怎么查法?"

硝皮商:"很容易。他们俩所写的那句话,字句并不完全一样。假如不是隔的时间太久一点,又在宣读两人的字条之间插进了一场热闹的争吵,大家也许会注意到的。"

某人的声音:"你把那区别说出来吧。"

硝皮商:"毕尔逊的字条里说的是'绝对不是',威尔逊的是'决不是'。"

许多人的声音:"是那样的——他说得不错!"

硝皮商:"那么,现在只要主席把钱袋里那句对证词查对一下,我们马上就可以知道这两个骗子之中……(主席:'秩序!')——这两位冒险家之中……(主席:'秩序!秩序!')——这两位先生之中……(哄堂大笑和掌声)——究竟是谁应该戴上一个勋章,表明他是这个镇上破天荒生出的第一个不老实的撒谎大王——他给这个镇丢了脸,这个镇从今以后也就会叫他够难堪的!"(热烈的掌声。)

许多人的声音:"打开吧!——打开那口袋!"

柏杰士先生把那口袋割开了一条裂口,伸手进去抽出一只信封来。信封里装着两张折起的信纸。他说:

"这两张字条有一张上面写着:'要等交给主席的一切信件——如果有的话——通通宣读过之后再打开来看。'另一张上写着:'对证词。'让我来念吧。这上面写的——就是:

"'我并不要求申请人把我的恩人向我说的话的前半句说得一字不差,因为那一半并不动人,而且容易忘记;但是末尾的四十个字是很动人的,我觉得也容易忘记,除非把这些字完全正确地重述出来,否则就请把申请人当作骗子看待。我的恩人开始说的是他很少给别人提出忠告,可是他一旦提出忠告的话,那就一定是金玉良言。然后他就说了这么一句——这句话一直留在我脑子里,从来没有遗忘过:"你决不是一个坏人——"'"

五十个人的声音:"这下子是非分明了——钱是威尔逊的!威尔逊!威尔逊!说话呀!说话呀!"

大家跳起来,拥挤到威尔逊身边团团围住,紧紧握住他的手,热烈地向他道贺——同时主席敲着小木槌,大声嚷道:

"秩序,诸位!秩序!秩序!请让我念完吧。"会场恢复平静以后,宣读又继续了——念出的是:

"'快去改过自新吧——否则,记住我的话——总有一天,你会因你的罪过而死,并且因此入地狱或是赫德莱堡——希望你努力争取,还是入地狱为妙。'"

随后是一阵可怕的沉寂。起初有一层愤怒的暗影阴沉沉地笼罩到在场的公民们脸上。停了一会之后,这层暗影渐渐消失,另有一种幸灾乐祸的表情很想取而代之,这种表情力图流露出来,大家拼命地抑制,才把它压住了。记者们、布利克斯敦的人们,以及其他外地来宾都把头低下去,双手把脸遮住,费尽力气,凭着非凡的礼貌,才极力忍住。就在这个不凑巧的时候,鸦雀无声的会场中突然爆发出一个孤单的吼声——杰克·哈里代的:

"这话才真是地道的金玉良言哪!"

于是全场哗然大笑了,连客人都没有例外。甚至柏杰士先生的庄严也马上泄气了,随后会众自觉已经正式解除了一切约束,大家就尽量享受他们的权利。全场的哄笑是尽情而持久的,真是笑得好像狂风暴雨似的痛快淋漓,可是后来终于停息了——停息的时间稍久,柏杰士先生才得以乘机准备继续发言,台下的人才趁此把眼睛稍擦了一下。可是后来笑声又爆发了,过一会又是一阵,最后柏杰士才得以说出这几句严肃的话:

"想要掩饰事实也是枉然——我们确实发现自己面临着一个重大问题。这个问题涉及本镇的荣誉,打击全镇的好名声。威尔逊先生和毕尔逊先生所提出的对证词略有出入,这个问题本身就很严重,因为这表示这两位先生之中总有一位犯了盗窃的行为——"

这两个人都瘫软地坐着,无精打采,懊丧之极;可是一听到这些话,他们俩都像是触了电似的动作起来,马上就要站起——

"坐下!"主席严厉地说。他们都听从了。"这件事情,我刚才说过,本就是很严重的。这事情——还只牵涉他们两人之中的一个。可是现在问题就更加严重了,因为他们两个人的名誉都遭了可怕的危险。我是不是可以更进一步说,遭了无法摆脱的危险?两个人都漏掉了那重要的四十个字。"他停了一会。过了几分钟,他故意让那普遍的沉寂逐渐沉淀,增加它那予人以深刻印象的效果,然后继续说道:"这件事情的发生,似乎只有一种说法可以解释。我请问这两位先生——是不是串通行骗?——互相勾结?"

一阵低沉的议论透过全场,大意是说:"他把他们两个都抓住了。"

毕尔逊不惯于应付紧急场面,他半死不活地坐着,一筹莫展。但是威尔逊却是个律师,他脸色苍白而懊恼,挣扎着站起来,说道:

"我请求大家耐心听一听,让我说明一下这件非常痛心的事情。我把我所要说的话说出来,真是抱歉得很,因为这不免要使毕尔逊先生遭到无法挽救的损害。直到现在为止,我对毕尔逊先生是向来很尊重、很敬爱的,我过去完全相信他绝对不会受任何诱惑的影响——就像你们大家一样地相信。可是为了保持我自己的名誉,我不得不说话——坦白地说。我很惭愧地承认——现在我要请求你们原谅——我曾经向那位倾家荡产的外方人说过那对证词里所包括的全部的话,连末尾那骂人的四十个字也说过。(全场轰动。)新近报纸上登出启事之后,我就想起了那些话,并且决定请领这一口袋的钱,因为我有一切权利应该得到它。现在我请大家考虑这么一点,仔细想一想:那天晚上,那位外方人对我的感激是无穷的。他自己说他想不出适当的话,足以表达他的谢意,并且说如果有一天他有办法,他一定要千倍地报答我。那么,现在我请问你们一声:我哪会料得到——哪能相信——哪能想象得到一点点影子——他既然是那么感动,怎么竟会干出这样无情无义的事来,在他的对证词后面添上那完全不必要的四十个字呢?——为什么要给我安排这么个圈套?——使我在大庭广众之中,当着自己人的面,变成毁谤本镇的一个坏蛋?这实在是荒谬绝伦,不可思议。他的对证词应该只包括我对他提出的忠告起头那句恳切话。我对这一点觉得毫无疑问。假如是你们,恐怕也会这么想。你绝不会预料得到,帮了人家的忙,又没有得罪过他,他可反而这么卑鄙地陷害你。所以我以充分的信心、充分的把握,在一张纸条上写下了起头的那句话——末尾是'快去改过自新吧'——然后就签上了名。我正要把它装进一只信封的时候,有人叫我到办公室的里间去,我就不假思索地把那张字条摊开留在桌子上。"他停了一会,慢慢地向毕尔逊转过头去,又等了一会,然后继续说道:"请大家注意这一点:我过了一会儿回来的时候,毕尔逊先生恰好从我的前门走出去。"(全场轰动。)

毕尔逊马上站起来,大声嚷道:

"这是谎话!这是无耻的谎话!"

主席:"请坐下,先生!现在是威尔逊先生发言。"

毕尔逊的朋友们拉着他坐下,劝他镇静下来,于是威尔逊又往下说:

"这就是简单的事实。我桌子上那张字条已经不在原先放的地方了。我发现了这一点,可是我当时并不在意,还以为可能是风把它吹动了一下。毕尔逊先生竟至偷看人家的秘密文件，这是我意想不到的，他是个体面人，应该是不屑于干这种事的。假如让我拆穿的话，我认为他把'决'字写成了'绝对'，原因是很明显的，这想必是由于记性不好。世界上只有我一个人，能够在这里毫无遗漏地把对证词用光明正大的方法说得清清楚楚。我的话完了。"

天下再没有什么事情像一篇动听的演说那么具有煽动力，它可以把那些不熟悉演说的把戏和魔力的听众的神经器官弄得昏昏颠颠，推翻他们的信念，败坏他们的感情。威尔逊胜利地坐下了，他被淹没在全场一阵阵潮水般的赞许和喝彩声中。朋友们蜂拥到他身边来，和他握手道贺，毕尔逊却被大家喝住，一句话也不许他说。主席拿起小木槌一次又一次地敲着，不住地嚷道：

"可是我们还要继续进行，先生们，我们还要继续进行呀！"

后来终于获得了相当的安静，于是那位帽商说：

"可是还有什么可继续进行的呢，先生，不是只差付款这一着儿吗？"

众人的声音："这话有道理！这话有道理！到前面来吧，威尔逊！"

帽商："我提议给威尔逊先生三呼万岁，他象征着那种特殊的美德，足以……"

他的话还没有说完，欢呼声就爆发了。在欢呼声中——同时也在主席敲击木槌的响声中——有些热心分子把威尔逊抬到一个大个子朋友的肩膀上骑着，准备得意扬扬地送他到讲台上去。这时候主席的声音压倒了这阵喧扰——

"秩序！各回原位！你们都忘了还有一个文件没有念哩。"会场恢复了平静的时候，他便拿起那个文件，正待开始念，却又把它放下来，说道，"我忘了，这要等我把所收到的信件通通宣读过之后才能念哩。"他从衣袋里取出一个信封，抽出里面的信来，瞟了一眼——显出惊讶的神情——把手伸远一点再仔细看看——瞪着眼睛望着。

二三十个人的声音喊道：

"写的是什么？念吧！念吧！"

于是他就照办——慢慢地、以惊奇的神情念着：

"'我向那位外方人说的那句话——（有些人的声音："喂！怎么回事？"）——是这样的："你决不是一个坏人。（有些人的声音：'老天爷！'）快去改过自新吧。"'（某人的声音：'啊，真叫莫名其妙！'）签名的是银行家宾克顿。"

这时候尽情发泄的一阵乱哄哄的狂笑简直要叫头脑清醒的人哭起来。没有被中伤的人们都笑得直淌眼泪，记者们在笑得要死的时候写下了一些胡乱涂写的字，谁也认不出来，有一只睡着的狗吓得丧魂失魄，跳起来向这乌七八糟的一团狂吠。形形色色的呼声散布在喧嚣之中："我们发大财了——两位不可败坏的廉洁象征呀！——还不算毕尔逊哩！""三个！——把'老实人'也算进去吧——多多益善！""好吧——毕尔逊也当选了！""哎呀，倒霉的威尔逊——遭了两个小偷的殃！"

一个雄壮的声音："肃静！主席又从他口袋里掏出一件宝贝来了。"

众人的声音："哎呀呀！又是新的东西吗？念吧！快念！快念！"

主席（念着）："'我对某某所说的那句话，'等等，'你决不是一个坏人。快去'，等等。签名的是格里戈利·耶次。"

暴风雨般的一阵呼声："四个象征了！""耶次万岁！""再掏吧！"

这时候全场兴高采烈，欢呼狂吼，准备把这个事件中所能有的一切玩笑开个淋漓尽致。有几位属于十九家的人物面色苍白、苦恼不堪，站起来想往过道里挤过去，可是有许多人大声嚷起来：

"注意门口，注意门口——把门关上，不可败坏的人物可不许离开会场！坐下吧，诸位！"

大家顺从了这个要求。

"再掏吧！念！快念！"

主席又掏了一次，大家听熟了的那些词句又开始从他嘴里溜出来——"'你决不是一个坏人——'"

"名字!名字!他叫什么名字?"

"英戈尔斯贝·萨金特。"

"五位当选了!把这些象征再往上推吧!再念,再念!"

"'你决不是一个坏……'"

"名字!名字!"

"尼古拉斯·惠特华斯。"

"哎呀呀!哎呀呀!今天简直是个象征节!"

有人用凄凉的音调唱起来,开始把这一句当作歌词(省去了"简直"两字)按着那悦耳的《天皇曲》里"他胆怯的时候,美丽的姑娘……"的调子唱,大家都随声和唱,颇为高兴。然后又有人恰好及时地编出了下一句——

你可别忘了这一点——

全场狂吼地唱出这一句。第三句马上又有人凑上了——

赫德莱堡真是不可败坏——

全场又把这一句吼出来。最后一个字刚刚唱完,杰克·哈里代的声音高亢而响亮地配上了最后一句——

诸位象征都在我们面前!

大家和唱这句,兴致异常高涨。然后全场快乐的人们又从头唱起,把这四句再唱了两遍,唱得音韵铿锵、派头十足,唱完之后,又用打雷似的声音把"将在今晚接受荣誉称号的不可败坏的赫德莱堡和它的各位象征"这句话反复三次,三呼万岁,还加上尾声。

然后向主席大吼的声音又从会场各处发出来了：

"继续进行！继续进行！念吧！再念一些！把你接到的通通念出来！"

"是呀——继续进行！我们要博得永垂不朽的大名了！"

这时有十几个男人站起来，提出抗议。他们说这出滑稽戏一定是一个恶作剧的无赖耍的滑头，这是对整个村镇的侮辱。毫无疑问，这些名字都是冒签的——

"坐下！坐下！住嘴！你们这叫作不打自招。我们马上就会在这一伙里发现你们的名字哩。"

"主席先生，这样的信你通共收到多少封？"

主席数了一下。

"连已经看过的算在一起，通共是十九封。"

一阵风暴般的嘲笑的喝彩声爆发了。

"大概那里面都装着这个秘密。我提议你把它们一齐拆开，念出每张字条上签的名字——还把那上面起头的八个字也念出来。"

"附议！"

主席宣布这个动议，全场通过——吼声如雷。随后可怜的老头理查兹站起来，他的太太也起来站在他身边。她低垂着头，怕被人看出她在哭泣。她的丈夫伸出胳臂挽着她，他这样把她搀住，就以颤抖的声音开始说道：

"朋友们，你们一向都了解我们俩——玛丽和我——了解我们的生平，我想你们向来都喜欢我们，看得起我们——"

主席打断了他的话：

"对不起。这话一点也不错——理查兹先生，你说的是实话：本镇的人确实是了解你们，确实是喜欢你们，确实是看得起你们，不但如此——大家还尊敬你们，爱你们——"

哈里代的声音又大喊起来：

"这才是丝毫不假的实话哩，真是！如果主席没有说错，大家就干脆表示拥护吧。起立！好吧——一！二！三！——全体起立！"

全场一齐起立，亲切地面对着这对老夫妻，满场挥动的手巾使空中好像是漫天风雪一般，大家以满腔热爱的心情一致发出了欢呼。

然后主席又继续说：

"我刚才要说的话是这样的：我们都知道你的好心肠，理查兹先生，可是现在不是对罪人发慈悲的时候。（一阵阵'对呀！对呀！'的呼声）我从你脸上看得出你这种好意的企图，可是我不能让你替这些人求情——"

"可是我打算……"

"请坐下吧，理查兹先生。我们必须审查其余的信——单只为了对那些已经被揭露的人表示公正，也需要来这一着儿才行。等这个手续办完了之后——我向你保证——一定马上让你发言。"

许多人的声音："对！——主席说得对——在这个阶段可不许让谁说话来打断！继续进行吧！——名字！名字呀！——照提议的办法进行！"

老夫妻不自愿地坐下了，丈夫对妻子悄悄地说："只好是等着，这真叫人难受得要命；回头他们发现我们原来是替自己告饶，我们的羞耻就比原先更大了。"

随着人名的宣读，大家的哄笑又爆发了。

"'你决不是一个坏人——'签名，'罗伯特·狄特马施'。"

"'你决不是一个坏人——'签名，'艾里发勒特·维克斯'。"

"'你决不是一个坏人——'签名，'奥斯卡·怀尔德'。"

这时候听众又想出了一个主意，提议由大家替主席念那八个字。他是求之不得的。从此以后，他把每页信依次地拿在手里等一等。全场以集体的、整齐的、悦耳的一阵深沉的声音悠然地唱出这八个字来（大胆地模仿着教堂里吟诵的一首有名的圣诗的调子，学得很像）——"'你决——呃——呃——不是一个坏——唉——唉——人'。"然后主席说："签名，'阿契波尔德·威尔柯克斯。'"如此类推，一个一个地把那些大名念出来，除了那倒霉的十九家的人而外，人人都越发感到一种欢天喜地的痛快。有时逢到特别光彩的名字被念出来的时候，听众就请主席等一等，大家就一面把那段对证词从头到尾整个儿唱出来，包括最后的"并且因此入地狱或是赫德莱堡——希望你努力争取，还是入地——咦——狱为妙！"这一句。逢着这种特殊情况时，他们还用庄严、沉痛和堂皇的声调加唱一声"阿——阿——阿——门！"①

名单越缩越短，越缩越短，越缩越短，可怜的理查兹老头儿老在暗自计数，逢着有和他自己相似的名字被宣读时，就不禁畏缩一下，他一直很难受地提心吊胆等待着那个时刻到来，到那时他就有那份可耻的权利和玛丽一同站起来，说完他替自己告饶的话。他心里盘算着，准备这么措辞："……因为直到现在为止，我们从来没有做过一桩坏事，老是过着安分守己的生活，没有丢过脸。我们是很穷苦的，年纪也大了，又没有儿女帮我们的忙；我们大大地受了诱惑，竟至堕落了。我刚才那一次站起来，本就打算说出实话，请求不要把我们的名字在这大庭广众之中宣读，因为我们好像觉得那会使我们受不了，可是我被阻止了。这是公平的，我们和别的人一同受到耻辱是应该的。这对我们是痛心的。我们这一辈子，现在还是第一次听到人家说出我们的——臭名字。请大家慈悲一点——看在过去的情分上，请你们特别宽大，尽量让我们受到最轻微的羞辱吧。"他幻想到这里的时候，玛丽看出他心不在焉，便用胳臂肘轻轻推了他一下。全场正在唱着"你决——呃——呃——"，等等。

"准备，"玛丽悄悄地说，"轮到你的名字了，他已经念了十八个。"

吟诵的声音停止了。

"下一个！下一个！下一个！"连珠炮一般的呼声从全场各处传

---

① "阿门"是基督教祈祷词的结尾，意思是"心愿如此"。

过来。

柏杰士又把手伸到衣袋里。那对老夫妻又战栗着开始起立。柏杰士摸索了一会，然后说道：

"啊，原来我已经通通念完了。"

夫妻俩惊喜得全身发软，无力地坐到椅子上。玛丽悄悄地说：

"啊，谢天谢地，我们得救了！——他把我们的信弄丢了——拿一百袋那样的金子给我换这个，我也不干！"

全场又爆发出那《天皇曲》改编的滑稽歌词，接连唱了三次，越唱越有劲。第三次唱到末尾一句的时候，大家都站起来唱——

诸位象征都在我们面前！

最后给"赫德莱堡的纯洁和我们的十八位不朽的美德代表"三呼万岁，并加上尾声。

然后制鞍匠温格特站起来，提议给"全镇最廉洁的人、唯一没有企图盗窃那笔钱的重要公民——爱德华·理查兹"三呼万岁。

大家以绝大的、动人的热诚欢呼了这番祝贺，然后又有人提议推举理查兹为现在这种神圣的赫德莱堡传统的唯一的监护人和象征，赋予他以权力，让他昂然耸立，傲视整个讥讽的世界。

提案在全场欢呼声中通过了，于是大家又唱那《天皇曲》的调子，末尾加上一句，

还有一位真的象征已经出现！

停了一会；然后——

某人的声音："那么，现在叫谁得这袋金子呢？"

硝皮商（以尖刻的讥讽语气）："那还不容易。这笔钱应该归那十八位不可败坏的人平分。他们每人给了那落难的外方人二十块钱——

还给了他那番忠告——各人轮流说的——这一队人物走过，花了二十二分钟。大家在这位外方人身上下了赌注——全部施舍是三百六十元。他们现在只要收回这笔借款——加上利息——总共四万元。"

许多人的声音（含着嘲笑的语气）："好主意！分摊！分摊！可怜这些没有钱的人吧——别叫他们老等着！"

主席："秩序！现在我宣读这位外方人的另外一个文件。这上面说：'如果没有人出面申请（一阵洪亮的同声嘲讽），我希望你打开钱袋，把里面的钱点交贵镇的各位重要公民，请他们保管（一阵"啊！啊！啊！"的呼声），由他们斟酌，适当地运用，以求传播和保存贵镇因它的不可败坏的诚实而获得的那种崇高的名誉（又是一阵呼声）——这种名誉，由于他们的大名和他们的努力，又将增添一层新的、久远的光彩。'（狂热的一阵讥讽的喝彩声。）好像只有这些话了。不——还有一段再启：

"'再启——赫德莱堡的公民们：根本就没有什么对证词——根本就没有人说过那些话。（全场轰动。）也不曾有一个行乞的异乡人，或是那二十块钱的赠款，以及由此而来的致谢和恭维的话——这一切都是捏造的。（全场一片叽叽喳喳的惊讶和快意的声音。）让我来说说我的故事吧——只需一两句话就行了。我曾在某一个时候路过你们这个镇上，遭到我所不应该受的一次很大的侮辱。如果是别人，那一定只要打死你们一两个人就心满意足，认为划算了，可是在我看来，那只不过是一种轻微的报复，还不够厉害，因为死人是不懂得痛苦的。此外，我又不能把你们通通杀光——而且，无论如何，即便我做得到，那也还是不足以使我满意。我要毁掉这地方的每一个人，连女人也在内——而且毁的不是他们的身体，也不是他们的产业，而是他们的虚荣——这是软弱和愚蠢的人们最脆弱的地方。于是我就化装回到这里来，观察你们。你们是很容易到手的猎物。你们以诚实获得了悠久和崇高的声誉，当然你们是以此自豪的——那是你们的宝中之宝，简直是你们的心肝宝贝。我一发现你们小心而警惕地防止你们自己和你们的儿女受到诱惑,马上就知道应该如何下手。哎,你们这些脑筋简单的家伙,一切脆弱的东西之中,最脆弱的就是不曾在烈火中试炼过的道德。我拟定了一个办法,凑集了一张名单。我的计划就是要败坏这个无法败坏的赫德莱堡。我的主意是要把好几十个纯洁无瑕、生平从来没有撒过谎或是偷过一文钱的男男女女都变成撒谎的人和窃贼。可是我担心固德逊。他既不是在赫德莱堡生的,也不是在这里教养起来的。我唯恐在开始实行我的计划的时候,把我那封信分送到你们手里,你们心里就会想:"我们这里只有固德逊一个人才会把二十块钱施舍给一个倒霉鬼"——那么你们就不会上我的当。可是老天爷把固德逊接去了。从此我就知道无须担心了,于是我布下了陷阱,装好了饵物。也许收到我所分寄的那份伪造的对证词的那些人并不见得都中我的圈套,可是只要我看透了赫德莱堡的性格,我总可以把他们大多数人收拾一下。(若干人的声音:"对——一个也没有漏网。")我相信他们干脆就会盗窃这笔假装的赌款,而不会轻易放过,这些可怜的、受了诱惑的、教养不良的家伙。我希望一下子把你们的虚荣永远捣个粉碎,叫它万劫不复,从此给赫德莱堡一个新的名声——一个洗不掉的名声——到处流传。如果我达到了目的,就请打开口袋,召集'赫德莱堡声誉宣扬与保存委员会'吧。'"

一阵旋风似的呼声:"快打开!快打开!十八位请到前面去,'优良传统宣扬委员会'!到前面去——不可败坏的先生们!"

主席把口袋撕开,抓起一把发亮的、大块的黄色钱币,拿在手里摇了一下,然后仔细察看——

"朋友们,原来不过是些镀金的铅饼!"

一听这个消息,会场上爆发出一阵打雷似的欢呼:后来声音平息了,那硝皮商就大声喊道:

"威尔逊先生在这个把戏里显然是出人头地的角色,凭他这种资格,他应该当'优良传统宣扬委员会'的主席,我提议请他代表他的伙伴们到前面去,接受这笔钱并保管好。"

百把人的声音:"威尔逊!威尔逊!威尔逊!发言哪!快发言哪!"

威尔逊(用激怒得发抖的声音说):"请大家容许我说句话,我也不怕说得太粗野——他妈的混账钱!"

某人的声音:"啊,亏他还是个浸礼教徒哩!"

某人的声音:"还剩下十七位象征!请上台,先生们,接受重托吧!"

停了一会——没有反应。

制鞍匠:"主席先生,我们总算在这批从前的上流人物之中还剩下了一位真正清白的人,他是需要钱的,而且也应该得。我提议主席派杰克·哈里代到讲台上去,拍卖那一口袋二十元一块的镀金的钱币,把所得的钱给应得的人——这个人是赫德莱堡所乐于表扬的——爱德华·理查兹。"

这个提议被大家非常热烈地接受了,那只狗这回又凑了凑热闹。制鞍匠首先出一块钱投标,布利克斯敦的人们和巴南的代表都拼命争取。每逢标价抬高一次,大家就欢呼喝彩,兴奋的情绪时时刻刻都在逐步高涨。投标的人们劲头十足,越来越大胆,越来越坚决,标价由一元涨到五元,又涨到十元,再涨到二十元,再涨到五十元、一百元,再涨到……

在拍卖开始时,理查兹苦恼地对他的妻子说:"哦,玛丽,这怎么行呢?这……这……你看,这是荣誉的报酬、是人格纯洁的褒奖,可是——可是——这怎么行呢?我最好是站起来,干脆……哦,玛丽,我们该怎么办?——你觉得我们应该……(哈里代的声音:"有人出价十五元!——十五元买这一袋!——二十元!——啊,谢谢!——三十元——再谢谢!三十、三十、三十元!——有人说四十吗?——就是四十!别停住呀,先生们,再往上添!——五十!——多谢,豪爽的天主教友!五十、五十,五十元要卖了!——七十!——九十!——好极了!——一百!——往上堆,往上堆呀!——一百二!——

一百四！——正是时候！——一百五！——二——百！——了不起！是不是有人说二——谢谢！——二百五！——"）

"这次又是一次诱惑，爱德华——我简直浑身发抖——可是，啊，我们已经幸免了一次诱惑，那应该警戒我们——（'有人说六百吗？——多谢！——六百五，六百——七——百！'）不过，爱德华，你只要想到……谁也不会怀……（'八百元！——哎呀哈！出九百吧！——巴生斯先生，是你说的——谢谢——九百！——这一袋宝贵的纯铅只作价九百元就要卖了，连镀金等等通通在内——喂！是不是有人说——一千！——专诚致谢！——有人说一千一吗？——这一袋铅可是要远近扬名，传遍整个世……'）哦，爱德华，"（开始低泣），"我们太穷了！——可是……可是……你觉得该怎么办就怎么办吧——该怎么办就怎么办吧。"

爱德华屈服了——这就是说，他坐着不声不响。他坐在那里，良心上有些不安，可是在当时的情况下，他的良心也不能做主了。

这时候有一位陌生人，看样子好像是一个业余侦探，将自己打扮成一位看上去不怎么像的英国伯爵，他一直在注视着那天晚上的一切经过，显然很感兴趣，脸上有一种快意的表情。他心里老在暗自思量。现在他的独白大致是这样："那十八户人家没有一个参加投标，那可不过瘾，我必须改变这个局面——按照戏剧上的三一律①，非这么不可，一定要叫这些人把他们打算盗窃的这一袋东西买下来，而且还得让他们出个大价钱才行——他们有几位是很阔气的。还有一点，我在估计赫德莱堡的性格时犯了一个错误，把那个错误弄到我头上的那个人是应该得到一份很高的奖金的，这笔钱也得有人出才行。理查兹这个穷老汉使我的判断力丢了脸，他是个老实人：我不懂这是怎么回事，可是我承认这点。是的，他叫我摊出了'么二'，他自己摊的却是一副'同花顺'，照规矩这笔赌注就该得他。假如我能想出办法来，还

---

① 欧洲古典剧作家所遵行的戏剧创作中的一种法则，即时间、场所和情节应求一致。

得叫他赢一笔大赌注才行。他叫我失望了，可是这就不去管它吧。"

他在注视着夺标。到了一千元之后，行情就暴跌了，标价的上涨迅速地迟缓下来。他等待着——却还是注视着。一个夺标的退出了，随后又是一个，又是一个。现在他却参加一两次投标了。当喊价跌到十元一次的时候，他就添上五元；又有人在他上面加了三元，他等了一会，然后突然升了五十元的标价，结果这袋东西就归了他——标价是一千二百八十二元。全场爆发出一阵欢呼——然后停止了，因为他站起来，举起了一只手。他开始说话了。

"我想要说句话，请诸位帮个忙。我是个做珍品生意的商人，我和全世界各地珍藏钱币的人们都有往来。我今天买下的这份东西，照这样原封不动，我就可以赚一笔钱；可是如果我能得到诸位的同意，那我就还有一种办法，可以叫这些二十元一块的铅币每一块都当得了金币的价值，也许还要多一些。只要你们同意我的办法，我就把赚的钱分一部分给你们的理查兹先生，他那牢不可破的廉洁，你们今晚上已经很公正、很热烈地承认了。我准备分给他的一份是一万元，明天我就把钱交给他。（喝彩声轰动全场。可是那'牢不可破的廉洁'使得理查兹夫妇脸上红得厉害，不过大家以为那是谦虚，所以并没有露马脚。）如果你们能以多数票通过我的提议——我希望能有三分之二的人赞成——那我就认为获得了贵镇的同意，我的要求就是如此而已。珍品上面如果有些足以引起好奇心并且叫人不能不注意的花纹，就可以更值价。现在我假使能够得到你们的允许，让我在每一块假金币上都印上那十八位先生的名字，那就……"

听众中十分之九都马上站起来了——连人带狗——这个提议在一阵旋风似的表示同意的喝彩和哄笑声中被通过了。

大家坐下来。所有的诸位象征，除了克莱·哈克尼斯"博士"而外，都站起来强烈地抗议这个人所提议的胡闹办法，并且以恐吓的口吻声言要……

"我请你们不要恐吓我，"那个陌生人镇定地说，"我知道我自己的权利,向来就不怕人家吓唬。"(掌声。)他坐下了。哈克尼斯"博士"这时候看出了一个机会。他是当地两位很有钱的阔人之一,另一位就是宾克顿。哈克尼斯是一个造币厂的东家,这就是说,他专卖一种流行的成药。他正在参加州议会竞选,他由某一党提名为候选人,宾克顿由另一党提名为候选人。他们两人势均力敌,竞争得很激烈,而且一天比一天厉害。这两位对于金钱的胃口都很大,各人都买了一大块地,各有各的企图;有一条新铁路即将修建,所以他们两人都想到州议会里去,设法划定于自己有利的路线,只要多一票就可能决定胜负,而且由此就可以发两三笔财。赌注是很大的,而哈克尼斯又是一个大胆的投机家。他恰好紧靠着那位陌生人坐着。正当其他的各位象征一个个纷纷提出抗议和呼吁,徒供听众欣赏的时候,他却歪过身子去,悄悄地问道:

"这一袋东西你打算卖什么价钱?"

"四万元。"

"我给你两万。"

"不行。"

"两万五。"

"不行。"

"干脆三万吧。"

"要价是四万元,少一分钱也不行。"

"好吧,我就出这个价钱。明天早上十点钟我到旅馆里来。我不愿意叫别人知道,我一个人来找你。"

"那很好。"于是那位客人站起来,向全场的人说:

"我看时间不早了。这几位先生的话并不是没有价值,并不是没有趣味,也不是说得不漂亮,不过大家如果不见怪的话,我就先告辞了。承诸位同意我的请求,真是帮了大忙,我向诸位道谢。请主席替我保存这个口袋,等我明天早上来取。这三张五百元的钞票,请你转交理查兹先生。"钞票递给主席了。"九点钟我来取这口袋,十一点就把那一万元的余数亲自送到理查兹先生家里去,交给他本人。再见。"

于是他就一溜烟出去了,留下听众在那里大嚷大叫,喧嚣的声音中掺杂着欢呼、《天皇曲》、狗的抗议和"你决——呃——呃——不是一个坏——唉——唉——人——阿——啊——啊——门!"的吟唱。

四

理查兹夫妇回到家里,不得不忍受大家的祝贺和恭维,直到半夜。然后就只剩下他们自己了。他们显得有点难受,两口子沉默地坐着想心事。最后玛丽叹了一口气,说道:

"你认为这能怪我们吗,爱德华——当真能怪我们吗?"她的眼睛转过去望着桌子上放着的那三张兴师问罪的大钞票,刚才贺客们还在那儿欣羡地细看它们、钦佩地抚摸它们哩。爱德华没有马上回答,随后他发出一声叹息,迟疑地说道:

"我们……我们是出于不得已,玛丽。这……呃,这叫命中注定。一切事情都是这样。"

玛丽抬头向上一看,定睛望着他,可是他并没有看她。随后她说:

"我从前还以为祝贺和称赞总是滋味很好哩。可是……现在我好像觉得……爱德华?"

"嗯?"

"你还打算在银行里待下去吗?"

"不——去了。"

"辞职吗?"

"明天早上就辞职——写封信去。"

"这也许是最妥当的办法。"

理查兹低下头去,双手捧着,低声说道:

"从前,无论我经手多少别人的钱,我都不在乎,可是……玛丽,我简直困透了,困透了——"

"我们去睡吧。"

早上九点钟,那位客人来取那只口袋,雇了一辆马车把它带到旅馆里去了。十点的时候,哈克尼斯私自和他秘谈了一会。这位客人索取了五张由一家大都会的银行兑现的支票——都是开给"持票人"的——四张一千五百元的,一张三万四千元的。他取出了一张一千五百元的支票放到皮夹子里,其余的一共三万八千五百元,他通通装在一只信封里。等哈克尼斯走了之后,他又写了一页短信,一并装在信封里。十一点钟他到理查兹家敲门。理查兹太太从百叶窗缝里偷偷地看了一眼,然后过去把那封信接过来,那位客人一句话也不说就走了。她满脸通红地跑回来,两条腿有点不大站得稳,喘着气说:

"我准是把他认出来了!昨晚上我好像觉得从前在什么地方看见过他。"

"他就是送口袋到这儿来的那个人吗?"

"我看大致不会弄错。"

"那么他也就是那个化名的史蒂文森,他用他那个假造的秘密叫这个镇上的每个重要公民都上当了。现在如果他送来的是支票,而不是现款,那我们也就上当了,原来我们还以为幸免了哩。昨晚上睡了一夜,刚刚觉得心里舒服了一点,可是那个信封的样子却叫我讨厌。它不够厚,八千五百块钱,哪怕是最大的钞票,也要比这装得饱满些。"

"爱德华,你为什么不喜欢要支票呢?"

"史蒂文森签字的支票!这八千五百块钱如果是钞票,我还可以勉强收下——因为那好像是命中注定了的,玛丽——可是我向来就没有多大勇气,我可没有胆量拿着一张签了这个晦气名字的支票去兑现。那准是一个圈套。那个人想要叫我上当,我们好歹总算逃脱了,现在他又另外耍了一套花招。如果是支票的话……"

"啊,爱德华,真是糟透了!"她举起支票,开始嚷起来。

"扔到火里吧！赶快！我们千万别受诱惑。这是一个诡计，想叫大伙儿拿我们来开玩笑，和其余那些人摆在一起，而且……快给我吧，你干不出这一手！"他把支票抢过来，打算牢牢地抓紧，赶快送到火炉里去；可是他毕竟是个人，是个出纳员，所以他停了一会，仔细看看支票上的签名。结果他几乎晕倒了。

"快扇扇我，玛丽，扇一扇！这简直就和黄金一样呀！"

"啊，真是美透了，爱德华！为什么？"

"支票是哈克尼斯开的。这里面究竟有什么奥妙，玛丽？"

"爱德华，难道你以为……"

"你看——看看这个！一千五——一千五——一千五——三万四。三万八千五百！玛丽，那一口袋假钱还不值十二元，可是哈克尼斯——显然是——照真的付出了十足的代价。"

"那么难道你认为这些钱通通都归我们——而不只那一万元吗？"

"嗯，好像是这样的。并且支票还是开给'持票人'的哩。"

"你说这岂不是好事吗，爱德华？这是怎么回事？"

"我看这是暗示叫我们到远处的银行去提款。也许哈克尼斯不愿意把这桩事情传出去吧。那是什么——一张字条吗？"

"是呀，和支票放在一起。"

这页短信是"史蒂文森"的笔迹，可是没有签名。那上面说：

> 我大失所望了。你的诚实是不受诱惑侵害的。原来我的看法是不同的，可是我那种估计冤枉了你，现在我请你原谅，而且是出于至诚。我尊敬你——这也是由衷的话。这个镇上的人连给你供差使都不配[①]。亲爱的先生，我当初曾给自己规规矩矩地打过赌，认定你们那个自命不凡的镇上有十九个人是可以使之堕落

[①] 这句话如照原文直译，应该是"连吻你的长袍边缘都不配"。在西方封建时代，臣仆拜见帝王，以亲吻帝王长袍的下端为一种敬礼。

的。我输了。请你把全部赌注拿去吧，这是你应得的。

理查兹深深地叹了一口气，说道：
"这好像是拿火写成的——真烫人哩。玛丽——我又难受起来了。"
"我也是。啊，亲爱的，我宁愿……"
"你想想看，玛丽——他居然这么相信我。"
"啊，别说了，爱德华——我受不了。"
"这些漂亮的话，假如我们真能受之无愧，玛丽——天知道我从前的确是相信自己应得那样的称赞哩——我想我宁肯拿这四万元去交换这种赞美。要在以前我就把这封信收藏起来，把它当成比黄金和宝石还贵重的东西，永远保存着。可是现在——有了它在身边指责，我们就不能在它身边过日子了，玛丽。"

他把它抛入火里了。
这时候又来了一个邮递员，交来一封信。
理查兹撕开信封，取出一页短信来念，这是柏杰士写来的。

我遇到难关的时候，你曾救过我。昨晚上我就挽救了你。这是以撒谎为代价的，但是我情愿牺牲，而且是出于感激的至诚。这个镇上谁也不像我这样了解你的为人，深知你多么仁慈、多么高尚。在内心里，你不会看得起我，因为你知道人家归咎于我、众口一词地给我定了罪名的那桩事情；但是我恳求你至少相信我是个有恩知报的人，这可以帮助我忍受我的苦痛。

柏杰士（签名）

"得救了，又是一次，而且如此轻而易举！"他把这封信也丢到火里。"我……我宁肯死了还好些，玛丽，我恨不得摆脱这一切。"
"啊，这种日子真难受呀、真难受呀，爱德华。这一刀刀刺在良心上，偏偏又是出自他们的厚道，真是刺得深——而且报应来得这么快！"

选举前三天，两千名选民每人忽然收到一件宝贵的纪念品——那些有名的假双头鹰金币之一。它一面的周围印上了这些字："我向那位外方人说的那句话是这样的——"另一面印上了这些字："快去改过自新吧。宾克顿（签名）。"于是那幕有名的滑稽剧全部剩余的垃圾就通通倾倒在一个人头上了，而且发生了惨重的后果。这使新近那场大哄笑又流行起来，集中在宾克顿身上，于是哈克尼斯在竞选中就轻易获胜了。

在理查兹夫妇收到支票之后二十四小时内，他们的良心在沮丧之余，已经渐渐平静下来了。这对老夫妻渐渐学会了安于他们所犯的罪，可是现在他们还有一点尚待体验，那就是：一个罪过当其似乎还有机会被人发觉的时候，它就显得含有新的、真正的恐怖。这使它具有一种新鲜的、最具体、最重要的面貌。早晨在教堂里做礼拜的时候，牧师布道还是那老一套，所说的话和说的方式都和从前一样；他们已经听过一千遍了，早就觉得那尽是空话，几乎是毫无意义，颇有催眠作用。可是现在却不同了：布道词好似是处处带刺，专在指着他们责骂，好像是特别针对着那些隐瞒极大罪恶的人而发的。做完礼拜之后，他们尽快地摆脱那一群给他们道贺的人，赶快往家里跑，只觉得浑身冷彻骨髓，连自己也不知是为了什么——只是些模糊的、隐隐约约的、无以名之的恐惧。碰巧柏杰士先生在街角转弯的时候，他们又瞥见了他一眼。他们点头向他打招呼，他竟置之不理。其实他是没有看见，但他们却不知道。他这种态度是什么意思呢？那也许是表示——也许是表示——啊，那可能是含着许多可怕的意思。难道是他早就知道理查兹当初本可以给他洗刷罪名，却不声不响地等待着一个机会来跟他算账吗？回到家里，他们在心烦意乱中渐渐想象到那天晚上理查兹向他的妻子说出他知道柏杰士无罪的那个秘密的时候，他们的女仆可能在隔壁房间里听见了；然后理查兹就想象到当时他曾听见那儿有女人长袍的飕飕响声；再其次他就确信他曾经听到那个声音。他们要找个借口把莎拉叫来，观察她的神色。她如果向柏杰士先生泄露了秘密,她的态度上就会表现出来。他们问了她几个问题——问得很乱、毫不连贯,而且似乎毫无目的,所以这姑娘觉得一定是这对老夫妻的心情由于忽然交了好运而有点反常。他们用严厉而专注的眼光盯着她,这可使她大为惊骇,结果就弄假成真了。她涨红了脸,神经紧张起来,不知所措,在这对老人看来,这都是明显的犯罪的表现——反正是某种可怕的罪行——毫无疑问,她是个奸细,是个叛徒。莎拉走开之后,他们就开始把许多各不相干的事情凑在一起,由牵强附会中发现了可怕的结果。后来情况显得极端严重的时候,理查兹忽然发出一声急喘,他的妻子问道:

"啊,怎么回事?——怎么回事?"

"那封信——柏杰士的信!措辞是讽刺的语气,现在我明白了。"他念出那里面的句子:"'在内心里'你不会看得起我,因为你知道人家归咎于我的……那桩事情,——啊,现在已经十分明了,上帝保佑我吧!他知道我知道!你看他措辞真巧妙。这是个圈套——而我就像个傻子似的,偏要走进这个圈套!玛丽,你?……"

"啊,这真糟糕——我知道你打算说什么话——他没有交还你写的那份假对证词。"

"没有——故意留下来毁我们。玛丽,他已经向别人泄露过了。我知道——我知道得很清楚。做完礼拜之后,我在许多人脸上看出来了。哎,我们向他点头打招呼,他都不睬——他当然知道自己耍了什么花招!"

那天晚上医生被请来了。第二天早上消息就传遍各处,这对老夫妻病得很厉害——据医生说,他们是由于得了这笔意外横财,兴奋过度,加以大家都去道喜,夜间睡得太晚,结果就被拖垮了。镇上的人都真心地替他们难受,因为现在大家所能引以为豪的,大概就只剩下这对老夫妻了。

两天之后,消息更坏了。这对老夫妻神志不清,尽做些怪事。护士们亲眼看见,理查兹摆出了几张支票——是八千五百元吗?不对——数目惊人——三万八千五百元！这个绝大的财运究竟应该怎么解释呢？

第二天护士们又有了新消息——而且是很奇怪的。她们本来商议好了，要把支票藏起来，以免发生意外，可是她们去寻找的时候，支票已经不在病人的枕头下面——无影无踪了。病人说：

"别动我的枕头吧。你要找什么？"

"我们觉得最好是把支票……"

"你们再也看不见这几张支票了——已经被毁掉了。那是从撒旦①那儿来的。我看见那上面盖着地狱的印，我知道这是送来骗我犯罪的。"然后他又开始唠唠叨叨地说些古怪和可怕的话，叫人不大听得清楚，医生劝她们不要让别人知道。

理查兹说的是真话，那些支票以后再也找不到了。

想必是有一个护士说了梦话吧，因为在两天之内，那些不许声张的呓语已经在镇上传得满城风雨了，而且这些呓语都是令人惊骇的。这些话似乎是说明了理查兹自己曾经申请那一袋钱，柏杰士隐瞒了事实，然后又恶意地把它泄露出来了。

柏杰士因此大受责难，他坚决否认这回事。他说这个害病的老头儿神经错乱了，这样重视他随便说的话是不公平的。然而怀疑还是继续着，大家都议论纷纷。

一两天之后，传闻理查兹太太在昏迷中说的话也渐渐与她的丈夫的呓语雷同起来。于是怀疑更加旺盛，终于成为确信。全镇对这位唯一不曾丢过脸的重要公民的廉洁所感到的骄傲心理也就开始黯淡起来，像残烛般地一闪一闪，趋于熄灭了。

六天过去了，又来了更多的消息。这对老夫妻快死了。理查兹到了临终的时候，神志忽然清醒起来，于是他叫人把柏杰士找来。柏杰士说：

"请大家离开这个房间，我想他是希望说几句心里话。"

---

① 撒旦，《圣经》上所说的恶魔。

"不！"理查兹说，"我要有人做见证，我要你们大家都听我的口供，好让我像一个人样地死去，而不是一只狗。我本身是清白的——虚伪地清白——和其他的人一样。我也和其他的人一样，遭到诱惑的时候就摔跤了。我签署了一份谎言，申请过那个晦气的钱袋，柏杰士先生记得我曾经帮过他一次忙，于是为了报恩（也是由于糊涂），他就隐瞒了我的申请书，挽救了我。你们都知道多年以前大家归罪于柏杰士的那桩事情。我的证明，而且也只需我的证明，就可以洗刷他的罪过，可是我是个胆小鬼，就让他遭了不白之冤——"

"不对——不对——理查兹先生，你……"

"我的女仆把我的秘密泄露给他了——"

"谁也没向我泄露什么话——"

"于是他就做了一桩自然而且合理的事情，他懊悔不该救我，就把我的丑事揭穿了——这是我应得的报应——"

"决没有！——我发誓——"

"我本着良心原谅他。"

柏杰士的热情的辩解，这位临终的人都听不见了。他随即断了气，却不知自己又做了一桩对不起可怜的柏杰士的事情。他的老伴那天晚上也死了。

那神圣的十九家中的最后一人也做了那个残酷的钱袋的牺牲品，这个小镇被剥去了它那世代光荣的最后一块遮羞布。它的哀悼是不大显眼的，但颇为深沉。

经州议会通过——由于祈求和请愿的结果——赫德莱堡获得了批准，改名为……（不管它叫什么吧——我决计保守秘密），而且还从多少年代以来刻在这个小镇的官印上并给它增光的那句格言中删去了一个字。

它又是一个诚实的村镇了，谁要再打算找它的碴儿，发现它打瞌睡的话，那就必须早起才行。

张友松　译

经典新读
中央编译名著精选

书 名	作 者	译 者
海底两万里	［法］儒勒·凡尔纳	陈筱卿
钢铁是怎样炼成的	［苏联］奥斯特洛夫斯基	吴兴勇
昆虫记	［法］法布尔	陈筱卿
猎人笔记	［俄］屠格涅夫	力 冈
简·爱	［英］夏洛蒂·勃朗特	宋兆霖
童 年	［苏联］高尔基	郭家申
名人传	［法］罗曼·罗兰	陈筱卿
绿山墙的安妮	［加］蒙哥马利	姚锦镕
鲁滨孙漂流记	［英］丹尼尔·笛福	唐荫荪
格列佛游记	［英］斯威夫特	白 马
汤姆·索亚历险记	［美］马克·吐温	姚锦镕
老人与海	［美］海明威	张炽恒
假如给我三天光明	［美］海伦·凯勒	陈 才
傲慢与偏见	［英］简·奥斯丁	罗良功
飘（上下）	［美］玛格丽特·米切尔	黄健人
月亮和六便士	［英］毛姆	王晋华
瓦尔登湖	［美］梭罗	王光林
小王子	［法］圣埃克苏佩里	柳鸣九
爱的教育	［意］亚米契斯	夏丏尊
泰戈尔诗选	［印度］泰戈尔	冰 心　吴 岩
欧仁妮·葛朗台	［法］巴尔扎克	郑克鲁
培根随笔集	［英］弗兰西斯·培根	蒲 隆
了不起的盖茨比	［美］菲茨杰拉德	王晋华
居里夫人自传	［法］玛丽·居里	陈筱卿
伊索寓言	［古希腊］伊索	杨海英
人类的故事	［美］房龙	白 马
少年维特的烦恼	［德］歌德	杨武能
高老头	［法］巴尔扎克	许渊冲
《套中人》契诃夫短篇小说选	［俄］契诃夫	李辉凡
《羊脂球》莫泊桑短篇小说选	［法］莫泊桑	柳鸣九
《最后一片叶子》欧·亨利短篇小说选	［美］欧·亨利	张经浩
神秘岛	［法］儒勒·凡尔纳	陈筱卿
红与黑	［法］斯当达	罗新璋
雾都孤儿	［英］查尔斯·狄更斯	黄水乞
大卫·科波菲尔（上下）	［英］查尔斯·狄更斯	董秋斯
莎士比亚喜剧集	［英］莎士比亚	朱生豪
莎士比亚悲剧集	［英］莎士比亚	朱生豪
巴黎圣母院	［法］维克多·雨果	李玉民

书名	作者	译者	
悲惨世界（上中下）	[法]维克多·雨果	李玉民	
福尔摩斯探案全集（上中下）	[英]柯南·道尔	姚锦镕	涂小榕
约翰·克里斯托夫（上中下）	[法]罗曼·罗兰	许渊冲	
基督山伯爵（上中下）	[法]大仲马	李玉民	陈筱卿
列那狐的故事	法国动物故事	罗新璋	
青鸟	[比]莫里斯·梅特林克	郑克鲁	
小鹿斑比	[奥地利]费利克斯·萨尔登	杨曦红	
快乐王子	[英]王尔德	蔡荣寿	
绿野仙踪	[美]莱曼·弗兰克·鲍姆	张炽恒	
吹牛大王历险记	[德]拉斯伯	邵灵侠	
柳林风声	[英]格雷厄姆	杨静远	
尼尔斯骑鹅旅行记	[瑞典]塞尔玛·拉格洛芙	石琴娥	
木偶奇遇记	[意]科洛迪	刘月樵	
小飞侠彼得·潘	[英]詹姆斯·巴里	杨静远	
一千零一夜	阿拉伯民间故事集	郅溥浩	
安徒生童话	[丹麦]安徒生	叶君健	
爱丽丝漫游奇境	[英]刘易斯·卡罗尔	黄健人	
格林童话	[德]格林兄弟	杨武能	
森林报	[苏联]维·比安基	沈念驹	姚锦镕
苦儿流浪记	[法]埃克多·马洛	唐珍	
秘密花园	[美]F.H.伯内特	李文俊	
海蒂	[瑞士]约翰娜·斯比丽	邵灵侠	
王子与贫儿	[美]马克·吐温	张友松	
希腊神话	[德]施瓦布	高中甫	
格兰特船长的儿女	[法]儒勒·凡尔纳	陈筱卿	
八十天环游地球	[法]儒勒·凡尔纳	陈筱卿	
《野性的呼唤》杰克·伦敦小说精选	[美]杰克·伦敦	石雅芳	雨宁
《百万英镑》马克·吐温中短篇小说选	[美]马克·吐温	张友松等	
包法利夫人	[法]福楼拜	许渊冲	
茶花女	[法]小仲马	李玉民	
呼啸山庄	[英]艾米莉·勃朗特	宋兆霖	
双城记	[英]查尔斯·狄更斯	宋兆霖	
汤姆叔叔的小屋	[美]斯托夫人	李自修	
安娜·卡列尼娜（上下）	[俄]列夫·托尔斯泰	力冈	
堂吉诃德（上下）	[西班牙]塞万提斯	刘京胜	
战争与和平（上中下）	[俄]列夫·托尔斯泰	董秋斯	
局外人	[法]阿尔贝·加缪	柳鸣九	
金银岛	[英]罗伯特·斯蒂文森	张友松	
白鲸（上下）	[美]赫尔曼·梅尔维尔	罗山川	
罗生门	[日]芥川龙之介	高慧勤	
我是猫	[日]夏目漱石	罗明辉	
人间失格	[日]太宰治	杨伟	